A LONGA HISTÓRIA DOS QUATRO PONTOS DO ORIENTE

Editora Appris Ltda.
1.ª Edição - Copyright© 2021 da autora
Direitos de Edição Reservados à Editora Appris Ltda.

Nenhuma parte desta obra poderá ser utilizada indevidamente, sem estar de acordo com a Lei nº 9.610/98. Se incorreções forem encontradas, serão de exclusiva responsabilidade de seus organizadores. Foi realizado o Depósito Legal na Fundação Biblioteca Nacional, de acordo com as Leis nos 10.994, de 14/12/2004, e 12.192, de 14/01/2010.

Catalogação na Fonte
Elaborado por: Josefina A. S. Guedes
Bibliotecária CRB 9/870

```
G291l    Gazolla, Rachel
2021       A longa história dos quatro pontos do Oriente / Rachel Gazolla. - 1. ed.
         - Curitiba: Appris, 2021.
            211 p.; 23 cm.

            ISBN 978-65-250-1586-6

            1. Ficção brasileira. 2. Realismo fantástico. I. Título.

                                                            CDD - 869.3
```

Editora e Livraria Appris Ltda.
Av. Manoel Ribas, 2265 – Mercês
Curitiba/PR – CEP: 80810-002
Tel. (41) 3156 - 4731
www.editoraappris.com.br

Printed in Brazil
Impresso no Brasil

RACHEL GAZOLLA

A LONGA HISTÓRIA DOS QUATRO PONTOS DO ORIENTE

Appris editora

FICHA TÉCNICA

EDITORIAL	Augusto V. de A. Coelho
	Marli Caetano
	Sara C. de Andrade Coelho
COMITÊ EDITORIAL	Andréa Barbosa Gouveia - UFPR
	Edmeire C. Pereira - UFPR
	Iraneide da Silva - UFC
	Jacques de Lima Ferreira - UP
ASSESSORIA EDITORIAL	Renata Miccelli e Manuella Marquetti
REVISÃO	Isabela do Vale Poncio
PRODUÇÃO EDITORIAL	Bruna Holmen
DIAGRAMAÇÃO	Jhonny Alves dos Reis
CAPA	Sheila Alves
COMUNICAÇÃO	Carlos Eduardo Pereira
	Débora Nazário
	Karla Pipolo Olegário
LIVRARIAS E EVENTOS	Estevão Misael
GERÊNCIA DE FINANÇAS	Selma Maria Fernandes do Valle

Aos que me incentivaram nesta nova rota.

Os quatro pontos cardeais são três: sul e norte...

(Vicente Huidobro, Altazór)

SUMÁRIO

O PRIMEIRO PONTO DO ORIENTE 11

O SEGUNDO PONTO DO ORIENTE 47

O TERCEIRO PONTO DO ORIENTE 107

O QUARTO PONTO DO ORIENTE 139

O PRIMEIRO PONTO DO ORIENTE

A Tessitura

1. Francisco Anderguín

Libério Fontes — é preciso explicar — perdia o convívio de um amigo de modo repentino, por uma decisão que fazia força para compreender. Ficava-lhe, agora, uma nova imagem de Francisco: ele era emocionalmente forte e podia, assim pensava, suportar os percalços e revertê-los um dia. Sempre supusera nesse homem alto e forte, previsível nas atitudes, um cotidiano sem surpresas, e enquanto conviveu com ele detalhara em pensamento, como fazia com todas as pessoas, sua cadeia genética: proveniente de uma etnia de montanheses do centro europeu, certamente, cabelos claros, finos e com ligeira perda no alto da nuca. Agora, estava surpreso.

Único médico de Encostado, cidadezinha ao sul do Brasil e na fronteira com a Argentina, Libério sempre fora querido por todos que o consideravam quase um milagreiro à falta de qualquer outro habitante com pendores para curar. Quando conhecera Francisco, ainda jovem e de poucas palavras, soubera que seus pais haviam morrido em acidente de carro próximo às minas de carvão da região, em Arcádias. Sem parentes, mudara-se para a vizinha Encostado e logo marcara uma consulta dado as fortes dores de cabeça que tinha desde os 19 anos. Simpatizara com o jovem imediatamente, talvez por seu jeito meio acanhado e pela calma que apresentava, bom ouvinte de tudo o que gostava de contar e não encontrava quem o ouvisse: explicava-lhe sobre as poções, seu amor pela busca de síntese de detalhes físicos para adivinhar a genética das pessoas, casos perdidos que conseguira curar.

Depois de poucos anos em Encostado, Francisco conhecera Ermínia Barbosa, moça bem formada a cuja família pertencia uma loja de armarinhos. Libério Fontes foi seu padrinho de casamento.

O médico seguiu, com curiosidade, o caminho de Francisco com Ermínia. Soubera que José Maria Barbosa, pai de Ermínia, comerciante com muitos fregueses e notoriedade nas redondezas, criara facilidades para a filha estudar longe dali, mas a moça não quis, quer por lhe faltar clareza de vontade, ou porque jamais concebera o que tocava profundamente seu gosto. Libério captava certa confusão de fundo nessa alma e não sabia se era algo da genética. Essa parte não lhe cabia indagar. A geografia genética de Ermínia se finalizara, para Libério, com o casamento. Não pensou mais nela.

Francisco não se deu bem sogro e o médico tornara-se a fonte amiga para longas conversas. Não se poderia afirmar que ele estava apaixonado ao casar-se, talvez nem Ermínia, carregada pelo sonho das jovens de sua idade de alcançar a estabilidade de um casamento, o que não configura um estado amoroso, mas uma situação de desejos imaginados concretizados em rituais na igreja e na lua de mel. Um certo afeto? Algum, mas a moça não tinha ímpetos para conhecer esses seus meandros. Era difícil que demonstrasse que sentia, sempre com os olhos baixos e aparentemente pensativa. Ermínia pensava em quê? Não se sabia.

Anderguín firmou-se pela tenacidade, como bem denotava a mandíbula que sempre mantinha fortemente cerrada. Algo em comum havia, porém, no casal. Ele não pensava muito nos detalhes do dia a dia, nem construía planos complexos para o futuro, apenas queria ter seu próprio negócio, sua família, filhos, sobreviver relativamente bem em Encostado. Ermínia, com a abertura financeira conseguida por José Maria Barbosa, ajudava nas suas pretensões. No entanto, não se casara em função dos planos financeiros e boa situação do sogro, que não eram desprezíveis. Empertigado e de gestos lépidos, chegava a ser bonito, não fossem os olhares alheios se deterem primeiramente nos sulcos profundos que já marcavam sua testa e o redor da boca. Os cabelos extemporaneamente embranquecidos nas têmporas, apesar da pouca idade, davam-lhe certa sisudez imprópria para os 20 e poucos anos. Ademais, não se ajudava nas amizades, nunca olhava diretamente para as pessoas, e ao modo de Ermínia, que baixando os olhos afastava as pessoas, ele fixava alguma coisa ao lado, ou ao longe, enquanto conversava. Esse aspecto aproximou os dois, certamente, e o fez adivinhar, sem sinais muito claros, alguns de seus motivos mais fundos. Sobre os motivos da mulher nada sabia, nem investigava.

Não se sentia confortável diante das pessoas desde a perda da família, e pouca gente imaginava que a timidez se misturava ao medo. Trabalhou muito após sua união com Ermínia. Especializou-se na venda de frutas cultivadas nas regiões fronteiriças, de clima ameno. Encostado era um lugar benigno para certo tipo de plantio e as colheitas eram bem recebidas nos países próximos. O sogro lhe propôs, depois de dois anos de casamento e um filho, a compra de terras próprias. Ambicioso e orgulhoso titubeou, mas acabou aceitando um empréstimo do qual recolheu bons ganhos para se firmar como produtor autônomo.

Depois de mais de 20 anos de casamento e tranquilidade financeira, conseguira dar à sua vida uma direção razoável: quatro filhos saudáveis, uma esposa dedicada, e agora não esperava mais que descansar. Perto dos 50 anos, Francisco pensava nos dois filhos que ainda moravam consigo, Tadeu e Carmem. Dário havia se mudado para a capital e quase não aparecia para visitas. Clotilde, a mais velha, casara-se com um sitiante de uma região adjunta, e com o temperamento muito semelhante à mãe, quando aparecia para uma visita em Encostado mal conversava. Tadeu, o caçula, estudava em Cume Alto, a maior cidade da região e bem próxima a Arcádias, sua cidade natal. Carmem administrava a loja do avô. Não os via muito.

Eis sua vida inteira, pensou ao sentar-se no alpendre da velha e sólida casa recém-pintada. Francisco observava sua mulher que ajeitava o jardim. Ermínia estava mudada fisicamente, mas seus modos silenciosos não só continuavam com os mesmos aspectos de antes, como se ampliavam. Magra, excessivamente magra, rosto duro, quase impenetrável, olhos escuros e pequenos, sempre atenta aos seus deveres de mãe e esposa, aos poucos e tornava amarga de temperamento e o silêncio era o que mais se ouvia naquela família. De quando em vez, alguns rompantes de nervosismo quebravam a monotonia de seu comportamento, inexplicáveis rompantes, ao menos para Francisco. Eram períodos de dores de cabeça atrozes que a deixavam extremamente irritadiça, porém, como ele não costumava pensar em Ermínia e nem em si mesmo, a vida parecia viajar a passos calmos, sem inesperados acontecimentos.

Não obstante, há sempre um momento que vem a romper uma linha, e naquela manhã de setembro, ali no alpendre, fruindo da amena primavera que se iniciava, algo o perturbava, indizível, insidioso, até sombrio, uma espécie de ansiedade vinda não se sabe de onde, que deixava o peito oprimido e a respiração difícil e sincopada por longos suspiros. A quietude habitual se ausentava. Era o medo, talvez, que tomava forma e o fazia estremecer. Não definia o medo, mas deu esse nome ao que experimentava há alguns meses, antes como leve incidência, agora mais forte que o tomava de assalto ao caminhar nas ruas da cidade, e antes de deitar-se.

Nunca o sentira tão poderoso como naquela manhã.

O ancinho recolhia as folhas secas do jardim arrastadas pelas também secas mãos de Ermínia. Ermínia, quem era Ermínia? Vivia com ela há tantos anos e nunca havia escutado mais que frases sobre os filhos e compras a fazer para a família. Algumas vezes riram, poucas, quando havia convidados na casa. O corpo de Ermínia e o seu sabiam o que fazer quando, vez ou outra, encontravam-se sem surpresas. Nunca ouvira da mulher uma admoestação, nunca um sussurro mais forte, e com o passar dos anos os suspiros pela casa, também estes Ermínia os calara. Ele, que não gostava de falar, depressa se habituou à rotina do silêncio, até com certo gosto.

Durante a semana anterior, havia imaginado pela primeira vez em sua vida, sua morte, pois gostaria de desaparecer, simplesmente desaparecer. Talvez por isso, estivesse tão agitado nessa manhã, sem saber como essa ideia havia chegado e se instalara em algum canto obscuro de seu coração. Imaginou-a, deu-lhe limites nítidos, até que não soube mais determinar como chegara a um desenho tão independente de seu primeiro pensamento sobre a morte. Mudara tudo, não queria a morte. Decididamente, era o melhor desenho que fizera, e o repetia com firmeza e sem qualquer necessidade de argumentos em sua cabeça, como se o impulso do que fazer fosse ele no corpo e na alma.

Na medida em que as linhas se mantinham, outras e outras surgiam como um caudaloso rio de imagens e sentenças irmãs que o empurravam para longe, cada vez mais longe. Nunca se deixara levar por tanto movimento. O coração batia forte quando se ergueu da cadeira, atravessou o alpendre, cruzou o jardim com passos ritmados e sem olhar Ermínia se dirigiu à casa do doutor Libério Fontes.

Como sempre, o médico recebeu-o com um cigarro entre os lábios e os dedos amarelados de nicotina. Seu avental, marcado na altura das coxas pelas mãos que o faziam de toalha, guardava restos de cores dos remédios que manipulava. Dr. Libério era uma espécie de curandeiro-santo de Encostado. Havia feito os partos de Ermínia, cuidara do joelho de Clotilde, que devido a um acidente passara a mancar ligeiramente, salvara a ele e a Tadeu de pneumonia, e quando seu filho Dário quis sair da cidade, o médico indicara um amigo na capital para arranjar-lhe emprego. Não tinha ajudantes e fazia os remédios numa sala nos fundos da casa, aplicava injeções, criava líquidos coloridos e pastilhas enormes para as velhas senhoras reumáticas e senhores tristonhos.

Libério Fontes construíra muitas teorias sobre os genes. Quanto aos de Francisco — chegara a dizer-lhe —, levando-se em conta os estudos que fizera nos grossos e poucos mal-arrumados livros na estante, dizia que sua família devia ser da Europa Central, quer pelo formato dos olhos claros, pelo modo como o cabelo crescia — marcadamente do alto da cabeça para a nuca e testa, formando uma espécie de redemoinho insistente típico dessa raça —, ou pelas mãos grandes e de pele dura, pernas retilíneas, joelhos ossudos... não restava dúvidas: segundo sua teoria, Anderguín era secundariamente descendente de espanhóis, com certeza seus laços decorriam da migração dos povos dos Balcãs para a Península Ibérica.

Tudo isso significava pouco para Francisco, mas gostava de ouvir o médico tecer seus comentários e recolhia essas estranhas teorias e argumentações. Às vezes, ficava ali por horas aprendendo sobre o modo de misturar as ervas, sobre a alma das pessoas e suas compleições genéticas, sobre as doenças mais incidentes nas raças. Deveria levar-se em conta, dizia doutor Libério, a forma das pernas, a arqueadura dos joelhos, o tamanho dos pés e mãos, o ângulo entre o queixo e o pescoço, a distância horizontal entre os olhos ou a vertical, do nariz à boca, o tipo de implantação dentária. Nas mulheres, o tamanho dos seios comparativamente aos quadris, a inserção das coxas, o tipo de pele mais áspero ou mais suave, o tipo de cintura e volume das ancas, textura dos fios de cabelos e tantos outros detalhes, tudo isso lhe indicava a formação genética e estilo possível de comportamento.

Nessas ocasiões, que considerava uma espécie de aula, Libério Fontes discorria com entusiasmo, e as horas passavam sem que jamais lhe perguntasse sobre ele e sua família, sem enviar qualquer recomendação, o que, para Francisco, era o melhor dessa amizade. Algumas vezes, o médico o olhava de modo perspicaz. Isso deixava-o um tanto sem jeito, via-se desnudado como se esses olhos clínicos pudessem adentrar em lugares escondidos até para si mesmo, bem além da curvatura da nuca ou do implante dentário, ou da distância entre a boca e o nariz. Quando isso ocorria, preferia ir embora.

Naquela manhã, chegando à casa de Libério, Francisco falou pausadamente e muito. E Libério ouvira dele, nessa longa conversa, algo inédito até então, um Francisco malfalante que despejava, mesmo de modo difícil e entrecortado de silêncios, palavras e mais palavras. Exposto o que pretendia, Anderguín combinou com Libério o que iria precisar e dele obteve a promessa de ajuda. Este faria, sim, o que Francisco Anderguín lhe pedia. E foi na noitinha de lua nova que rumaram para o rio Novenas.

Numa quinta-feira, na lua nova, umas duas semanas depois daquela manhã de conversa difícil, os dois cavalgaram até a margem do rio Novenas sem que ninguém de Encostado atentasse a esse passeio cuidadosamente programado. Chegaram ao rio.

"Cuide de Ermínia e de meus filhos, Libério. Nunca diga a eles a verdade sobre meu desaparecimento".

"Assim farei, Francisco, e se precisar de algo sabe como encontrar-me como o combinado! Procure-me na minguante, ou ao final da floração dos manguezais, ou na colheita das uvas. Estarei por esses lados para colher plantas dessa época e sempre passarei por este lugar...".

Era assim que Libério Fontes expressava o tempo em sua vida, especificando as luas, os plantios, as colheitas. Era assim que Francisco Anderguín ouvia, com prazer, o médico falar. Viria procurar o amigo nas minguantes de outubro a dezembro caso precisasse, mas isso não aconteceria, não estava nos seus planos. Despediram-se. Na última hora, Libério deu-lhe dois livros. Não teve tempo de abri-los, somente de agradecer. Entrou no pequeno barco e desapareceu na escuridão levado pela forte correnteza em direção à Argentina. De lá, rumaria para o oeste em direção à Cordilheira, trocaria seu barco, e depois, mais além, chegaria ao sul do Chile até os Alagados de Monquer, uma região com 182 ilhas contadas nos dedos de muitas mãos, onde um povo mal adentrado na civilização vivia os dias, um a cada vez.

Levava, além de provisões, dinheiro suficiente para chegar a Alagados — uma longa viagem. Deixara tudo o que amealhara no Brasil para a família e de modo bem-organizado. Guardou com apreço um caderno encapado com papel grosso, amarelado, onde copiara muitas das receitas de poções de Libério Fontes, e agora, além do caderno, transportava dois presentes, os livros. Nada mais, de nada precisava. Uma canoa fora deixada com o médico e junto dela algumas peças de roupa e objetos seus que apareceriam semidestruídos no dia seguinte.

Com medo e euforia, tomado por um tremor ansioso e dolorido, Francisco Anderguín mantinha um sorriso, sem aperceber-se disso, enquanto descia rápido o rio. Permitia-se, agora, fantasiar seus dias nas ilhas vendendo poções, recolhendo ervas, falando sobre as maravilhas que cada uma delas faria ao fígado, ao coração, à pele, aos cabelos e à vida sexual dos homens e das mulheres dos Alagados. Quem sabe, com o tempo, teria um amigo para conversar sobre o que quisesse. Imaginava o quanto falaria e ouviria sentindo a lua iluminar seu rosto. O barco corria veloz no rio Novenas, e o rosto iluminado e com um meio sorriso talvez fosse seu verdadeiro rosto. Explicaria ao possível amigo, como fizera Libério com ele, sobre as misturas aromáticas e poções que certamente iria criar.

2. Andrei Taukis

Esperou a água começar a ferver e jogou as folhas miúdas do chá. Apagou o fogo, tampou a panela e aguardou até que as folhas se abrissem. No armário de aço, escolheu uma xícara de porcelana branca com flores amarelas, escaldou o bule e destampou a panela. As folhas já estavam abertas, triplicadas em tamanho, e o líquido castanho e transparente fumegou no bule quente.

Sentia-se bem medindo cada gesto, uma dança de passos curtos. Sabia quais seriam os próximos e estava apaziguado. Foi até a sala e sentou-se comodamente no sofá vinho, que preferia fosse azul, servindo-se vagarosamente do chá. O sabor típico das folhas do Ceilão caiu bem com seu estado de alma e o dia nebuloso e frio de junho. Os carros passavam silenciosos lá fora, amortecidos os sons pela névoa e chuva fina. O início do inverno sempre lhe agradara, os ruídos de Buenos Aires diminuíam como se a opacidade do céu tivesse o poder de guardá-los. Um outro gole de chá e reapareceram as imagens de Vivian. Por um instante, confundiu-se no ritual do chá.

Andrei Taukis chegara aos 47 anos sem saber, com clareza, o que mais desejava na vida. Vagamente, cenas do seu casamento, muitos sorrisos e amigos, tudo desfilava mal contornado na memória. Um casamento bem cuidado, com todas as exigências exteriores às quais não se adaptava à época e que, ainda hoje, cumpria com algum desgosto. Não mais vira esses jovens amigos, alguns haviam morrido cedo, enfartados ou durante a perseguição política. Outros trocaram de país, exilados.

Sempre fora trabalhador. Logo vieram os filhos e se lembrava da difícil acomodação na casa pequena. Agora, esse recorte de lembranças pouco pesava. Presente aos que dele dependiam em todos os momentos, cuidara bem dos filhos, da mulher, amealhara alguma fortuna. Perdera o pai ainda menino, e a mãe não pudera prever que seu filho único viesse a desenvolver a sensibilidade e imaginação que mostrara na adolescência. De família simples, ela nunca criara, nem remotamente, a hipótese de um Andrei envolto em livros, vitorioso e bem pago editor.

Lembrando da infância solitária e das dificuldades quase invencíveis da adolescência, nem ele próprio teria adivinhado tal permeio em sua vida. A recordação de sua fragilidade quando jovem imberbe, e da prudente e corajosa atitude da mãe que insistira nos seus estudos, ainda lhe provocavam emoção. Sim, havia sido uma vida de gradativo bem-estar depois do casamento — ponderava —, a cada ano cumprindo certas metas desejadas, a cada ano criando um novo desejo e metas, e os finais de ano renovando as esperanças. Assim passara os últimos 20 e poucos anos de sua vida. Não fora isso o que desejara? Então, por que essa insatisfação tediosa diante de uma vida organizada, de uma família sólida formada segundo seus próprios desejos e cálculos?

Nunca ficava só. Preenchia todos os horários com o trabalho na editora até as 20 horas. Acostumara-se, nos últimos meses, a encontrar seus dois filhos, já casados, quando voltava à casa para o jantar. Florência, a única filha, dificilmente aparecia, ocupada com seu novo apartamento onde vivia sozinha. Os dois moços vinham quase diariamente à sua casa, de modo que dificilmente Mabel e ele jantavam a sós. Os moços eram muito ligados à mãe, e quando não vinham sempre alguns convidados pela esposa apareciam, gente de negócios, amigas de muitos anos, ou algum outro editor ou autor a quem ele mesmo devia certos cuidados e convidava. Mabel sempre soubera receber muito bem, deixava as pessoas confortáveis, o que sempre o orgulhara.

A casa era a mesma do início do casamento, porém já definitivamente ampliada e bem reformada após a saída dos dois filhos. A decisão de Florência em morar sozinha dera o espaço que a esposa, exigente na decoração da casa, logo efetivou com cuidado. Como boa anfitriã, deixara-a aconchegante e cuidava de mantê-la provida para que se alguém, ao passar por lá, fosse bem hospedado. Sim, continuavam os mesmos: ele, a mulher, os filhos, a casa, as coisas. Tudo estava bem.

Serviu-se de mais uma xícara de chá. Como era agradável a companhia do chá! Os ingleses — e bem antes deles, os chineses e os árabes — acertaram ao fazê-lo elo entre as pessoas, uma espécie de hóstia líquida pela qual todos os pecados eram perdoados e esquecidos momentaneamente, enquanto se preparava e se bebia essa água castanha e quase insípida, rodeada de ritual.

"O chá, nele mesmo, não tem força" — teorizava —, "é quase nada! É o ritual que ampara o chá".

Passou a mão nos cabelos que teimavam em cair na testa. Preferia-os mais longos, porém davam muito trabalho, e o ar respeitável que procurava manter como editor considerado não acompanhava essa preferência. Afinal, não tinha mais 30 anos! Poucos fios brancos apareciam, e não os achava feios, pois se misturavam ao tom castanho-claro e se tornavam quase imperceptíveis. Olhou suas mãos. As unhas quadradas, os dedos bem torneados, mãos de artista, dissera-lhe certa vez Vivian. Sua mãe também havia falado de suas mãos, e uma onda de ternura encheu seu coração ao lembrar-se de Vivian. Experimentou o estômago fundo. Recebera sua carta há 10 dias, como sempre na editora. Não esperava nem a carta, nem a reação que tivera. Mulher corajosa, Vivian Cencini criara dois filhos com obstinação. Não se admirava de, agora, mandar uma carta datada de nove anos atrás! Perdera o marido na repressão política brasileira ao início dos anos setenta, e exilara-se no Colômbia. Com alguma ajuda de amigos concluíra seu doutorado em Bogotá.

Algo em Vivian lembrava sua mãe, talvez a tenacidade ou o modo rápido de fazer as coisas, sem olhar para os lados, absolutamente concentrada mesmo nas tarefas triviais. No entanto, se interrompida, sorria, um sorriso enorme, e os olhos esverdeados estreitavam-se. Por que sua mãe se detivera em suas mãos? E Vivian? Só agora percebia essa insistência feminina. Mãos de artista... de onde tiraram as duas mulheres tal ideia? Ficou espantado por não ter pensado nisso antes. Por que pensaria? Tentou se recordar das mãos de sua mãe. Pareciam-se com as suas, longas, bem torneadas, porém secas. E as de Vivian? Longas, macias, cheias de gestos. As mãos contam histórias que os olhos não veem.

O telefone tocou. Depositou a xícara vazia na mesinha de mogno e levantou-se devagar.

"Florência, querida, como estás?... Não, não chegou... ah! sei, está bem... Não tem jeito?... Hum... Sim, está bem, eu aviso tua mãe".

Mais uma vez, Florência não viria para jantar. Desligara-se mais de casa que os meninos, e muito cedo. Ela considerava que a família, apesar de adulta, vivia como um grupo indissolúvel partilhando de uma espécie de pensão, como se os irmãos não tivessem suas próprias casas ou não tivessem a capacidade de tê-las. Era intolerante, Florência! Fora sempre severa com os irmãos e não aceitava a grande dependência que tinham das mulheres. Às vezes, ele mesmo tinha a impressão de que seus filhos, a partir de certa idade, realmente viam a casa paterna como um lugar para dormir, comer, ter eventualmente a roupa lavada e passada, como se não conseguissem vivenciar suas próprias casas. E também suas esposas pareciam desafogar seus afazeres na casa dos sogros. Seria o espírito de Mabel, sempre tão receptivo? Gostava que fosse assim. Talvez mudassem essa dependência quando tivessem os próprios filhos.

A opressão no peito reapareceu. O chá esfriara no bule e já não tinha vontade de bebê-lo. O ritual terminara e o dia pareceu-lhe mais frio. Eram cinco e meia da tarde, deixara antes a editora por absoluta incapacidade de trabalhar. Já escurecia. Mabel chegaria a qualquer momento e não podia esquecer o recado da filha. Naquela noite teve um sonho:

"[...] Subia um monte pedregoso, não muito alto. Vestia-se com uma espécie de armadura brilhante semelhante ao ferro, porém levíssima, e seus movimentos não estavam totalmente tolhidos. Havia aberturas na armadura na altura dos cotovelos, virilha, joelhos, facilitando os movimentos para a subida. Escorregava com frequência e pequenas pedras rolavam para algum lugar que não podia ver. Era uma encosta íngreme e seus pés procuravam pontos firmes na trilha estreita. Essa trilha não tinha mais que 10 metros de comprimento, porém ele podia abarcá-la com a extensão dos braços estendidos; ao estendê-los, o fim da trilha parecia distante.

Tinha que chegar ao final da encosta, até o alto do que parecia ser um morro onde só pedras se amontoavam, umas sobre as outras, a terra e a vegetação entre elas servindo de cimento. Ouvia gritos incentivando-o a continuar, vindos do final da trilha, mas não via as pessoas que gritavam. Sentia a garganta seca, as pernas cansadas e a respiração muito rápida. De repente, um gato saiu de uma pequena fresta e lhe arranhou a mão esquerda com a qual segurava em uma pedra que lhe servia de amparo. Uma dor aguda fez com que recolhesse a mão e faltou-lhe equilíbrio. A outra mão, a direita, rapidamente conseguiu segurar numa espécie de mureta formada pelos restos de um tronco. Olhou o arranhão. O sangue começou a brotar, um fio grosso e escuro, e lembrou-se de ter ouvido falar sobre as unhas dos gatos, seu veneno e o perigo de infecção. A respiração estava mais forte e o ardor do corte deixava a mão ferida paralisada. Um mal-estar tomou conta de seu corpo. Ficou tonto e teve medo de cair no despenhadeiro [...]".

Acordou sobressaltado. Ofegava. A mão esquerda estava insensível sob o corpo e o braço doía. Tentou esticá-lo mexendo a mão com cuidado. Só depois de alguns minutos deu-se conta do que havia sonhado e sorriu ao pensar que o arranhão feito pelo gato e a parte final de seu sonho não fora, certamente, mais que a dor de seu braço sob o peso do corpo. Fixou-se nas imagens do sonho, na sua dificuldade para subir a encosta pedregosa e no som embaralhado dos gritos. Olhou Mabel que dormia ao seu lado, tranquilamente.

Demorava, agora, a pegar no sono. A carta de Vivian voltou-lhe à memória: Áustria, Veneza... sim, fazia tempo, e parecia ter sido ontem.

Andrei quase não conversava com Mabel. Não havia o que conversar. Por várias vezes tentara, por várias vezes perdera. No entanto, não viviam mal, suportavam-se, e os filhos, o dinheiro, o trabalho, o hábito cotidiano faziam o resto. Seguia com um olhar de esguelha os gestos da mulher que baixava a saia, desabotoava a blusa e, com cuidado, descia as meias de náilon. Mabel não era uma mulher bonita, mas sua tenacidade e liderança conquistavam as pessoas. Colocara em pé os negócios do pai, quando um grave problema vascular o deixara impossibilitado de trabalhar. Tinham uma fábrica de tecidos e Mabel saíra-se muito bem no comando administrativo e financeiro dos negócios, apesar de não poder seguir Psicologia, fato de que sempre se queixava.

Mostrara seu espírito de organização desde que se conheceram na universidade. À época, ela não lhe chamara a atenção. Estudava Psicologia, e ele, Letras Clássicas. Percebera, aos poucos, que ela sempre estava onde ele estava e acabou por conquistá-lo. Gostara da sua jovialidade, da sua franqueza e de seu espírito de liderança. Do que não gostara havia aprendido a gostar ou a deslembrar. Intuíra, com facilidade, que os modos excessivamente firmes, o impulso para ter sempre a primeira e última palavra nas discussões estudantis, indicavam uma mulher de difícil convivência, ao menos para ele. Compreendera a ambição que havia por detrás dos gestos autoritários, do sorriso malicioso seguido do olhar astuto depois de uma discussão ganha, da brusca mudança de tom na voz quando queria algo e falava baixo, com quase meiguice.

Também ele era ambicioso. Ágil, Mabel fazia as coisas antes que alguém as fizesse e conquistava quase tudo que projetava, a ele inclusive. Temperamental, fizera disso uma arma e uma virtude. Como virtude, usava a favor de outros, dele inclusive. Como arma, deixava o adversário paralisado pela surpresa, como aqueles insetos que, aparentemente sem força física, ganham a batalha paralisando outro bem maior, com alguma substância incógnita, como fizera com ele.

Assim era Mabel e casaram-se com alguma resistência do pai, homem rico que preferia um jovem mais bem posto na vida. Andrei era inteligente, trabalhador, mas pobre. Casara-se na certeza de amá-la ou, pensava hoje, ao menos de nutrir-lhe afeição suficiente para viverem juntos. Tinha imensa necessidade de constituir uma família, talvez porque não tivera a sua. Por que não poderia ser assim? A vida era simples, as pessoas complicavam! Que tortuosidades costumam alguns desenhar diante da vida e de si mesmas! Viver era deixar as coisas acontecerem, dia após dia, resolvendo os problemas que surgissem, edificando o futuro no presente, um futuro que, para todos os homens do mundo necessariamente configura-se no afeto, saúde, dinheiro. Não há mais a desejar, e já é muito.

No entanto, as almas conturbam-se em paixões, em projetos insustentáveis. A vida era simples, sim, muito simples, e os homens sabiam como sofisticá-la! Quando se casou, era essa a linha de vida que previra e que conseguira, afinal: esposa, filhos, uma profissão rendosa de que gostasse, depois viriam os netos... essa era a dança humana. Todos os seres vivos tinham seu ritmo específico, o resto vinha das almas mais conturbadas, tenazes na conturbação a ponto de viverem para edificá-la, compreendê-la, buscá-la fora dos trâmites oferecidos.

Sua vida fora, ou estava ainda sendo, previsível, o que não lhe parecia em nada algo desprezível.

Apesar de ter um ano a menos que ele, Mabel estruturara uma postura de mulher madura, nada jovial. A responsabilidade familiar, que teimava querer só para si, fizera-a mais pesada, física e psicologicamente. Reservara somente às quatro paredes sua desilusão com o casamento e com os objetivos profissionais não conseguidos. Culpava-o disso, e não a doença do pai ou a si mesma; não cansava de repetir que, se não fossem as necessidades de mãe e esposa teria conseguido realizar seus sonhos como psicóloga. Não seguiu a cadência da vida e tornara-se uma mulher ressentida.

Quanto a ser ele o culpado da não realização dos sonhos da mulher, talvez fosse, em parte, e já lhe havia explicado em anteriores conversas, seu modo de ler a situação: ambos quiseram os filhos, não só ele; ambos quiseram amealhar fortuna, não só ele; ambos procuraram os poderosos.

Agora, com a tranquilidade financeira, ela poderia buscar seus objetivos — abrir uma escola para crianças —, e não seria a fábrica do pai, que já lucrava sozinha com a boa equipe formada por ela mesma que iria impedi-la. Tais argumentos costumavam ser respondidos aos gritos, quando lhe eram colocados:

"Não, não mais! Agora é tarde! Sabes melhor do que eu disso!".

E encerrava a conversa saindo de casa, batendo a porta.

Com o passar dos anos, aprendera que de nada adiantavam tais discussões, que Mabel precisava pensar assim, do contrário não conseguiria a façanha de guardar sua desilusão entre quatro paredes. Agradecia, portanto, sua força em permanecer a boa esposa e mãe diante de todos. Viu-a sair do banho, seminua, enrolando-se na toalha. Nada, absolutamente nada podia sentir. Mas não fora assim todo o tempo. Mabel afastara-o na maior parte das vezes em que a procurara, e durante muito tempo havia tentado, como havia tentado! Então, resignara-se. Conhecera algumas mulheres, encontros rápidos sem história. Até que encontrou Vivian.

Sim, com ela havia sido diferente. Houve — e talvez ainda houvesse — uma história. Por ela deixaria tudo, mas como deixar os filhos? Por ela sairia da Argentina, mas como recomeçar a vida? E sua profissão? Seria loucura! Afastara-se. À época, ela enfrentava muitas dificuldades em novo país, com filhos não formados, firmando sua carreira que, sem dúvida, daria certo. Não, uma relação totalmente inviável! Também ela tinha filhos, profissão. Não quis pensar em outra trilha viável para os dois. Deixaram de ver-se após quatro anos de um romance entrecortado na sua geografia. Havia sido covarde? Não podia fazer-se, agora, tal pergunta. Talvez nunca a respondesse. Não resolvera esse amor no início, não o resolveria futuramente. Deixar a vida correr, esse é o lema.

Mabel encontrou-o na mesma posição em que o deixara antes, sentado na poltrona próxima à janela, com as mãos cruzadas sobre o queixo.

"O que houve, Andrei? Algum problema na editora?".

Ao perguntar, olhou-o com sagacidade. Sim, Mabel era ciumenta, desconfiada, mas ele já sabia que não era por amor — esse acabara cedo —, mas por uma espécie de hábito interno em controlar, em ter a posse. Sempre fora assim sem dar-se conta disso. Apesar de todos os problemas, continuava vendo em Mabel qualidades importantes, imprescindíveis para ele. Era mãe, sabia cuidar. Ora, estava bem esse modo de vida, estava bem...

"[...] Hum?... ah, é um livro, um romance. Não estou em dúvida sobre a sua qualidade, é fraco, não me parece editável, mas há algo nele que não me deixa descartá-lo. Não sei...".

E assim respondera no tom teatral de um homem absorto em pensamentos. Claro que Mabel perguntaria o teor do romance, quem era o autor, o título, e Andrei preparou-se para mais algumas mentiras. As perguntas não vieram. Levantou-se para jantar e, uma vez mais, a imagem de Vivian inundou seus olhos, e o ímpeto de ir a Bogotá reapareceu. Pensara muito nisso nos últimos dias, mas lhe faltava coragem. Vivian estava praticamente casada, só não morava com Horácio porque não queria. Tivera a oportunidade de conhecê-lo, rapidamente, em uma das viagens a Frankfurt. Com dificuldade, convivera todo um dia com os dois. Aprendera a guardar fundo suas emoções e conseguira deter qualquer sinal da ligação anterior que tiveram. Às vezes, sentia o olhar penetrante de Vivian perscrutando seu rosto, mas não a olhava. Isso tudo fora, no entanto, há três anos. E agora, como estaria ela? Por que escrevera depois de tanto tempo e juntara essa carta antiga, de 87?

"Meu Deus, essa carta me ficou na garganta...".

Sentado à mesa, Andrei, sem fome, forçava um ar negligente. Se Mabel percebia ou não a vida que levavam, pouco lhe importava. Saía cedo, antes de ela se levantar, e voltava, em geral, depois da chegada dos habituais convidados ou dos filhos. Sempre com pessoas ao redor, raras vezes comiam a sós, como agora, e os finais de semana ela ia ao cinema com alguma amiga ou com os filhos. Ele não ia, acertaram isso, ao menos isso, sem grandes transtornos.

Serviu-se de um pedaço de torta e pensou que, sem nenhuma dúvida, iria a Bogotá. Sim, iria. Por quê? Ao menos uma vez, desta vez, ele não se perguntaria mais nada.

3. Vivian Cencini

"Querido Andrei,

Escrevo por absoluta necessidade minha. Estou no Museu, olhando para as árvores que sofreram com o verão forte. Preparam-se para perder as folhas e transformar a paisagem para nós, estetas Sei eu não deveria escrever-te após tanto tempo, mas entre nós sempre haverá um "não devo". Ocorre que acordei nesta manhã de outono com o odor forte da grama molhada. Que bom! Choveu à noite e um vento frio e leve trouxe-me esse cheiro de umidade verde, de terra fértil, um cheiro infantil. Posso dizer-te que é mais que isso... é quase um sabor, quase um tato. É gosto de vida, um sentir tenro, um odor macio. Acordei pelo olfato e com tua imagem na memória.

Levantei-me sedenta, olhei-me no espelho, lavei o rosto com água fria, abundante, prendi os cabelos — que já me mostram alguns fios brancos — e finalmente despertei. Quase alegre sem saber o motivo, fiz um chá de bergamota que bebi com biscoitos de leite. Desceu-me bem, quente, ajudou-me a iniciar o dia. Lembras do ritual do chá que inventamos? Apesar de nada saber dos caminhos ou descaminhos da memória, tão sinuosos são, lembranças devem ser lembradas! E me veio a manhã em que nos conhecemos, um argentino, uma brasileira, um congresso internacional...

Não, nada conjeturei quanto a nós, apenas que fugíamos sempre dos programas oficiais. E veio, por fim, Veneza, uma pequena fuga pelos Alpes ao Adriático, a foto da tua família contrastando com a quase ausência da minha, tua religião externalizada nas igrejas em gestos inesperados para mim. Trama o tempo seus próprios caminhos. E estamos em geografias diversas, como no princípio.

Espero que estejas bem. Vivian.

Obs.: no próximo mês vou à Argentina, mas não te encontrarei, não quero".

Colou o envelope, subscreveu-o. Uma leve dúvida tremeu suas mãos. Valeria a pena enviá-la? Sabia que sempre titubeava antes de uma decisão, mas tinha certeza de que sairia da sala e levaria a carta a sua secretária. Ajeitou os cabelos, passou um batom forte nos lábios e apanhou a pasta grande com as fotos das esculturas que lhe havia mandado Giovanni Martolli. Estavam lindas! Pensou que Horácio já devia ter chegado.

Realmente, ele já a esperava, impaciente. Participaram de uma rápida reunião e saíram diretamente para o concerto de flauta e *cello* na Igreja Nossa Senhora do Rosário. O trânsito fluía e ele, como sempre, estava de bom humor. Olhava-a pelo canto dos olhos procurando fazê-la sorrir, e pressentia que algo não ia bem com Vivian pelo excesso de silêncio e olhar perdido. Quando ficava assim — já aprendera — não falava o que pensava, como se outra mulher participasse do mundo. Não chegava até ela nesses momentos e sentia-se excluído. Fez um esforço para prestar a atenção no trânsito como se nada de anormal estivesse acontecendo. Amava-a mesmo não a tendo inteiramente como desejaria.

Já eram 9 horas da noite quando Vivian chegou à sua casa. Logo subiu ao quarto, queria deitar-se. A carta a deixara tensa. Um quarto é o refúgio dos tímidos ou dos endurecidos, dos viajantes, dos homens do interior, e pensava que as relações entre as pessoas eram muito difíceis. Quando viajava, por vezes e sem motivo aparente, sentia-se muito só. Assim considerava ao descansar a cabeça no travesseiro, seu refúgio. Gostava de Horácio, de sua sensibilidade, de seu bom humor. Ajudava-a em tudo o que precisava, desde os problemas com Roberta, sua filha mais nova, até decisões difíceis de tomar como curadora do Museu. Se Horácio lhe desse uma opinião contrária ao que havia pensado e não a seguisse na votação, pois como membro do conselho curador e sendo arquiteto, nem sempre as opiniões eram as mesmas, apesar disso, precisava ouvi-lo para acreditar que decidia melhor, rejeitando ou aceitando seus argumentos.

Sobre Luiz, seu filho mais velho, Horácio o incentivara a estudar na Europa. Agradecia-lhe até hoje por isso, por essa boa visão talvez fácil aos homens, sempre tão objetivos, aparentemente tranquilos e lógicos nas deliberações, nas previsões. Afora o dinheiro para os estudos que lhe enviava, Luiz já fazia sua própria vida. Parecido com o pai, cedo soube o que queria. Já Roberta, volúvel, apaixonada e um pouco infantil, costumava preocupá-la pelo excesso de amores para "a vida inteira", transformados em cacos depois de dois meses. Vivian pressentia a excelente gravadora que Roberta poderia ser, mas necessitaria de muita tenacidade para desenvolver essa arte. Com um temperamento impetuoso, considerava que a filha retardaria sua dedicação a algo mais definitivo, quer na profissão, quer no amor. Sim, Horácio era um imprescindível companheiro, e quanto afeto lhe dava! E quanto afeto ela gostaria de dar-lhe!

A figura de Andrei voltou, uma vez mais, e mais uma, e outra... escondeu o rosto no travesseiro, mexeu-se na cama, inquieta, e pensou que precisava descansar de tudo, sair da Colômbia, umas férias. Talvez. Sentia falta do mar, do largo horizonte, de sentar-se em uma pedra e simplesmente perder o olhar ao longe. Talvez pudesse sair agora, com a eleição do Museu já finda, quem sabe Horácio aceitasse ir com ela a algum lugar com pouca gente e pouco turismo.

Ficou imaginando onde seus olhos poderiam perder-se, onde um horizonte marítimo qualquer, longe de pessoas conhecidas, sustentaria sua alma. Logo percebeu que não queria a companhia de Horácio e que lugar algum conhecido poderia acolhê-la... um pequeno povoado à beira mar, outra cultura... Sim, era disso que precisava, mas não no Brasil... não! Nem na Argentina de Andrei!

Revirava-se na cama, insone. Tensa, seus pensamentos voavam:

"[...] Sou curadora do Museu por cinco anos! Estou feliz. Afinal, uma brasileira que consegue fazer-se respeitar no seu trabalho, fora do seu país. Não é fácil. O Brasil é um país tão grande e tão intensamente colonizado, que os brasileiros não se sentem competentes em quase nada do que fazem. Sem raízes claras, o que está fora de seus limites é considerado sempre melhor do que as criações próprias. Pouco narcísico, dependente do que lhe dizem ser. É de uma fragilidade quase indigente apesar da força descomunal que guarda, tão desconhecida e tão necessária de mostrar-se.

Antes, não ficaria feliz com essa curadoria. Acharia um modo de dizer a mim mesma que a recebi por algum recôndito interesse político. Deus, como sofro com essas interpretações contra mim. Não preciso de inimigos. A primeira vez que percebi essa inimizade por mim foi — incrível eu estar lembrando-se disso! — quando conheci aquele homem seríssimo, sisudo, naquele hotel em que trabalhei quando estudava. Tinha um ar de criança e pai que me deixou agitada, então fiz uma loucura! Chamava-se, deixe-me lembrar... Anderguín... Francisco Anderguín, sulino, de Encostado. Interessante esse homem, um jovem aparentando maturidade. Quase não sorria e falava pouquíssimo! Nada contou sobre ele e, apesar disso, confiei tanto! Acho que foram seus olhos, seu modo de tocar-me, tão doce e tão firme. Eu me aproveitei dele! Eu, tão infantil, quis tê-lo e não pensei nele, só em mim... e quando percebi o quanto me encantava, fui inimiga de mim mesma. Depois de três noites incríveis, fugi. Não apareci no hotel no dia seguinte, nem no outro, quase perdi o emprego!

Um período difícil. Trabalhava muito, estudava, ouvia as brigas de meus pais por falta de dinheiro... Não sei como sobrevivi".

Pela janela, via a noite límpida, estrelada, típica do outono. Levantou-se e saiu para o jardim com um livro de que gostava, Giacomo Leopardi. Olhava o céu — Ursa Menor, Ursa Maior, Vênus, Sirius, Antares —, céu que a fazia lembrar-se do pai que a ensinara sobre constelações. Pensava que largos horizontes acalmam o coração, completam a alma. Leopardi, não é sempre que lia, mas naquele momento parecia-lhe fundamental. Leu:

"[...] Desde o primeiro instante

Em que te vi, de que cuidado extremo

Não foste o só objeto? Que hora houve

Que em ti eu não pensasse? Aos sonhos meus

A tua suma imagem

Quantas vezes faltou? [...]"

*

1. Francisco Anderguín

Era meio-dia quando Francisco Anderguín foi até a casa de Miguel Collar. Precisava dele para um carregamento das poções. Podia fazer essa tarefa sozinho, mas sabia o quanto Miguel Collar gostava de auxiliá-lo. Esse meio-índio vivia só, como ele, e não aparentava os 60 anos que tinha. A pele lisa e queimada, os dentes fortes e brancos e o corpo rijo indicavam uma vida de trabalho ao ar livre. Como ensinara Libério Fontes, os genes fortes e a conformação das maçãs do rosto, os pés achatados, os cabelos negros, grossos e lisos – devidos essencialmente à alimentação marítima –, e as pernas ligeiramente arqueadas, apontavam para suas raízes asiáticas, dos povos acostumados às andanças, à abertura de trilhas incógnitas, à alimentação que a natureza lhes dá à beira mar.

Aprendera com Miguel sobre os habitantes das ilhas. Ele tinha o dom natural de radiografar as pessoas, de compreendê-las nos seus mais íntimos propósitos. Mal percebia esse poder que lhe vinha espontaneamente, despretensiosamente. Assim como sabia dos muitos segredos das plantas (que Libério Fontes nem poderia imaginar), também recolhia certos meandros recônditos das almas das pessoas, da sua inclusive, apesar de pouco comentar a respeito. Os grossos livros de Botânica não dariam ao médico de Encostado as informações preciosas colhidas na vivência da floresta por Miguel Collar e por ele mesmo. Onde e como encontrava este homem os segredos das pessoas? Gostava dele, seu melhor amigo nos Alagados.

Naquele fim de manhã, levaria suas poções a cinco ilhas próximas, e se Miguel quisesse acompanhá-lo à Pedra do Pirata poderiam ali passar a noite, no próprio barco. Precisava ir até lá, pois às vezes sentia necessidade, como agora, de pensar sobre a vida, olhar o mar e o céu estrelado e ler os cantos de Giacomo Leopardi, um dos livros que Libério Fontes lhe presenteara, quando se despediram naquela noite longínqua no rio Novenas. Não fora fácil ler e reler Leopardi, mas passou a ser imprescindível essa leitura a cada vez que se sentia mais perto de si mesmo. No início, não entendera muito bem por que o médico lhe dera esse livro. Depois, passou a gostar tanto do que lia — quase o sabia de cor —, apesar de continuar sem compreender os motivos de Libério Fontes ao presenteá-lo. Assim como não entendia, ainda, o outro livro, de Gibran Kalil Gibran, que gostava de fruir quando se sentia muito só.

Miguel Collar ficou feliz ao vê-lo e mais feliz ao acompanhá-lo até a Pedra do Pirata. Iniciadas as entregas, num instante desatracavam e navegaram para a última mercadoria: meia hora até Santo Anastácio, uma das ilhas maiores dos Alagados. Passariam pelo empório de Anunziata para deixar-lhe os frascos do perfume por ela batizado de "Gitano", pois sempre que o usava aos sábados, depois de um banho no mar e outro com ervas — que também Francisco lhe vendia em pequenos feixes embrulhados em tecido rosa —, ela dizia que homem nenhum podia resistir-lhe. O mais engraçado em Anunziata era que se referia a si própria, aos seus afetos, desejos, carências, de modo excessivamente expansivo, gargalhando, mais uma criança que uma mulher de 35 anos. Escancarava a boca e batia com o punho no balcão, como só ela sabia fazer. E todos sorriam, contagiados.

Anunziata tinha o dom de atrair simpatias com seu jeito malicioso de olhar, seus imensos decotes, seu andar quase lascivo e o riso fácil, os gestos amplos. Quando ria, abria ligeiramente as grossas pernas e os seios fartos balançavam, jovens, enormes. Não havia como não olhar, quase metade expostos, e os olhos desciam da sua boca ao pescoço e deste aos seios, acompanhando uma corrente de ouro cujo final mostrava, mal encoberto, um crucifixo. Gorducha, alegre e com uma incrível cintura fina, Francisco conhecera seu corpo, experimentaram muitas noites juntos, desbravara sua geografia, uma inesperada geografia italiana com abruptas quedas das mãos na desproporção das ancas à concavidade da cintura, nas passagens estreitas e na subida gulosa às montanhas redondas dos seios amplos. Perdera-se neles como um filho no regaço da mãe.

No entanto, depois de algum tempo, escolhera continuar sendo apenas o vendedor de ervas, perfumes, poções. Miguel Collar dissera-lhe certo dia, sem qualquer aviso ou olhar mais cuidadoso, que se continuasse com Anunziata logo iria se casar com ela e ter filhos. Acreditou no amigo sem perguntar mais nada. Com grande habilidade afastara-se, preservando suas relações amigáveis com a moça. Era melhor assim, não se sentia um homem para ter companheira. Eram ótimos amigos e muitas vezes fora seu confidente. Sabia quase tudo sobre a dona do estabelecimento, mas quando ela lhe perguntava sobre sua vida, ele nada dizia. Já se adaptara a esse Francisco Anderguín de poucas palavras, e todos o conheciam assim.

Chegados ao empório com uma boa carga, saíram bem menos carregados. Não só vendera as encomendas para Anunziata, como deixara parte das poções em consignação, vidros coloridos com nomes estranhos, conforme ensinara Libério Fontes: "Erva do bom-agouro" (para depressão); "Poção das donzelas" (para dores menstruais); "Perfume das floradas" (para as axilas); "Chá do frade" (para lumbago e dores nas costas); "Poção da gruta" (para maridos violentos).

Como era de esperar-se, a que mais vendia chamava-se "Poção da phenix", uma receita do Dr. Libério para fortalecer a vida sexual de homens e mulheres, em qualquer idade. Nem ele, nem ninguém das ilhas, podiam saber o significado dessa expressão inventada por Libério e que jamais lhe fora explicada. O segredo é a alma do negócio, dissera o médico. Mas essa ignorância pouco importava. O mistério do nome talvez tivesse ajudado a vendê-lo muito mais.

Para Francisco Anderguín era uma alegria imensa chegar ao final de uma remessa, vê-la vendida e dar-se conta dos novos pedidos. E quanto mais fazia e inventava poções, mais conseguia vender. Fizera de Miguel

Collar uma espécie de sócio, sem que ele quisesse, dando-lhe certa porcentagem do que ganhava, uma vez que seus ensinamentos foram, e ainda eram, preciosos. Dinheiro não mais o preocupava, quase não precisava dele para viver. Afora conservar o barco, a casa, comprar o material para as poções que não podia extrair da floresta, Anderguín não pretendia acumular nada. Uma vez a cada três meses ia ao continente, quando trazia certas mercadorias industrializadas para manutenção da casa e do barco. Nessas ocasiões, não ficava mais que uma tarde, o que já considerava demasiado.

Miguel Collar tinha um gosto especial em dormir na Pedra do Pirata, e logo seguiram para lá depois da visita à Anunziata. Eram duas horas de mar, chegariam ao final da tarde. O outono deixava o céu de um azul pálido, fino, e o poente espalhava no mar um brilho amarelo-rosado. O Pacífico naquele lugar não era pesado. A lua minguante já aparecia quando chegaram.

A Pedra do Pirata era uma plataforma de pedra que avançava sobre o mar como se estivesse suspensa. Escura, sem nenhuma vegetação ao redor, horizontal e plana na parte superior, era gretada na inferior. Junto ao mar apresentava formações geológicas com desenhos estranhos, dadas as concavidades e rugosidades provocadas pelas águas e ventos. Uma gruta de difícil acesso ali se formara e incentivava a curiosidade de quem chegava perto. Era rodeada de pedras e corais e diziam, na região, que os piratas guardaram nela muitos tesouros. Francisco Anderguín ancorou, subiu até a parte plana da rocha, sentou-se e observou o chegar da noite. Do alto, via o largo horizonte coalhado de pequenas ilhas. Pequenas estrelas luziam no céu já escuro como pequenas ilhas no mar. Quase uma coisa só, pensou Francisco, o céu e o mar, não fosse a lua. Reconheceu Vênus, Marte, Sirius, Antares — a estrela avermelhada que não mais existia, dissera-lhe Libério Fontes certa vez, para sua total incredulidade.

Havia pensado durante dias sobre a luz estelar viajante, que sua estrela-fonte já se havia apagado, e aqui, na Terra, ainda se podia ver Antares sem cogitar de sua inexistência. Segredos do céu que nunca deixariam de espantá-lo, como os da floresta, como os das mulheres, como os de seu próprio coração. Buscou a Ursa Maior, a Ursa Menor, o Cruzeiro do Sul, a constelação de Sagitário, difícil de achar nessa época.

E ficou assim muito tempo, olhando, apenas olhando, até que sua alma se sentiu completa de céu e mar.

Estava frio. Desceu para o barco onde Miguel Collar grelhava um peixe com ervas, e o cheiro apetitoso lembrou-o da fome que tinha. A brisa estava suave, e naquele ancoradouro natural protegido por rochas de um lado e por um morro de outro, o barco quase não balançava. Comeram, conversaram, como Francisco imaginara muitas vezes poder fazer enquanto, anos atrás, descia o rio Novenas em direção a Colômbia, deixando definitivamente o Brasil, cruzando a cordilheira, buscando no Chile os Alagados de Monquer.

Já noite alta, o amigo recolheu-se. Sob a luz do lampião, Francisco Anderguín abriu, uma vez mais, Leopardi. Gostava do canto 22:

[...] Vagas estrelas da Ursa, eu não contava

Voltar ao hábito de vos olhar

Sobre o pátrio jardim esplendoroso

E conversar convosco das janelas

Deste refúgio onde morei menino

E vi o fim das minhas alegrias...

[...] quantas imagens, quantas fábulas

Suscitou-me na mente... o aspecto vosso

E das vossas luzentes companheiras!

Sentado, [...] mudo, sobre a verde grama...

Eu passava das noites...

[...] contemplar o céu, a ouvir [...] o canto

Da remota... mente na planície! [...]

No meu peito

[...] O amor antigo reina...

[...] Suspiro eterno meu, passaste: e...

Companhia do...

Meu... vago imaginar...

Do meu terno sentir... lembrança... acer..ba...

... ...

As letras dançavam, as pálpebras pesavam, não sabia mais o que lia. Levantou-se com a tranquilidade de um dia bem vivido e pensou, antes de adormecer, se poderia amar outra vez, se teria uma mulher como Vivian, se deslizaria suas mãos em um corpo feminino da cintura para os quadris, dos seios às axilas, e sentiria o que sentira quando assim fizera no corpo de Vivian, na pele cor de mel laranjeira de Vivian... memórias... As do coração costumam ser mais densas, mais coloridas e reais que as poções que invento". [...] Vagas estrelas... vagas imagens...

3. Vivian Cencini

"Querido Andrei,

Não esperava que respondesses minha carta. Optamos pela distância! Não compreendo por que queres vir a Bogotá. Como estaremos hoje? Tu, tua família, teus sucessos profissionais... Logo virão os netos, por que reviver o que deixamos? Continuemos nossa amizade com alguns telefonemas. As feridas do coração não cicatrizam, mas param de doer. Para o bem ou para o mal, o outono faz cair as folhas e o verão faz murchar as flores, então, tenho medo, Andrei, por ti mais que por mim. Não sei o que te dizer. Para nós o tempo não tem peso. Essa é a beleza e a dor de nosso sentimento, esse é o nosso maior perigo. Não venha.

Vivian".

2. Andrei Taukis

Um caçador tem direito à caça. Por ela meditou, armou, jogou. O tempo de espera lhe foi prenhe de vida. Sim, tem direito. Se vitorioso, o prazer do ganho esconde a solidão da alma por pouco tempo, pois todo caçador é um solitário. No tempo da armadilha urdida, tem ele a companhia de si mesmo e da vítima ausente. Seu único tempo, paradoxalmente, é a ausência presente. O cruel no jogo é que morta a caça, morre o caçador, esse é o compasso da caçada e da vida.

Andrei não se sentia um caçador sem vítimas, porém, a perda manifestava-se, de algum modo, mais que a vitória no decorrer de todos esses anos. A carta de Vivian, de 87, tocara em feridas profundas, antigas, e talvez ela soubesse bem disso. Apesar de enviá-la como algo datado e de ter insistido, posteriormente, na extemporaneidade de sua viagem a Bogotá, conhecia um pouco os meandros da alma dessa mulher, pressentia que queria lhe dizer algo e nem ela mesma devia ver claro sobre o quê. Tinha consciência de sua vida como jogador. Sempre jogara alto, ganhara e perdera. Se um dia achou que mais ganhara que perdera, agora lhe parecia o inverso. Não podia antever o encontro de ambos como perda ou ganho, não dessa vez.

Durante anos em seu casamento, e até antes dele, interpretara a vida como caçada por se sentir vítima do mundo. E era exímio caçador, do contrário não teria chegado a construir o que construíra. Mas fora caçado, e intensamente, pelas circunstâncias. Quando cedera no que imaginava serem seus valores, para obter facilidades de certo círculo do poder, sabia o quanto esse jogo seria perigoso, mas sua ambição era grande. Galgou postos e deixou para trás outras pessoas que, talvez melhores do que ele — ou não —, fariam o mesmo nas suas condições. Nunca saberia, pois fora à frente.

Caçaram-no as facilidades e os comodismos familiares, o gosto do triunfo, o vago sentimento de ser um herói diante da vida que se lhe armara difícil muito cedo. Ganhara quase sempre. Submergira, é verdade, a cada facilidade e comodismo ganhos, menos, contudo, do que obtivera – assim lhe parecia –, e pagava muito de sua própria vida em excesso de trabalho que nem sempre gostaria de fazer. Mas não tinha, ou não pensava ter, qualquer outro objetivo vital contra o qual estaria cedendo em nome desse modo de viver, portanto, não se tratava de trocar algo que considerasse importante para sua própria identidade, por outra coisa que a violentasse. Não! Estava bem, assim. Afinal, não queria aproximar-se dessa espécie de fundo incongruente que olhos estrábicos por vezes tocava. Sabia o que não queria.

Esse era um dos pensamentos que aprendera a ter a cada degrau social atingido, a cada bem adquirido, a cada festejo de seu sucesso. Justificar-se sempre fora fácil, mesmo porque, sem posições nítidas sobre o melhor ou o pior a fazer no mundo, os aplausos recebidos sinalizavam que percorria bem a trilha. A vida e suas tortuosidades se desenhavam sem que precisasse ponderar além dos limites profissionais e familiares estreitos, está bem, estreitos, mas convincentes e necessários. Não se percebia um homem com fortes inclinações para grandes emoções. Aprendera, silenciosamente, a não desejar com veemência.

Se, de um lado, sabia fazer jogos políticos, mentir e criar estratégias das quais saía ileso (e que prazer usufruía ao sentir o poder de sua astúcia!), de outro, não perdera o gosto da leitura refinada, do mergulho profundo que os grandes romancistas forçam os homens a fazer em suas almas, sutileza de gosto que não se acomodava como boa companheira da frieza dos jogadores. Leitor assíduo e editor sensível, empolgava-se diante da criação dos poetas, amava-os por serem sofredores contumazes, plenos de amores impossíveis, mergulhados no trágico, sem medo de viverem a fragilidade humana, tão distantes do cotidiano, da labuta, do comer, beber, vestir. Quando se empolgava demasiado, tratava de dizer-se que "os artistas são assim, porém não os homens comuns".

Mantinha cuidadosa distância do que intuía ser perigoso, isso aprendera muito bem. As lutas ideológicas em geral, e as de seu próprio país e dos países vizinhos pelas quais muitos homens morreram e que serviram para alimentar a vida dos jornais por um bom tempo, sempre lhes pareceram, desde o início dos movimentos revolucionários sul-americanos, algo razoável para se incomodar na fase juvenil. Com família, previdente e mergulhado em problemas de sobrevivência, carente da rebeldia que via em alguns amigos, não quis deter-se nos jogos ideológicos da direita ou esquerda. Não adotou, à época, posição contrária a ninguém... nem ostensivamente favorável. Passara incólume pela ditadura e seguia sem querer compreender, ao menos de perto, as mortes e torturas em nome de valores. Claro! Jamais aprovaria, mas... que poderia fazer? Quem é aquele que sabe, com clareza, sobre seus verdadeiros ideais aos 20 anos, até mesmo aos 30? Quais os móbiles que estruturam um ideal? E, assim, apaziguava-se.

Voando a Bogotá, estas coisas lhe passavam pela cabeça. Distante da editora, da família e de seu país, estava sem chão. Ao mesmo tempo, sentia-se leve e cheio de expectativa. Cada vez que pensava no encontro com Vivian, sentia o estômago afundar, como sempre acontecia ao imaginá-la.

"Deseja algo, senhor, café, água, suco?".

A aeromoça cortou seus pensamentos. Em 40 minutos aterrissariam.

"A natureza tem seus desígnios", ponderava, "e por eles a caça deve aguardar aparentemente inerte. Sou a caça ou o caçador? Deixarei o jogo armar-se nos recuos e avanços... não há outro modo de caçar ou saber-se caçado".

Há caçadores que tramam e não caçam até o final, e há os que chegam ao fim. Aos que só tramam, o gosto está na presença idealizada da vítima, sempre tão longínqua e tão presente. E também no infindável recomeço das urdiduras. Aos que chegam ao fim, o prazer se impõe no arfar da vítima em seus braços, por um átimo, apenas. Como seria bom prolongar esse último suspiro! Há vítimas que não aguardam o caçador e fogem sem jogar, e há as que se sabem caças potenciais e aguardam o predador para morrer em suas garras. Algo se perde em todos os casos. No jogo da caça e do caçador é preciso manter o tempo engravidado. Atingido o final, esgotam-se a si mesmos, caça e caçador. Tenso e sagrado paradoxo.

Desembarcou com as mãos geladas. No saguão do aeroporto avistou Vivian, esguia no costume claro que realçava seus cabelos castanhos e sua pele cor de mel. Os olhos esverdeados ganhavam um toque acinzentado, talvez pelo nublado do dia. Essa visão demorada, ele colheu com gosto. Abraçaram-se fortemente, como ocorria toda vez que se viam. Nada mudara. Sempre esperava uma transformação no modo de abraçar, de olhar, de sentir, quem sabe um ligeiro sinal de distanciamento, um olhar opacamente fugidio, um meio sorriso forçado, um gesto de cansaço. Não, não houvera isso, nunca. E não fosse estarem no aeroporto, não mais se deixariam. Essa era a impressão de Andrei.

Sem maiores conversas, entraram no carro e Vivian, ao invés de levá-lo a um hotel, rumou em direção à sua casa. Almoçariam juntos. Estava sozinha em Bogotá. Sua filha Roberta viajara com Carlos, seu mais novo e grande amor, "[...] agora, sim, mamãe, o verdadeiro encontro de sua vida! [...]", dissera antes de viajar. Horácio estava em Córdoba.

Quando chegaram, o enorme castanheiro chamou a atenção de Andrei e um frio percorreu sua coluna. Apesar de ser a primeira vez que vinha a Bogotá – das outras vezes Vivian ia a Buenos Aires –, teve a clara impressão de já tê-lo visto antes, àquele mesmo local, ao banco de madeira à sua sombra. Ultimamente, repetiam-se ocasiões de *déjà vu* sem que entendesse o porquê. Nada comentou.

Entraram. A sala era aconchegante, em tons sóbrios, convidativa para ouvir música, ler, conversar. Vivian, apesar do sorriso aberto e da sociabilidade, era um tanto intimista, sabia-o bem. Lembrou-se do pequeno hotel em Veneza quando, ao invés de saírem para conhecer as ilhas, ela preferira beber vinho, ouvir Vivaldi, e convencera-o de que a tarde excessivamente brumosa convidava à intimidade. Tivera razão.

O início da conversa, após almoçarem um delicioso suflê de peixe acompanhado de um vinho branco perfeito, estava formal e indicava a delicada dificuldade de ambos. Andrei continuava com as mãos geladas, o vinho não o ajudara. Percebeu um leve tremor, insistente, nas mãos de Vivian. Falavam sobre banalidades e ele enfrentou a possibilidade de um esgotamento da conversa se deixasse as coisas seguirem dessa forma. Esperava que as imagens guardadas na memória os traíssem, mostrando que lembrar é mais denso e interessante do que viver o imediato, mas não, não era assim, não de sua parte. Vivian, de certo modo, aguardava esse esgotamento, apostava nele, inerte como a caça já presa a ser vitimada. Tratava-se de saber se ele teria forças para, dali para frente, ser o caçador algoz.

Seu coração batia forte quando pediu, com ar de curiosidade infantil bem estudada, para conhecer sua casa. Ela pareceu espantar-se com o pedido, mas levantou-se, dirigiu-o ao escritório onde trabalhava e mostrou-lhe as fotos das esculturas de Giovanni Martolli, alguns livros novos, o cartaz da próxima exposição itinerante de pintura... suas mãos continuavam a tremer e seus olhos estavam, na maior parte do tempo, baixos. Vivian teria pressentido sua decisão? Subiram as escadas. Conheceu o quarto de Roberta, o de hóspedes e o de Vivian.

Então, na penumbra e silêncio desse quarto, num rompante mal estudado, Andrei segurou sua cintura sentindo as próprias mãos mais fortes e firmes, desabotoou sua blusa e Vivian, inerte, deixou-o fazer o que já pressentira desde o aeroporto e também desejava. Não podia ser de outra forma. Tinham que viver, ainda, esse momento. O frio de julho não impediu que as cobertas se espalhassem pelo chão, que a pele molhada de suor negasse a estação. Os corpos saudosos receberam o ardor com a doçura própria daqueles que há muito se conhecem e se amam.

1. Francisco Anderguín

Deixaria a terça-feira, com a lua cheia, para aquelas ervas cuja colheita deveria ser feita à noite. Miguel pediu para auxiliá-lo, o que era bom, pois a floresta guardava não só o fluído divino, mas também o terrível insondável, e Miguel sabia mais que ele sobre essas coisas. Ajeitaria o barco e adiantaria o que pudesse para sair bem cedo.

A melhor região para colhê-las era uma pequena ilha, Dorado, sem habitantes. Guardava quase intacto o tesouro de que precisava para as poções. Tinha esse nome porque sua posição no mar a fazia dourada quase todo o dia. À época da lua cheia, um amarelo-prateado distinguia-a das outras ilhas, cor proveniente da abundância das árvores "Chapéu do Padre", cujas folhas largas, de um verde-claro quase prata, refletiam intensamente os raios de sol e o clarão da lua cheia, de modo que, a distância, a ilhota parecia um morro coberto com tapete brilhante.

Arrumado o barco, tratou de preparar algo para comer. Havia comprado um bom vinho no empório de Anunziata e pescara, junto às pedras do promontório, uma apetitosa lagosta. Chamara Miguel para jantar. A noite já descia quando o amigo apareceu com um pequeno pacote que carregava com cuidado. Era uma folha de "Chapéu de Padre" que envolvia um doce de ameixa feito como lhe ensinara a mãe, e quando deixado por um tempo envolto nessa larga folha seu gosto ficava muito especial, e ninguém sabia dizer de que fruta fora feito. Em meio ao odor das ervas acondicionadas nos cestos embaixo do balcão, Francisco jogou a lagosta na água fervente e preparou um molho de oliva e alho.

Os aromas embriagaram o olfato. Ajeitou uma boa quantidade de coentro fresco e bem novo, salpicou a lagosta já cozida, abriu o vinho. A garrafa estivera mergulhada no pequeno tanque construído para represar a água que lhe chegava de uma nascente da floresta. Com o clima frio de julho, estava na melhor temperatura para ser degustado e, rapidamente, a primeira garrafa terminou. Abriu a segunda. Brindaram e beberam com tal tranquilidade e apreço que, pensou Anderguín, talvez não merecesse fazê-lo somente com Miguel Collar. Libério Fontes gostaria de estar ali.

Sentia a vida fluir no seu corpo e o gosto da lagosta parecia acentuar-se à medida que o vinho terminava. Apesar do frio, sentia o suor descendo pelas costas. Uma lástima que os filhos não participassem desse momento, porém Tadeu e Carmem não haviam demonstrado, até a data em que permanecera em Encostado, nenhuma sensibilidade para o proveito de pequenas felicidades. Como a mãe, pareciam não afeitos a detalhes.

Anunziata veio-lhe à mente, sim, Anunziata poderia estar ali, mas não Ermínia... talvez aquela moça, Vivian, sim... e o suor aumentou. Considerou, em silêncio, que era difícil, ao menos às vezes, viver só. Olhou Miguel que mordia um pedaço rosado da lagosta. O molho brilhava em seus lábios e ele passava a língua com volúpia.

"Como se ajeitara Miguel com a solidão?", pensava.

Sabia que havia amado uma mulher há quase duas décadas atrás, e que ela o deixara porque não pretendia morar eternamente nas ilhas. Miguel jamais sairia de Monquer. Depois dessa relação amorosa, nunca mais o viram com outra. Raramente frequentava a casa da turca Mirna, que servia aos pescadores no continente, mas quando ia – assim se comentava – procurava Izabel, uma jovem loira e muito pálida como a mulher que antes amara. Em noites como essa, Francisco repensava sua decisão de se tornar herborista. Não, não estava arrependido, nunca lhe havia passado tal sentimento, e o que revisava era a solidão a que se impingira como herborista de Monquer, como o chamavam. Lembrou-se das palavras do outro livro, o segundo que lhe dera Dr. Libério Fontes, do poeta Gibran Kalil Gibran, quando do encontro com a amada:

[...] Para mim, o Líbano foi naquela noite como um pensamento poético, irreal, verdadeiro sonho entre uma vigília e outra. Assim se transformam as coisas quando os sentimentos mudam... E é por isso que supomos as coisas revestidas de encanto e beleza, quando este encantamento e esta beleza não estão senão em nossa alma.

Sentia falta de mais livros. A memória que temos, os sentimentos, essa é a nossa realidade mais densa. Como seria reencontrar Vivian? Provavelmente, nada se apresentaria semelhante ao que fora. Ela era uma imagem apenas, uma emoção buscada nas raízes do sonho, figuração opaca, não mais que isso. Mas como era poderosa essa opacidade! Uma espécie de pensamento puro, no dizer de Kalil Gibran: [...] acompanhando como sombra o meu cérebro, e um sentimento meigo envolvendo-me o coração, e um sonho alto abrigado sempre nos recessos de minha alma.

"Hum... melhor dormir".

Em noites como essa, com tal apreço pela vida e o coração sensível pela generosidade de um amigo, a alma flutua... porosa. Amanhã? Outros sentimentos e lembranças, outra realidade, outro emaranhado no tempo. Quando bebia, costumava ficar assim.

3. Vivian Cencini

"Após a partida de Andrei atravesso um período de silêncio. Penso que Horácio deve saber do que se trata, apesar de não perguntar nada e de não ter conhecimento sobre sua vinda. Ele não deveria ter saído de Buenos Aires! Afinal, sempre vai embora e sempre as emoções são as mesmas. Não sei quanto tempo ficarei assim, com essa dor funda, confusa. Sempre? Roberta está namorando o mesmo rapaz, Carlos, o que é um feito inusitado. Recebi carta de meu filho Luiz. Está bem em Paris, seu projeto de arquitetura para finalização do curso foi muito bem aceito, e tem indicações para um emprego em um grande escritório de arquitetura, quando se diplomar.

Parece-me que estou pronta para algo que não sei o que é. Está tudo muito encaixado em minha vida, os dias transcorrem sem problemas profissionais, financeiros, familiares. Mesmo os afetivos, de certo modo, não estão mal. Meus filhos fazem sua própria vida e tem que ser assim. Criei-os para serem independentes e espero que não me abandonem por isso. Quanto a Horácio e a curadoria... ora, isso é a minha vida, foi o que procurei e achei.

Sei que Andrei está ferido com minha carta, com as lembranças. Ao escrevê-la eu estava muito triste, meu tom era de resignação e uma ponta de ressentimento. Ele leu as letras como se elas estivessem raivosas e eu admoestada, com uma ponta de agressividade. Evidentemente, sentiu-se desconfortável. Ah, as imagens. Como construímos a vida com imagens lembradas achando que são fatos!

Preciso descansar. Sozinha. Dizem que há uma região marítima belíssima, ao sul do Chile. Céu, mar, montanhas, ilhas, pouca gente, nada dispendioso. Voo quase direto. Fico numa ilha próxima a um vilarejo e dele, navego um pouco de barco. É um lugar calmo e cheio de ilhas para passeios. Necessito desse tipo de horizonte à margem dos guias turísticos, talvez na tentativa de me desconhecer um pouco".

2. André Taukis

"Por que Vivian não me responde, nem às cartas, nem aos telefonemas?".

Andrei andava de um lado para outro no seu escritório, nervoso em meio aos papéis, pastas e livros. Sua secretária notara sua impaciência após a viagem a Bogotá. Discreta, limitava-se a fazer seu trabalho com redobrado cuidado. Os telefonemas de Mabel eram mais constantes. Talvez a esposa intuísse, depois de tantos anos juntos, que algo grave se passava com o marido. Controladora e defensiva, pressentia que fosse contra ela.

Andrei pediu uma ligação para a agência de viagens de um amigo. Teria que ir à Europa dentro de três meses, talvez janeiro ou fevereiro. Procurava ocupar-se intensamente. Enquanto via o melhor dia e listava os contatos, veio-lhe a ideia de passar por Veneza, hospedar-se no mesmo hotel de anos atrás... não, não faria isso. Uma bobagem! Pensou em telefonar novamente a Vivian, poderia forçá-la a atender se ligasse à noite, arrumaria um modo de permanecer na editora mais tempo, o que, evidentemente, provocaria a desconfiança de Mabel já que raramente o fazia. No entanto, estaria ali, à mão, para responder a qualquer chamada de sua casa, esse era o fato. O resto eram seus sentimentos que a esposa não podia controlar.

Todos haviam saído quando discou para Bogotá. Uma voz jovem e fina atendeu. Era Roberta. Não, sua mãe não estava, havia viajado, era feriado pátrio.

"Para onde ela foi, Roberta?".

"Bem... tu és um amigo... eu sei... então acho que posso te dizer. Foi para o sul do Chile, por uns 10 dias, para um lugar de ilhas, não sei direito o nome... acho que é Monquer".

"Sim, já ouvi falar. Foi com Horácio?", arriscou.

"[...] Não... foi só", titubeou Roberta.

O que estaria acontecendo com Vivian? Não tinha dúvidas de que entre eles havia um amor profundo, o tempo não o apagara. Ao voltar de Bogotá, Buenos Aires acolhera seu estado febril, inflamado. Misto de agitação benfazeja e temor infantil das mais noturnas grutas, sua alma sabia, como seu corpo sabia, o que desejava. Só agora conseguia ver, com nitidez, o significado último da sua vida. Vivian era seu cimento no mundo; escrever, os tijolos. Essa era a completude que sempre batera à sua porta e ele afastara.

Escrever... quanto tempo incidia esse desejo em tudo o que fazia? A vida toda, talvez. Essa vontade, única, silenciosa e persistente desde a adolescência, escondera-se como uma pincelada no coração, acordando, por vezes, de modo muito forte como nos tempos do curso de Clássicas. Apesar de todas as concessões que fizera à ambição e às mudanças de trajeto exigidas pela sobrevivência, pululavam ideias para um romance já há alguns meses, e com intensidade desconhecida. Rabiscara vários poemas, arriscara-se mandando um deles para Vivian. Estava num turbilhão e precisava respirar fundo, dominar-se, ao menos em parte.

Já decidira o que fazer, mas precisava de tempo, um pouco mais de tempo, não mais que três meses ou quatro. Iria depois, por obrigação de editor, à Feira de Livros de Peruggia e trataria de costurar algumas decisões antes disso. Mas precisava encontrar Vivian, precisava... antes de ir à Europa.

3. Vivian Cencini

"Roberta, querida,

Cheguei aos Alagados de Monquer e já estou melhor. Hospedo-me numa pequena pensão na ilha de Santo Anastácio. Sinto-me mais descansada. Está calor e à noite sopra um vento frio. A região é belíssima e já fiz amizade com a dona de um empório, o único por aqui, que se chama Anunziata. É extremamente simpática. Disse-me que há barcos para alugar e percorrer as ilhas. Como cheguei há pouco, conheci somente este local e já estou com a pele queimada do sol, minha disposição mudou.

Acordo cedo, ando muito e nado. Tenho feito as refeições na própria pensão que tem fax. A internet não chega, melhor...Há frutos do mar em abundância, peixes magníficos. Sinto que não estejas comigo. Horácio teria gostado, mas... foi melhor vir só para não me confundir mais do que já estou confundida. Tua mãe sempre foi confusa, não é? Amanhã percorrerei parte das ilhas de barco. É engraçado como imagino daqui, tão ao sul, os quatro pontos cardeais. Pensaste nisso alguma vez?

Nos mapas de minha infância brasileira estou a oeste e ao sul. Para mim, agora, estou leste, um pouco mais ao norte do que mostram os mapas, longe da linha do Equador, longe do Trópico de Capricórnio, que não é tão distante de fato! Isso na minha imaginação! Os Estados Unidos parecem estar à esquerda, o Chile à direita, apesar de estar nele. A Colômbia? Bem, sudoeste talvez. O Ocidente é masculino, o Oriente é feminino, o Brasil é andrógino. O Ocidente é mais escuro, o Oriente mais claro. A direita é mais alta, a esquerda é mais baixa. O Oriente é mais delgado, o Ocidente mais espesso. O que está a Oeste é menos maleável do que as coisas do Leste... Loucuras de imagens.

Perdi as diretrizes. O Oriente tem segredos, o Ocidente, nem tanto! Não vou escrever-te outra vez, pois logo voltarei para casa. Estou sonolenta com o ar marítimo, dormindo muito e bem. Envia-me notícias, caso necessites de algo, pelo fax. Um beijo carinhoso de tua mãe,

Vivian".

1. Francisco Anderguín

Passaria pelo empório de Anunziata às sete horas da manhã. Combinara de levar uma turista estrangeira para conhecer as ilhas. Às vezes, fazia isso, quando Anunziata lhe pedia e ele tinha que passar por algumas ilhas para vender as poções ou colher algumas plantas. O dia prometia ser bonito, no máximo uma chuva grossa e rápida à tarde, comum na primavera.

Anunziata foi encontrá-lo assim que atracou o barco. Vinha sorrindo, as pernas ligeiramente abertas devido à gordura e, como sempre, muito sensual no vestido vermelho com flores brancas que lhe caía tão bem. Os seios, naquela roupa, ficavam mais acentuados e mal encobertos pelo decote dadivoso. Gostava dessa mulher, muito, e queria que ela fosse feliz. Ao seu lado vinha uma mulher aparentando talvez 40 anos, pele queimada, esguia, cabelos castanhos, jovial. Vestia-se como as pessoas da cidade grande, uma calça branca, tênis branco, uma blusa amarela que, aberta, deixava ver o azul da parte de cima do traje de banho. Provavelmente, ela esperava nadar em alguma ilha nesse passeio prometido. Não era difícil escolher um lugar que, nessa época, fosse protegido dos ventos e correntes. Talvez a Pedra do Pirata, do lado direito, onde as pedras inferiores formavam uma espécie de piscina natural e se podia nadar e pescar lagostas.

"Este é Francisco, que vai te levar barco. É excelente marinheiro, além de ser um feiticeiro em poções!".

Ela riu alto quando fez as apresentações.

"Esta é a Sra. Vivian Cencini que, como eu, é de ascendência italiana, então, cuida muito bem dela! Vem do Colômbia e está encantada com os Alagados. Não é para menos... é brasileira, porém mora em Bogotá. Trabalha com artes, não é?".

Na sua simpatia contagiosa, a dona do empório extraía das pessoas quase todas as informações que queria. Mas não foram tais notícias que deixaram Francisco entorpecido a ponto de tropeçar, quando auxiliou sua nova acompanhante a subir no barco. Ele reconhecera, antes de ouvir seu nome, a Vivian de tanto tempo atrás. Os mesmos olhos esverdeados, o mesmo sorriso aberto, a pele cor de mel de laranjeira... os cabelos. Mal conseguira responder às apresentações, porém, calado como era, ninguém percebia quando algo inesperado o sobressaltava.

Vivian não o reconheceu. Mudara bem mais que ela, outro corpo, postura, cor, cabelos... quase outro homem. Ela mantivera, ainda, aquele ar estudantil apesar de mais madura. Tremia ao pensar que estariam o dia todo juntos, não sabia mais de si mesmo, envolvia-se em pensamentos e imagens, e quando se atordoava a esse ponto – o que era extremamente raro –, o melhor a fazer era dirigir o barco e falar pouco. Apontou para o lugar onde Vivian poderia acomodar-se e ligou o motor. Queria esconder seu rosto, não suportaria ser reconhecido. Percebeu, para seu desespero, que ela jogara em qualquer canto a pequena cesta com o lanche que trazia e se endireitava quase ao seu lado, no leme. O barco não era grande, mas suficientemente confortável e com sobra de espaço para duas pessoas. A proximidade de Vivian era tão forte como se estivesse num cubículo, e seu cheiro, a maciez de sua pele tomavam-no quase concretamente.

"Onde pretendes ir?", perguntou-lhe Vivian.

Francisco preferia não responder, mas teve que o fazer e a voz saiu tremida, baixa. Pigarreou:

"Vamos à Pedra do Pirata, primeiro. Lá terá uma vista muito bonita e poderás nadar, se quiser. Depois do almoço percorreremos algumas ilhas".

Então, ela o olhou, dessa vez fixamente, piscando como se tivesse um tipo de cacoete. Pigarreou também e disse que estava tudo bem, que ele decidisse o que fosse melhor. E calou-se. Até chegarem à Pedra do Pirata nenhuma palavra mais foi dita. Vivian olhava o céu, o mar e sentia o vento correr em seus cabelos. Francisco fazia um esforço imenso para fixar seu olhar no horizonte. Ela havia tirado as roupas que cobriam seu traje de banho e aproveitava o sol. Continuava bela, Vivian, inesquecível Vivian! De fato, não o reconhecera, pensou Anderguín. Essa constatação acalmou-o por um tempo, mas continuava sem conseguir raciocinar com clareza, sem desejo de falar.

"Pelos céus, o que significa isso? O que a vida está preparando desta vez?".

Durante quase duas horas tentou, desesperadamente, controlar-se e programar seus próximos passos, sem sucesso. Suas mãos se agarravam ao leme, o corpo tremia, os dentes estavam apertados e a cabeça embaralhada. Vivian permanecia calada. Chegaram, enfim, ao promontório. A beleza do lugar amainou por pouco tempo sua febre. Levou Vivian até a parte plana da grande pedra e ouviu-a dizer com voz rouca:

"Precisava demais de um lugar assim para ver o céu e o mar juntos, como se fosse uma coisa só. À noite, deve ser mais forte essa impressão, não? As estrelas também parecerão ilhas no céu. Não é assim? tu que já conheces os dias e noites daqui, não crês que algo assim se dá?".

Francisco mal conseguiu responder. Um nó apertava sua garganta. Queria falar em português, mas não podia:

"Sim, é assim, sim...".

"És sempre tão quieto?".

Novamente a língua parecia não querer descolar de sua boca:

"Sim... sou sempre assim".

Ao responder, a cena de estar com Vivian no Hotel Dupont apareceu.

Após um bom tempo, desceram até o barco. Francisco Anderguín suportava a situação e Vivian olhava-o com insistência. Notou que ela seguia seus gestos, e quando seus olhos se encontravam, baixava os seus. Almoçaram. Inesperadamente, ela disse:

"Se não te importas, quero voltar a Santo Anastácio. Pago o combinado, não estou me sentindo bem. Talvez outro dia [...] perdoa-me por não cumprir todo o programa hoje".

Para Francisco foi um alívio ouvir isso, apesar de continuar tenso com a fixidez dos olhares que recebia de Vivian. Já em Santo Anastácio, não quis receber o pagamento. Balbuciou algo sobre decidirem completar o passeio outro dia e tratou de voltar à sua própria ilha, pois continuava atordoado. Ao chegar à sua casa, já realizava que traria Vivian até lá, que acharia um modo de visitar com ela as ilhas, que atracaria no seu ancoradouro e lhe mostraria as poções. Isso faria, e apesar de sua alma atravessar águas revoltas, tinha absoluto domínio do seu querer.

3. Vivian Cencini

Estou com febre, 38 graus, e não tenho nenhuma infecção. Anunziata me disse que o homem das poções se chamava Francisco Anderguín. Sim, é ele! Sua voz é inconfundível. Depois, lembrei de seus olhos, de suas mãos. O que quer dizer isso? Anunziata trouxe-me um xarope que Francisco costuma fazer. Está preocupada com meu estado e não posso lhe dizer que é pura emoção, atordoamento. Francisco Anderguín aqui nos Alagados!? Anunziata me informou que ele viria a Santo Anastácio amanhã para pegar as encomendas que fez no continente.

"Talvez apanhaste um vento frio pelas costas, ou sol em demasia... e não estás acostumada. Pergunte a Francisco o que deves tomar", insistiu.

Não adiantaram meus protestos quanto a não ser nada, que me sentia melhor, pois a nova amiga era mulher de cuidados, maternal ao extremo. Estou muito ansiosa, tenho que dormir. São muitas horas de tremores e suores. Não compreendo a vida, a minha vida.

O SEGUNDO PONTO DO ORIENTE

O jogo dos arcanos

O mago

Uma semana em Veneza e Andrei sentia-se apaziguado. Aprendera sobre os melhores lugares onde tomar um café ou um refresco, beber um vinho e comer um excelente *risoto*. Ouvira dois concertos nas igrejas de San Bartolomeo e Santa Genoveva. Descansara.

No dia em que chegou, um dia frio com chuviscos fortes e inesperados para o final do inverno, a bruma que vem do mar havia tomado toda a cidade. Caminhava pelas vielas estreitas em direção à *piazza,* e a lua aparecia e desaparecia por detrás das nuvens rápidas e escuras mostrando o perfil de algumas embarcações dormentes no cais do Adriático. Sempre tivera medo de se perder em Veneza, confundir as ruas, as pontes. Tinha a sensação, nessas ocasiões, de ser perseguido, e, não raras vezes, olhava para trás, tão vívida era a realidade do que sentia, um tipo de necessidade de fugir de algo. Ao mesmo tempo, a cidade exercia sobre ele um inexplicável fascínio, uma emoção desconhecida que nem o medo encobria, como se seu cheiro, seu solo e seus ângulos fizessem parte do seu cotidiano.

Vestia uma capa que o agasalhava da umidade, e agora que havia tomado duas boas taças de vinho experimentava uma leve alegria espalhada por todos os membros. Resolvera passear próximo ao mar, exercitar as pernas e deixar a noite fria entrar pelas narinas. Atravessou a Ponte Rialto. Poucos venezianos andavam nas ruas e as lojas já estavam cerradas, apesar de não passar das 20 horas. Escolheu uma viela que levava à *piazza* San Marco, mas subitamente parou. Ouviu um canto com vozes femininas como se viessem do etéreo. Onde estavam essas vozes tão suavemente divinas? Andrei foi tomado por uma emoção tão forte, que deixou seus olhos úmidos. Era o vinho, certamente...

Ao chegar à catedral, pela lateral, quase não podia discerni-la, tão densa estava a neblina. As torres e as cúpulas erguiam-se sombrias, fantasmagóricas, quase esboços borrados em carvão, e poucos vitrais podiam ser vistos em suas cores porque poucas eram as luzes. As vozes ficavam mais audíveis e pôde concluir que vinham da igreja, porém, como não podia vê-la com nitidez, também seus ouvidos não seguiam perfeitamente a origem do som.

Pensando nessa experiência, deu-se conta da complexidade dos sentidos. Cada um era e não era um só. Para dirigir seu carro precisava ouvi-lo, e quando o ruído das ruas de Buenos Aires era muito alto, ficava confuso ao olhar as ruas e dirigir. Será que todas as pessoas sentiam da mesma forma? Para comer, não só o gosto, mas o olfato, a textura do alimento... os olhos eram fundamentais... para amar, como não estarem todos juntos!

Avistou a grande porta lateral da catedral e entrou por uma outra, pequena, que a secundava. Na opacidade da neblina intensa, seus olhos buscavam acostumar-se a outro tipo de opacidade lá dentro: a das velas e lustres de fraca luz no ambiente enfumaçado. As paredes douradas da San Marco refletiam os clarões trêmulos das chamas, um dourado queimado que sombreava tudo. Só átrio brilhava como ouro, e o incenso no altar deixava a bruma que embaçava as formas. Ao rés-do-chão, essa bruma se adensava até a altura de, pelo menos, um metro. O piso desnivelado, fundo em alguns pontos, deixava seus passos macios pelo cuidado ao andar, e na medida em que avançava à procura de um lugar para sentar--se, tinha a nítida impressão de cortar a nuvem de fumaça de modo mal orientado, como se atravessasse um céu sem chão.

Ali, nada parecia com a realidade lá fora. No templo acontecia a cerimônia de passagem de noviças beneditinas para monjas. As jovens, com o rosto pouco visível pelas vestes brancas que caíam desde a cabeça aos pés, dirigiam-se, simetricamente, até o arcebispo de Veneza, no centro do altar-mor, para se consagrarem. O coro de irmãs vestidas de negro, disposto atrás do arcebispo ritualmente vestido de branco e dourado, cantava Haëndel — podia, agora, reconhecer. Nenhum instrumento as acompanhava.

Não se deu conta do tempo que ali permaneceu. Quando suas pernas e costas doeram muito, saiu da igreja sem que a cerimônia estivesse ter-minada. Alcançou a orla marítima, sentou-se num dos bancos de madeira com vista para o mar, sob um lampião avermelhado. O Adriático estava encrespado. Naquele local, o nevoeiro era tanto que ninguém podia vê-lo ali. A luz mortiça dos lampiões lembrou-lhe um quadro de Goya, da fase negra, que admirava. Com certeza, não havia sequer um veneziano que se arriscasse a sofrer tanta umidade àquela hora da noite.

Tirou do bolso interno da capa um pequeno caderno, anotou o que vira na igreja e tudo o que lhe havia acontecido de interessante naquela semana. Exausto, com sono e as pernas geladas, levantou-se afinal e voltou ao hotel com passos rápidos.

Lembrava-se muito de Vivian, mas pensava bem mais no romance que escrevia. Nunca se sentira tão bem! O gosto de passar para as palavras a cascata de imagens e ideias que lhe vinham, deixava-o numa alegria, digamos, solitária, se é que poderia expressar algo do fluxo que tomava seu peito. E não seria uma boa explicação. Maior que tantas emoções, só o transporte atemporal que lhe causava a verdadeira intimidade amorosa. Estava muito sensível.

Deixara Buenos Aires em meio a mudanças internas irreversíveis. Há talvez três meses atrás, e depois de sua ida a Bogotá, não conseguia falar com Vivian. Numa manhã, levantara-se para ir à editora com uma terrível dor de cabeça, mais forte do que normalmente sentia. Imaginou que fosse a tensão que vivia ultimamente, dada a ausência notícias de quem tanto lhe faltava. Fora difícil sair da cama naquela manhã, tomar banho, trocar-se. Sentia um desgosto enorme pela vida, e ao olhar-se no espelho uma vaga sensação de separação entre ele e a imagem que via obrigara-o a afastar-se. Tivera medo.

Essa estranha sensação — como se o apartamento persistisse e não pudesse mais juntar sua imagem a "ele", de modo a que voltasse a ser ele mesmo — já surgira na adolescência, quando pensou estar meio louco. O que mudara de lá para cá? Sentia-se o mesmo jovem inseguro e amedrontado que, ainda imberbe, convivia com colegas que não haviam perdido o pai, que não tinham de enfrentar a visão do esforço da mãe para que estudasse. Essa culpa antiga, esse desconforto, existia ainda? Sim, estava lá, grudado numa das inúmeras paisagens que tinha de si mesmo. Por que ela voltara?

Lembrou do esforço ao sair de casa para a editora, pouco antes de viajar, dominado por uma enorme confusão mental que o levou para longe do local de trabalho. Decidira ir até o estuário do Prata, estacionara o carro e ficara por muito tempo olhando as águas pesadas e escuras sem perceber o porquê daquele seu estado. Automaticamente, entrara numa confeitaria e se sentara diante do café espumoso. Com a cabeça latejando, havia ponderado que tudo aquilo provinha de um mal-estar afetivo ou, talvez, de alguma disfunção cardíaca como aquela que matara seu pai. O melhor, havia ajuizado, seria procurar um médico. E assim fizera.

Após quinze dias e vários exames, nada havia sido constatado de anormal. No entanto, o médico o olhara como se soubesse de mais coisas do que falava.

"Diga tudo, doutor!".

E ao exigir isso, Andrei esperava, até com algum gosto, sair dali com um nome grego terrível para sua doença. Quem sabe algo como aneurisma... ou um simples sopro...

"Nada, Andrei, não tens nada!! Acredito que estejas apenas deprimido...".

Apenas?! Durante todo o mês que se seguira ao diagnóstico, seu estado não mudara, a cabeça doía cada dia mais e seu desgosto pelas tarefas, a tristeza diante do futuro caminhavam na mesma proporção dessas intensas dores. Não aceitou a receita de antidepressivos. Questão fechada, teria que se dominar.

Foi numa tarde quente de janeiro, bem se lembrava, umas duas semanas depois de sua visita ao médico, quando entrou numa igreja e sentou-se num canto para desfrutar do ambiente frio e da penumbra. Pôde ver, ajoelhada à frente do altar principal, uma mulher que abria e fechava os braços como se estivesse pedindo a Deus, veementemente, alguma graça. Em seguida, batia no peito várias vezes com as mãos cerradas e voltava a abrir e fechar os braços como um Cristo sofrente. Murmurava, talvez um tanto alto para ser um murmúrio, uma espécie de oração ininteligível que ecoava na igreja vazia. Percebeu tratar-se de uma pessoa desequilibrada mentalmente, percepção que comprovou quando a mulher, ao sair, caminhou em sua direção e socando o peito olhou-o sem vê-lo dizendo, com um fio de saliva a escorrer do canto da boca:

"[...] Precisamos amar em Cristo, precisamos amar em Cristo [...]".

Pensou que, apesar de bem-vestida e de não ter mais que 30 e poucos anos, a vida para ela se perdera, melhor, ela se perdera da vida. Quanta fragilidade! Como deslizamos no fio da navalha! Respirando fundo, preparou-se para sair da igreja quando notou, à sua direita, um ser pequeno, meio corcunda, uma espécie de cabírio saltitante, dando as costas para os altares secundários, que o olhava sorrindo, zombeteiro.

O coração pulou no peito. Correu em sua direção, mas não encontrou nada, nem ninguém. Fora uma impressão, algum raio de sol que incidira nos castiçais, quem sabe sombras das estátuas dos santos, certamente. Entretanto, o coração não diminuiu a rapidez dos batimentos. Já na rua, mais controlado, pensou se a sua vida não se assemelhava à daquela mulher enlouquecida. Perdera-se? Do que, quando, de quem?

Aos poucos, a ideia que tivera após sua ida a Bogotá, e antes dessa atual viagem à Europa, tomara forma. Na ocasião, uma energia nova percorrera seu corpo como se estivesse com frio sob o sol de 35 graus do verão portenho. Soube, claramente, o que devia fazer e a coragem de falar veio. Falaria com Mabel e com os filhos.

Na semana anterior, já havia desdenhado, em caráter irrevogável, a possibilidade de candidatar-se ao cargo de deputado da província e seguir a carreira política que lhe haviam oferecido, eleição praticamente dada como ganha, que a família queria insistentemente. Suas ligações sociais eram fortes, sabia disso, e o bom nível de sua vida e da indústria familiar da esposa facilitariam o dinheiro para a campanha. Seus adeptos garantiam de que nenhum problema haveria, que o Parlamento necessitava de homens bem-postos como ele, um exemplo de bom trabalhador, de chefe de família, e muitos seriam os financiadores. Era um sonho antigo de Mabel, dos amigos, mas não dele. Nunca o levara a sério. Seria, diziam, um coroamento institucional de acordo com sua trajetória de vida. Isso, para eles. Todavia, sua negativa fora tão veemente — espantosamente firme até para si mesmo — que ninguém mais insistiu.

Houve, por uma semana, a atitude repreensiva de Mabel e dos filhos usando do silêncio, dos olhares mútuos cheios de falsa resignação. Afinal, haviam conhecido o Andrei que, facilmente, aceitaria esse cargo. A esposa conhecia bem suas ambições das quais compartilhava, mais que isso, auxiliara-o a desenvolvê-las. Os filhos? Foram educados por esse pai que, agora, de algum modo... os traía. Florência, alheia, não interferia nesse tipo de conversa.

Sim, a visita à igreja deixara-o, agora, mais forte nas decisões. Após o jantar, naquele dia um tanto fantástico para ele e com a situação em casa já difícil devido à sua resistência em candidatar-se, falou com a mulher e filhos sobre sua necessidade de separação, notícia inesperada que caiu na família como uma bomba. Não poderia ter previsto catástrofe maior! Espantou-se, pois não viam todos a falta de vitalidade em que viviam?

A total ausência de afeto, até de brigas esporádicas, discussões? Ninguém percebera o quanto Mabel estava amarga e ele silencioso, a cada dia mais ausente? Ela adivinhava o que viria. Numa explosão de raiva, Andrei abrira a porta de um casamento em frangalhos.

Quando avisou aos amigos, o constrangimento de todos era visível e insuportável. Nas primeiras semanas, discussões veementes entre Mabel, ele e os filhos. Depois da árdua discussão, ela só chorava, medicada por um amigo comum que não tinha muito a fazer além de receitar tranquilizantes que ela engolia rodeada pelos filhos.

Estes a consolavam todo o tempo e mostravam desprezo no olhar, sentimento que jamais suspeitara existir naquela casa. Era mais uma espécie de desdém, a outra face da raiva, de uma mesma moeda. Não duvidava de que eles o amavam. Sentia profundamente tudo isso e em alguns momentos quis voltar atrás, mas era impossível essa traição consigo mesmo. Esperaria que as coisas amainassem com o tempo, pois o seu tempo já estava amarrado.

"Mais de vinte e cinco anos, Andrei... Vinte e cinco anos!!...".

Espantara-se com a reação excessiva da esposa, uma vez que o casamento já não dizia muito a ambos. Mabel tinha seu trabalho, seus objetivos, e ambos já sabiam que as coisas não andavam bem há anos. A inércia os seguia. Considerara que tal reação fora muito mais por não prever tal acontecimento do que, propriamente, por um súbito e inesperado apego amoroso, além, é claro, da vergonha social que poderia estar sentindo. Mabel fora educada pelo pai nesse viés. Se o afeto entre eles quase não existia, isso não tinha grande importância, todos os casais são assim, dizia ela. O que importa é manter a relação familiar e o respeito. Sim, se restava civilidade entre eles, isso já era a amostra de um casamento que dera certo! O que queriam? arroubos de juventude? Na idade em que estavam os desejos deveriam ser poucos. Haveria outra mulher? Sim, talvez fosse isso! Ah, mesmo assim, vamos rever tudo!! Vamos tentar! Não está certo quebrar tudo depois de 25 anos!!!

Era esse o tom de Mabel antes que, ao enfrentar como resposta somente o seu obstinado silêncio, passasse a gritar e chorar. Ela fantasiara muito sobre a possibilidade de tê-lo como deputado da província, de continuar a ascensão social e familiar. Compreendia que ambos sofriam e sofreriam, mas uma teimosia dura, persistente, tomara completamente sua alma. Não fazia parte de seu temperamento conciliatório, até então, mas agora não tinha medo de quebrar as aparências sociais, não tinha medo de nada! Sequer da solidão! Indecifrável para ele tudo o que via, ouvia, sentia e falava. Afinal, não se achava bom leitor de si mesmo, quanto mais de Mabel.

Sobre os bens e possíveis perdas, não poderia ser esse o motivo de tanta exacerbação da esposa, pois se fosse necessário deixaria até o que lhe pertencesse de direito. Nada, absolutamente nada, vinha-lhe à alma, nem vergonha, nem medo, nem remorsos, como se vivesse uma passagem para o limbo. Faltava o gesto primeiro, a palavra primeira "quero separar-me" para que todo receio, amarguras e culpas desaparecessem. Não alcançava essa surpreendente calma e segurança, até uma certa frieza, um distanciamento do seu sofrimento e do que percebia na família. Defesa? Certeza?

Florência, a única que o abraçara ternamente, nada dissera. Surpreendera-se com a filha. Nunca a conhecera muito bem, aliás, conhecia muito pouco os filhos e muito menos as mulheres. De nada adiantava explicar a Mabel que não era devido a uma outra mulher que assim fazia, o que era verdade. Fazia-o por si mesmo. Queria trabalhar menos na editora, queria escrever, amava os filhos, não sairia de Buenos Aires, considerava muito a amizade que tinham e o tempo que ainda poderiam ser amigos, mesmo sem muito contato. Pretendia continuar o suporte financeiro e afetivo se dele precisassem, mas não podia continuar. Sabia-os frágeis em muitos aspectos, Mabel e os filhos. E mesmo assim, não tivera nenhuma comiseração ao escolher a separação e não voltaria atrás. Recolhia, agora, a simpatia silenciosa de Florência como um bálsamo.

Sabia que Mabel não acreditava na inexistência de outra mulher e pouco lhe importava. Não sabia onde estava Vivian, não imaginava o que fazer com seus sentimentos, e pressentia, apenas, que precisava ficar só, escrever e preparar-se para uma nova etapa de sua vida, com ou sem alguém ao seu lado. A expectativa de um futuro imprevisível não mais o amedrontava, ao contrário, sentia-se feliz, e que assim fosse. Os filhos, com um pouco mais de tempo, iriam compreender. Assim ansiava.

Viajava para Perugia e de lá iria a Veneza. Finalmente, Andrei chegou ao Hotel Campi Zaccaria, tomou um banho quente e passou seus escritos para o computador. Arrumou alguns verbos e construções da primeira parte e releu, de uma só vez, todas as páginas já escritas. Estranhamente, não mais se sentia cansado, apenas relaxado. Dormiu e sonhou.

"Estava observando as nuvens do alto de uma montanha. Eram redondas e rosadas como se o sol estivesse escondido nelas. Foi então que dois anjos pintados numa espécie de imenso cartaz branco apareceram. Um parecia um coringa, como o das cartas de jogo, e segurava um cartaz – com o mesmo rosto e sorriso do cabírio que vira na igreja, em Buenos Aires. O outro era uma espécie de cupido sorridente e ambos apontavam para uma mulher, mais afastada, à direita. Ela os olhava com doçura. Vestia uma túnica greco-romana e não a conhecia. Virou-se para ele e disse com voz que não podia ouvir, apesar de saber o que estava sendo dito:

'Vá buscar os quatro pontos do Oriente'.

Oferecia-lhe um cristal rosa. Ele estendeu a mão como se as nuvens estivessem um pouco acima de sua cabeça e elas baixaram e o envolveram. Sentiu o cristal na sua mão. À medida que apertava a pequena pedra parcialmente lapidada, a palma ia ficando quente, até que se tornou insuportável manter o cristal. Não queria soltá-lo e recolheu a mão ao peito.

Acordou assustado. Sua mão esquerda estava fortemente fechada e as unhas enterravam-se na palma da mão. Foi difícil abri-la. Conseguiu, aos poucos, e pôde ver as marcas vermelhas, dolorosas linhas alinhavadas na pele. Com cuidado, esfregou as mãos até que a sensação de dor desaparecesse. Ajeitou o travesseiro, sorriu, lembrou-se do sonho sinestésico do gato que o arranhava e do sangue que escorrera. O que seriam os quatro pontos do Oriente?"

O Louco

No dia seguinte, aproveitou para resolver alguns negócios e viajou diretamente a Paris, seu último ponto na Europa. Mais uma semana de contatos e estaria em Buenos Aires. Embarcou querendo voltar, ansioso sem saber o motivo. Havia pedido à comissária de bordo um *bordeaux*. Estava razoável e sua cabeça foi ficando mais leve. As águas do Adriático enchiam, ainda, os canais de sua memória. Sentiu-se adormecer, ou quase, com frases de Sêneca a Lucilius numa de suas cartas que lera no último dia em Veneza. Quando viajava costumava sonhar muito.

[...] Tua carta encheu-me de satisfação e restitui-me um pouco as forças que já me vão faltando; reavivou-me mesmo a memória que já se me vai tornando cansada e lenta. Por que não hás de considerar, caro Lucilius, que o principal meio para obter a felicidade consiste na convicção de que não há outro bem além do bem moral? Quem admite a existência de outros bens sujeita-se ao poder da fortuna, fica na dependência de uma vontade alheia [...].

O que queria dizer Sêneca com Bem moral? Lembrava-se de haver estudado que o filósofo considerava o poder da escolha como o maior bem humano, e da insistência com que esse estoico marcava a necessidade de não depender do outro e das regras sociais para a própria virtude. A cada releitura de suas obras, que sempre admirava, percebia algo de novo aflorando em seu espírito. Assim se reconhecia um grande pensador.

Uma vez mais, pensou que abandonava uma carreira política na Argentina, estava sem família e carregava o que mais lhe doía: a raiva ou desdém dos filhos. Mas não se lamentava. Deixava tudo por escolha própria, firmemente. Só não queria viver como vivera até então, não mais. Seria isso uma espécie de bem moral, uma virtude? Ou a virtude viria do que as pessoas consideravam, em geral, no cotidiano? Não havia virtude própria, sem códigos? Apesar de não poder modificar o já feito, via-se forte para recomeçar uma nova etapa da vida e conhecer quem era, afinal, esse outro Andrei Taukis. Há sempre mais de uma oportunidade para grandes mudanças de rumos. Não muitas, no entanto.

Um zumbido intenso no ouvido direito arrancou-o desses pensamentos romanos, senequianos, que sempre apareciam em meio às difíceis decisões que tomara em sua vida. Muitas vezes, imaginava viver nessa época dos imperadores romanos, desses guerreiros sagazes, cortesãos traiçoeiros, escravos cultos, filósofos ataráxicos, homens luxuriosos sem culpa e impudicos como crianças, sádicos como satã, festejadores como grupos de adolescentes, livres como prostitutas no cais, práticos como os comerciantes dos mercados árabes, nobres como são as leis... estava ansioso e cansado.

Mexeu-se na cadeira que lhe pareceu excessivamente desconfortável, mudou de posição e o zumbido não diminuiu. Serviu-se de um resto de vinho e fechou novamente os olhos. Apesar da perturbação intensa no ouvido, o torpor tomou todo seu corpo numa espécie de arrepio. Sua fronte direita latejava e a pálpebra insistia em fechar. Estaria adormecendo? Relaxou completamente. Algumas imagens de Pompéia apareceram. Como gostava de visitá-la! Deixou-as correr, uma após outra e mais outra, ainda outra...

O Papa

"[...] Cornelius enlouquecera após longo período de sofrimento. Entrava aos poucos num estado de profunda tristeza entremeado a dores, agitações e delírios sem qualquer motivo decifrável. Dia após dia, sua saúde piorava, seu corpo perdia a forma. Logo deixou de falar, não mais comia, a pele amarelecida ia-se tornando um pergaminho a olhos vistos e partes de seu corpo estavam paralisadas. Ninguém podia saber como sobreviera esse estado no famoso conselheiro de Herculano, mestre de Retórica, um homem belo apesar da idade, orador preferido de Atimeto, cônsul de grande fortuna e prestígio diante do César.

Cornelius definhava há quatro lunares, desde as nonas de Quinctilis, e com ele toda a beleza dos discursos que faziam o gozo dos patrícios nas discussões cívicas, um verdadeiro presente que ele dava a todos ao apresentar belas articulações do pensamento em palavras bem ajustadas e harmonizadas, sentença após sentença, sem quebra argumentativa e em boa sonoridade. Escutar suas ponderações e decisões bem fundamentadas era como ouvir música.

Seu maior amigo e discípulo, Diomedes Apro, permanecia todo o tempo junto ao leito de morte seguindo seus delírios, enxugando seus suores, molhando sua boca constantemente seca com fino tecido embebido em água e gotas de chá de folhas de hortelã, dispensando, sempre que possível, os servos. Queria estar presente nos poucos momentos em que o mestre voltava à consciência. Vira o vigor de Cornelius apagar-se lentamente e as lágrimas brotarem nos seus raros momentos de lucidez. Afinal, descansara naquela madrugada, na quarta vigília.

Diziam os entendidos que Cornelius fora tomado pela doença de Saturno. Nesse caso, nada havia a fazer além de entregar-se nas mãos do deus obscuro. O estado saturnal era terrível, irreversível, um mal que superava o entendimento humano. E que Plutão o recebesse bem.

Diomedes percorria as vielas de Herculano, cabisbaixo. A noite fora longa até que Cornelius expirasse e quando o sol começava a nascer e uma névoa úmida entrava pelas janelas gelando os ossos, o mestre se foi. Então, o discípulo fugira dali, sem rumo. Um ou outro passante cumprimentava-o e pequenos grupos de plebeus já chegavam às portas das casas patrícias para as espórtulas. Algumas dracmas sempre podiam ser doadas pelos ricos e era mais um dia de sobrevivência dos famintos. Os primeiros ruídos do mercado já podiam ser ouvidos, acompanhados do cheiro de frutas e de carne fresca. Pensou que necessitava, com urgência, ir aos banhos, receber massagens, perfumar-se, único modo de acalmar-se para enfrentar os rituais funerários em honra a Cornelius. Queria chorar e não podia. A tristeza era imensa a ponto de atordoá-lo, e a figura esquálida e febril do grande amigo e mestre não saía de sua cabeça.

Durante os últimos tempos, Crísias, esposa de Cornelius, revezara-se com ele nas difíceis noites anunciadoras da morte. Anotara algumas falas do enfermo durante seus estados delirantes, quando gritava palavras aparentemente sem nexo, entremeadas de algumas espantosas sequências discursivas, excessivamente lacunares, no entanto, entrecortadas com gritos de dor. Não pudera achar o sentido do que dissera o mestre na e pouca coisa guardara. Em nome desse pouco, anotou freneticamente o que ouvira. Leria tudo depois, com calma.

Passaria pela funerária antes de chegar aos banhos. Crísias lhe pedira para encomendar a estela ao seu gosto. Ela bem sabia do amor enorme que unia mestre e discípulo, e se a vida já era penosa para Diomedes antes da doença de Cornelius — pois amava desesperadamente Crísias em silêncio, um amor mal disfarçado e desesperançado —, agora perdia os dois de uma só vez, pois ela sairia de Herculano. Esposa devotada, a bela Crísias jamais lhe dera um olhar comprometedor. Não se alinhava às mulheres casadas com amantes, tão comum naqueles dias, talvez pela própria personalidade reservada ou pelo verdadeiro afeto a Cornelius, homem tão suave nas maneiras quanto doce na alma.

Ela devia compreender, perfeitamente, o significado de seus ardentes olhares e dos pequenos toques de suas desejosas mãos em sua túnica, mãos que buscavam sua pele, inadvertidas, sempre à altura da parte mais exposta de seu corpo mal coberto. Essa mulher sabia, realmente, do profundo amor que o jovem lhe devotava. De origem greco-romana, como ele, Crísias era jovem ainda, desejada por muitos homens de Herculano dada sua beleza, e respeitada pela retidão de caráter, jamais expondo o marido aos testemunhos de negligência. Em Roma, Pompéia e Herculano comentava-se de quanto estava sendo comum a má conduta e alheamento da Casa pelas mulheres, mas Crísias, dizia-se, era bem o contrário. Ademais, Cornelius sempre fora um pouco distante do lar pelo excesso de trabalho na tribuna, e com grande diferença de idade da esposa preferia enclausurar-se nos estudos e nas aulas de Retórica, pequena clausura que a esposa acompanhava sem queixas. Dedicava mais tempo aos afazeres cívicos e gosto intelectual do que à mulher.

Na verdade, Cornelius via Crísias como uma criança querida a quem devia proteger, porém, nada no cotidiano quebrava a boa relação de ambos até esse dia fatídico. Comentava-se que se Crísias era esposa virtuosa, também Cornelius cuidava da boa conduta, não sendo frequentador de servas, e equilibrava sua vida abstendo-se quase totalmente do sexo, sem grandes problemas. Com uma esposa que além de respeitosa era culta, leitora dos melhores textos gregos e tímida poetisa, obtinha o casal boas falas de todos e vida tranquila. Sem dúvida, os patrícios de Herculano invejavam a vida do conselheiro e admiravam essa relação elegante do casal. Cornelius nada percebera desse amor de Diomedes, nada intuíra. A ligação afetiva que unia mestre e discípulo sempre fora clara e intocável.

Sim, tudo isso é possível na vida dos homens. A eles não cabe escolher a quem amar, quando amar, como amar ou deixar de amar. Tudo depende da benevolência da Moira, como diziam os gregos. Aos deuses cabem peripécias insondáveis, e o maior desfrute que têm no ócio sagrado, sem dúvida, é o de jogar com as emoções humanas para tecerem jogos. Devem saber o que fazem.

'Sairei de Herculano, continuarei meu aprendizado em Roma, quem sabe com Lucius Quintino, discípulo de Musonius, de boa estirpe, ou com o próprio Musonius, já tão idoso e sempre sábio estoico [...]'.

Assim pensava Diomedes, mal dando conta das esquinas e ruelas que dobrava. Alguns cães seguiam-no e ele não se importava. Havia sempre muitos cães em Herculano, algo que sempre lhe chamara a atenção, e naquela manhã sequer os percebia.

'[...] Esquecerei Crísias, não posso esquecer Cornelius'.

Mas Diomedes jamais esqueceria Crísias. Parou na funerária. Quase sem pensar, encomendou a Fulvius Benigno um relevo funerário indicativo de Cornelius discursando para uma plateia e tendo a Musa próxima ao seu ouvido. Mandou gravar:

Cornelius Titus – Sescentesimo primo anno Urbis conditas –
Qui eum amaveritis mementotes.

Sim, estava bem, nada mais havia a dizer senão que deviam recordá-lo, já que o amaram tanto. Lembrar! Depois da visão, ou junto a ela, que magnífica potência essa que nos deram os deuses, a memória!

Quando chegou aos banhos, o sol já estava inteiro no céu e o Vesúvio aparecia nítido, ao longe. Procurou Myron de Solis para cuidar de seu corpo e de sua triste alma. Retirou a túnica e mergulhou na piscina tépida da entrada. A seguir, deitou-se na grande pedra lisa forrada de linho na pequena sala ao lado, que recebeu seu corpo dolorido. A musculatura ressentia-se das noites tensas.

Myron chegou, o ágil massagista, e já se preparava com cuidados excepcionais adivinhando o estado do jovem. Diomedes tentou relaxar o quanto lhe era possível e esperou, ansiosamente, que as suaves e fortes mãos de Myron embebidas em óleos perfumados deslizassem em sua nuca, costas, pernas, pés, pressionando seu corpo com firmeza em pontos estratégicos. Sentiu o delicioso arrepio provocado a cada toque, o leve perfume de jasmim e cânfora, os músculos relaxando em agradecimento ao presente. Abriu sua alma para que pudesse procurar seu corpo inteiro, tão ausente estava. A quente fumaça das piscinas e o leve rumor das fontes sulfurosas apaziguaram seu coração. Doce e lentamente, tocando com as mãos o estado delicado da alma do fiel cliente, Myron debruçava-se sobre o corpo jovem totalmente entregue à sua habilidade.

O virtuoso massagista percorria com os óleos, às vezes com brandura, às vezes com maior energia, o caminho dos tendões, da musculatura ao redor das junções, buscava a enervação tensa dos ombros e do pescoço, dedilhava o relevo da coluna, tamborilava levemente os dedos nas orelhas, apertava a ponta dos dedos em sua cabeça. Podia sentir o ligeiro tremor dos músculos, um tipo de tremor diferente em cada uma das partes do corpo que o massagista tocava, e a pele de Diomedes arrepiava ao responder às sábias mãos.

Terminada a massagem, Diomedes mergulhou na água quente que o esperava, água borbulhante, sulfúrea, de onde um leve murmúrio subia das entranhas da terra como pequenas notas musicais. Sonolento pelo som e tepidez, mais uma vez Cornelius e Crísias misturavam-se em sua cabeça, de um lado a dor por Cornelius, de outro, o desejo crescente pela mulher. E a água envolveu, benéfica, seu corpo relaxado. Já não sabia se a sonolência era sua ou do próprio líquido no seu leve borbulhar. Então, abandonou-se e não pôde, não quis, não se permitiu controlar as imagens da mulher amada, dos seus seios macios que ansiava em ter nas mãos e que teimavam em se mostrar dadivosos nessas imagens. De repente, seu corpo tremeu, e assustado ao som do riso fino de Myron que observava seu desejo exposto, túrgido, mergulhou na água clara. Percebendo o que acontecera, tratou de nadar para sair do torpor.

Apartou-se, afinal, daquele útero protetor e mergulhou na piscina seguinte, de água fria. O coração bateu forte, a pele encrespou, os músculos retesaram e as ágeis mãos do eficiente massagista já estavam prontas para envolvê-lo em novos panos de linho e enxugá-lo com energia assim que se colocou de pé. Só então, com o sangue correndo rápido pelo choque térmico, sentiu-se melhor, bem melhor. Alma e corpo pareciam, só agora, juntos. Diomedes era ele mesmo, por fim.

Não teve coragem de voltar naquele mesmo dia à casa de Cornelius. Sabia que dispunham do cadáver para os rituais fúnebres e preferiu não rever Crísias. Sua grande tristeza lhe aparecia de modo mais ameno, quase cansada conforme as horas corriam no mesmo ritmo de certa indolência física. Sabidamente, o luto é pesado aos homens. Estava melancólico, não suportava pensar na ausência do mestre para sempre, e, já em sua casa, tentou retomar as anotações que fizera das frases de Cornelius durante seus delírios, um modo de se sentir, uma vez ainda, próximo a ele. Tulio, velho escravo que o vira nascer e continuava a servi-lo desde que seu pai morrera, preparou algumas frutas e sementes, pão, vinho doce e água. Conseguiu comer com gosto. O corpo jovem, já desperto, exigia atenção.

O pequeno almoço deu-lhe um certo vigor. Sentou-se e contemplou o pátio, cujas roseiras mostravam os primeiros botões. Os olhos fixaram-se no mosaico à sua direita: uma ninfa era raptada por um sátiro, obra belíssima de Antonino Severo, aplaudido artista de Óstia e preferido de sua velha mãe. As cores pálidas do quadro e a leveza dos belos detalhes onde o azul e o laranja-amarelado predominavam sobre o fundo sépia, ajudaram-no a esquecer parte da dor que sentia. Correu o olhar nas formas do sátiro, o falo enorme, as mãos desejosas enterradas nas coxas da etérea ninfa seminua. Respirou fundo e iniciou a leitura do que tentara dizer-lhe Cornelius Titus nos seus delírios.

Poucas coisas faziam sentido. Provavelmente, as frases diziam respeito aos seus pais, pois repetia seus nomes. Por vezes, reconhecia a descrição de certos lugares que lembravam Roma e dos quais, em conversas, o mestre lhe havia falado com insistência, mas tudo fora balbuciado com dificuldade e sem articulação. Procurou uma anotação específica que fizera durante certa noite, quando foi acordado pelos gritos do enfermo, talvez a maior sequência de frases de que se lembrava. A angústia desses gritos impressionara-o na ocasião:

'[...] Não ainda, não ainda!...Cuidarei de fazer o melhor que posso... quem és... quem? não te vás... não sei, não sei!! (arfando forte...) compreendo... ele apanha o inseto na rede... obriga-o a tecer... a teia para os outros, não compreendo, não... (longo silêncio com tremores). Saberei a hora... deverei, sim vou pronunciar-me, sim... prometo que sim (mais tranquilo). Ela virá? não mais aqui... não mais... aqui... (com a boca seca e com dificuldade para falar)... São nomes, tudo é nome? Diomedes, Diomedes?! Como saberei?... Quando? Assim farei... (longo silêncio).

[...] Ao Norte, Ádria?... marítima... veneza, que é isso, como?... sim, sim!! (agarrou fortemente os lençóis, em extrema ansiedade). É preciso voltar, Diomedes! Diomedes!... é preciso... voltar... refazer o desenho... a partir do norte... Onde? onde?... não sei, não... compreendo [...] Farei as misturas [...] quatro (falando rápido e de modo ininteligível e, após, um longo silêncio)... [...] Cuida de Crísias... Diomedes, tudo é o mesmo, é o mesmo!! (grita, tenta acalmar-se, agarra meu braço)... Diomedes, meu filho... as palavras, é preciso dizer as palav... (tossiu e gemeu)... a circularidade, o homem é circular... filho, louva o amor... ele dirá tudo... vai até lá... busca as quatro misturas... as mesclas, sim, as mesclas... busca!... é uma só rota... vai a qualquer preço. Não temas... filho, estarei [...]' (Cornelius desmaia).

Assim era o conjunto de frases com maior sentido que conseguira anotar entre muitas frases sem nexo. Por alguma razão, imaginou que Veneza fosse um nome próprio, um sobrenome, talvez. O Norte, sabia Diomedes que Cornelius não conhecera. Afora Crotona e Roma, uma única vez avançara até Cartago. Então, não podia compreender a citação de um ponto tão ao norte. Ádria, mar, Veneza? Seria uma embarcação em Ádria com esse nome? Ou algum pequeno vilarejo, como saber! Nome de rio? Não, Cornelius falara "marítima". Se fosse alguém, um sobrenome, um nome de mulher? Nunca ouvira esse nome antes… veneza. O que era veneza? Ou Veneza? Teria a ver com os venetos, ao que tudo indicava, mas o que significava?

No discurso delirante, sequer percebia o porquê de seu próprio nome ter sido enunciado, bem como o de Crísias. Cuidar de Crísias? Ao mesmo tempo procurar o Norte? Desconhecia qualquer grupo de cidades próximas que indicassem o sentido do número quatro, as quatro juntas formadas em círculo… quem sabe. Que ligação haveria entre Cornelius e feiticeiros mescladores de substâncias? Aprendera que o delírio, por vezes, sinaliza o futuro, mas não se sentia apto nessa arte própria dos iniciados. Poderia procurar um feiticeiro e perguntar sobre alguma poção com quatro elementos, mas todas deveriam ter os quatro!

Lembrou-se de algumas lições do falecido sobre a divina arte da Mântica e de sua relação com os cultos órficos e eleusinos. Seguindo a sabedoria de Delphos, a cultura romana aceitara a antiga união de Apolo e Dioniso e construíra seus próprios templos em homenagem a esses cultos. Algumas partes itálicas uniram-se aos deuses gregos e também a alguns egípcios, até mesmo persas e caldeus. Em Pompéia havia um templo desse tipo, belíssimo, e, ao que soubera, em Crotona e Agrigento. Mas havia a Mântica filosófica, dissera-lhe o mestre, que é algo bem diverso. E essa era a que mais interessava ao retórico! Quanto poderia aprender e agora… Parte da obra de Hérilo, um estoico, fora-lhe mostrada por Cornelius uma certa tarde, ao passearem pela casa durante o ensino da Retórica. Detiveram-se na pequena e comentadíssima biblioteca do mestre. Na ocasião, a Mântica estoica despertara muito seu interesse, talvez por isso procurava um estoico para continuar seus estudos de retóricos e, quem sabe, aprofundar questões instigantes como a Mântica e o Destino, temas caros para esses filósofos, que pensaram de modo muito distante dos caldeus e da mântica popular.

Fora uma tarde inesquecível aquela, pois Minerva estava ali e ele bebia, extasiado, todo o espírito brilhante de Cornelius. Sem dúvida, procuraria alguma obra na biblioteca para estudar os sinais doados nesses delírios saturnais. Deviam ter sua especificidade. Ou só os órficos e os caldeus saberiam sobre eles? Ademais, esse assunto seria um bom motivo para procurar Crísias à margem dos rituais fúnebres: conversar sobre os livros e a biblioteca de Cornelius. Necessitava ficar a sós com ela. Assim pensando, misturou a água cristalina ao vinho doce e serviu-se de mais uma taça. O líquido desceu bem, fresco e leve naquela tarde quente do Quinctilis, uma tarde angustiada e, paradoxalmente, cheia de aberturas".

A papisa

"[...] Há muito tempo, Crísias sentira-se atraída por Diomedes apesar da afeição que nutria por Cornelius. Desde criança, quando sua mãe vivia em Crotona e a levara ao templo de Dioniso e Deméter, sabia algo a mais sobre sua vida. A sacerdotisa profetizara parte dela, de modo que com um conhecimento inesperado para a maioria, aprendera a aceitar as coisas que lhe aconteciam, conforme aconteciam. Casara-se com Cornelius. Diomedes não chegara no tempo certo, portanto, nada havia a fazer.

Nunca esquecera quando, menina ainda, subira os degraus do templo e lá dentro, na ampla sala, deslumbrara-se com a pira acesa, com a pequena fonte à direita, próxima à grande cadeira talhada onde se sentava a sacerdotisa. Frisos em relevo rodeavam o salão circular como se fossem molduras para os afrescos que cobriam todas as paredes. Nos relevos estavam esculpidas toda sorte de figuras incríveis: cabras, bodes, flores, ninfas, frutas, cestas com trigo, sátiros, faunos, delfins, monstros marinhos, mulheres com véus, meninos e meninas nus adormecidos entre folhagens. O artista, para dar a impressão de movimento às vestes etéreas das mulheres, conseguira divinamente marcar o mármore ao criar leves túnicas com dobras sobrepostas, ondulantes. Eram as mênades saltitantes, cujos pés jamais tocavam inteiramente o solo. Mesmo no mármore, elas pareciam voar.

Com apenas nove anos, tudo vira e nenhum detalhe esquecera. Sem compreender por que sua mãe a trouxera até ali, ouviu-a dizer à bela sacerdotisa que, em tempo a ser determinado pelo templo, Crísias deveria cumprir parte dos rituais órfico-dionisíacos, como também ela mesma, sua mãe, Siclenes, havia cumprido anteriormente antes de casar-se e tê-la como filha. E a sacerdotisa, lembrava-se bem, tomara sua a mão, suavemente, e dissera algo no seu ouvido que não podia entender, mas que guardou para perguntar depois à mãe:

Ubis tu Acrisias, ego Dioniso... quod tu es ego fui, quod nunc sum et tu eris.

Quando repetiu a frase à mãe alguns dias depois, esta sorriu e pareceu feliz, mas nada lhe explicou. Somente quando teve que se casar, sete anos depois, Siclenes voltou ao assunto com Crísias e explicou-lhe o significado dessas palavras, acrescentando que devido às novas circunstâncias de sua vida, e dada a morte inesperada do pai, ela não cumpriria os ritos prometidos ao templo, pois teria as bodas dentro de um ano. Deveria cumpri-los, no entanto, em outra ocasião, que claramente se apresentaria. Assim dizia o dito. Qualquer que fosse a época, faria a iniciação, e como dissera a sacerdotisa por meio daquelas palavras misteriosas, onde seu ser estivesse lá estaria Dioniso e ela própria, sacerdotisa; e ao profetizar — explicou-lhe a mãe —, naquele momento ela era Dioniso e era Crísias, e também Crísias seria ela e Dioniso em outras ocasiões futuras.

Enigmáticas palavras ditas a uma jovem prestes a casar-se e difíceis de compreender até nos anos posteriores.

Após quatro anos da visita ao templo, de fato morrera inesperadamente seu pai, Rufus Teotonius, e estando Crísias com treze anos, Polonius, seu irmão que tudo herdara pela lei, lembrou-a da promessa antes feita pelo pai ao rico e prestigiado tribuno Cornelius Titus, de Herculano. Então, aos 16 anos e sem o amparo paterno, deveria casar-se e um pouco antes do prometido. Quanto à sua mãe, do que lhe restara do próprio dote deixou-lhe a maior parte. Polonius completou 18 anos quando Crísias se casou e Siclenes retirou-se, finalmente, ao templo eleusino de Agrigento. A filha viajou com o marido a Herculano, assumindo a casa do rico tribuno e conselheiro, famoso na Arte da Oratória e nos bons tratos com os poderosos de Roma. Seu irmão permaneceu em Crotona cuidando dos próprios bens.

A jovem era legalmente herdeira do dote da mãe e de outro, doado pelo irmão no primeiro das núpcias, para melhor assegurar a nova união com Cornelius Titus. Comedida e obediente, Crísias não criara qualquer problema diante dos acontecimentos que sobrevieram a si e à família. Passou a viver em Herculano sem nenhum ressentimento, apenas reprimia a curiosidade sobre seu futuro e a promessa da mãe quanto aos ritos religiosos a cumprir. O toque da mão firme e suave da sacerdotisa segurando a sua, nunca o esquecera.

Fora educada rigorosamente por Siclenes, de origem grega, nas regras romanas. Pouca coisa sabia sobre o passado grego da linhagem materna, mas o suficiente para perceber que a mãe se adaptara ao casamento na medida exata das necessidades, e que jamais deixara de exercer, parcialmente, os costumes de sua primeira família. Nos momentos em que deixava a *domus* para ir ao templo, muitas vezes a acompanhara e pudera ouvir, com gosto, lições sobre a cosmética e a farmácia femininas, sobre vários rituais incompreensíveis que as moças iniciadas lá exerciam. Eram, na sua maioria, gregas ou romanas de origem grega. Lá, a bela sacerdotisa vestia-se de branco e vermelho, e em uma dessas ocasiões trocou o branco pelo laranja. Essa imagem imponente habitou suas fantasias por muitas noites. Ainda agora ouvia dela, nas aparições noturnas, frases ininteligíveis que anotava ao despertar. Algumas conseguia entender, a maiorias, não. Espantava-se com o teor divinatório de algumas delas.

Passados vários anos, finalmente — como dissera sua mãe — a ocasião para voltar ao templo e cumprir sua dívida sagrada claramente apareceu com a morte de Cornelius. Crísias viajaria a Crotona enquanto Diomedes seguiria em direção a Roma. Com grande esforço rejeitara-o naquele dia, em nome de Dioniso presente, em nome da promessa de sua mãe que a ela só caberia cumprir agora. Deixou Caius Luccannus, secretário fiel de Cornelius, nos cuidados da casa e dos bens.

Sua retirada de Herculano seria por um período aproximado, assim imaginava, de três setembros ou doze estações, tempo durante o qual Diomedes teria amplo direito de entrar em sua casa e privar da biblioteca na sua ausência, se assim o quisesse; ou transportá-la para outro lugar, se preferisse. Sem dar maiores explicações aos conhecidos de Herculano, e com quase vinte e dois anos, Crísias preparou-se para uma nova etapa de sua vida.

Quanto a Diomedes, sim, já sentia sua falta! O jovem partira há dois meses, cabisbaixo, olhando-a de modo ardente como sempre olhava. Aprendera a amar aquele olhar brilhante apesar de não poder, ainda, aceitá-lo plenamente. Mas haveria o dia em que poderia apanhar esse brilho e guardá-lo dentro de si. Saiu de Herculano na manhã do décimo quinto dia dos Idos das Januárias e chegou em Crotona bem depois, no Februarius, ao nascer do sol e com o cheiro do mar entrando em suas narinas.

*

A viagem de Crísias havia sido extenuante, e quando as primeiras linhas da cidade de Crotona se fizeram reconhecer, o alívio apaziguou a ansiedade. Respirou fundo sentindo na pele a umidade do lugar. Os sentidos agradeciam a temperatura amena, o vento fino que deslizava em seus cabelos, o perfume dos ciprestes e o cheiro do mar, que deixava um gosto ligeiramente salgado no ar e tomava seus lábios, assim como a terra seca e pedregosa, que não se amoldava aos pés, deixava seus olhos ressequidos. Nesse novo horizonte, sabia-se Crísias, mas alguma estranheza sobre si mesma tocava-lhe o coração.

Visitaria, primeiramente, seu irmão Polonius e o informaria dos detalhes ocorridos em Herculano, bem como de suas decisões. Polonius casara-se com Lívia, mulher que o amava e lhe dera dois filhos. Vivia bem e comerciava intensamente na Sicília e com os cartagineses. Foi bom reencontrá-lo, apesar de não terem almas comuns para largas conversas. Cumpridos os deveres familiares, buscou o templo eleusiano.

Viu-o ao longe, no alto do monte Vectrix, rodeado de ciprestes à direita e de oliveiras à frente. Erguia-se circular, em bege muito claro como a terra arenosa que o sustentava, contrastando com o céu azul intenso e o mar verde-esmeralda típicos da região. Um longo e estreito caminho contornava um leve platô e terminava nas escadarias do templo, que parecia pequeno tendo ao fundo a grandeza do Vectrix. Olhou-o com emoção. Seis pequenas colunatas sustentavam o peristilo triangular. Desenhos em relevo do deus Dioniso esquartejado pelos titãs haviam sido esculpidos em referência ao mito ancestral do Zagreu. Nas colunatas, era o trigo sendo plantado e colhido que recolhia os sinais de Deméter. Unidos num só lugar, Dioniso e Deméter deviam ter suas ocultas razões para desejar que assim fosse. Os homens apenas seguem os desejos dos deuses e agradecem.

Chegando à frente do templo, Crísias alcançou a fonte no jardim, à direita, cuja água tépida e sulfurosa jorrava dos dois bicos de uma cânfora que as mãos suaves de uma jovem, esculpida em mármore róseo, inclinava. Tirou a pala, as sandálias, lavou as mãos, o rosto, os pés. Fez orações e, descalça, atravessou o caminho de pedras lisas e arredondadas até as escadarias do templo. Entrou na *cella* onde duas jovens atentas já a esperavam. Três altas portas abriam-se para a grande sala onde a pira e a pequena fonte de sua infância ainda permaneciam iguais às de sua memória aos 9 anos. A cadeira bem esculpida da grã-sacerdotisa estava vazia, da fonte interna jorrava água

A LONGA HISTÓRIA DOS QUATRO PONTOS DO ORIENTE

límpida e os frontões esculpidos com os faunos, delfins, flores, frutas lá estavam, imutáveis.

Pôde ver, então, o que não vira anos atrás: os afrescos belíssimos que rodeavam toda a parede circular do templo, em pintura leve, com magníficas mulheres, homens e algumas crianças pintados com vestes em cores fortes. O contraste do vermelho com o fundo quase sem cor, os delicados traços em amarelo, laranja, dourado, verde-esmeralda e azul dos detalhes, misturavam-se nas figuras. Esses afrescos prendiam os olhos pelos seus numerosos detalhes e cores e uma espécie de movimentação que parecia impelir as figuras para novas posições e formas.

Deu-se conta, afinal, de que eram doze afrescos e que havia uma sequência neles cujo significado não podia apreender.

Crísias sentia-se bem e aguardava, silenciosa, a recepção que lhe daria a sacerdotisa, como era de costume. As jovens que a haviam recebido, vestidas de túnicas brancas e um fino véu acinzentado a cobrir suas cabeças, levaram-na até uma pequena porta no fundo do salão, próxima à grande cadeira esculpida. Por essa porta saíram do recinto principal do templo e continuaram por um corredor que terminava numa construção retangular. Lá viviam as iniciadas nos mistérios. Numa sala que seria um refeitório comum, Crísias esperou. Contemplava o grande jardim cultivado e que embelezava ainda mais o terreno amplo que se abria em continuação à larga casa das iniciadas. Uma outra fonte, bem maior que a pequena do salão e mesmo a do jardim de entrada, pareceu-lhe especial, ruidosa em meio a muitas árvores, horta e pomar.

A uma certa distância do término do pomar, onde não mais havia plantação, o Vectrix erguia-se alto e pedregoso, e nele Crísias pôde ver, pela primeira vez, uma entrada, como se a elevação guardasse uma gruta dentro dela. O templo fora construído numa espécie de promontório. Dali, via-se o mar em toda a extensão, e toda Crotona um pouco à esquerda, alguns quilômetros além.

A sacerdotisa apareceu, afinal, toda de branco e com a cabeça coberta de um véu fino, de cor amarela. Ao aproximar-se de Crísias, afastou o véu, tomou-lhe as mãos com um sorriso suave e disse que já a aguardava. Ela sequer espantou-se.

'Ficarei o tempo que for preciso, mestra minha, uma vez que está morto meu marido'.

'Bem sei, querida. Tua mãe está em Agrigento e após os quintos sacrifícios deverás visitá-la'.

Olhou-a profundamente e Crísias sentiu um longo tremor correr em suas costas.

'Aqui, teu nome será Cleona... que de fato és'.

A sacerdotisa parecia olhar para dentro de sua alma como se, ela mesma, Crísias, não estivesse presente.

'[...] E a mim, chamam-me Peristera, pois ela sou'.

Encaminhou-se, ainda segurando a mão da nova hóspede de Dioniso e dos mistérios, para indicar onde seriam seus novos aposentos. Uma túnica branca de linho e algodão, própria das iniciadas em grau primeiro, com o fino véu acinzentado e uma pala em linho grosso nos tons da terra de Crotona, estavam estendidos na cama simples. As sandálias, de estilo grego em vez do romano, descansavam no chão de terra batida entremeada de pedregulhos lisos e redondos. O manto vinho das que se consagravam aos deuses concluía a vestimenta.

Apesar da nudez do aposento, Crísias sentiu-se feliz, mais ainda quando viu pela janela o mar infinito e uma parte dos ciprestes, à direita, recortando o céu. Amava os horizontes, deixar a visão vagar a esmo, sem desenhos abruptos, as cores e linhas deslizando suas formas e sua luz na luz das pupilas. Um pequeno rolo de papiro repousava numa cadeira de madeira ao lado da cama. Peristera deixou-a com a recomendação de que, ao pôr do sol, participasse dos cantos. A flautista entoaria os sons de Eleusis e de Dioniso antes de se banharem.

Crísias percebia-se perdida com tanta coisa para olhar, e, ao mesmo tempo, sabia estar em sua própria casa. Abriu o papiro. Estava escrito em grego. Aprendera essa língua ainda pequena, com sua mãe, e muito foi admirada por isso entre os patrícios de Herculano. Leu, com vagar, o que estava escrito:

'Crísias, filha minha, de uma poetisa a outra:

[...] Parece-me igual aos deuses

ser o homem que ante a ti

senta-se e de perto te ouve

a doce voz

e o fluente riso, isso, eu juro, atordoa o coração no peito;

e quando te olho, nenhuma voz

me vem

mas calada a língua se quebra,

sutil sob a pele um fogo me corre,

com os olhos nada vejo, zumbem
os ouvidos

frio suor me envolve, tremo

toda tremor, mais verde que relva

estou, pouco me parece faltar-me

para a morte.

Mas tudo é ousável e sofrível...'

Crísias emocionou-se. Reconhecia o poema. Havia passado infindáveis tardes na biblioteca de Cornelius lendo, com prazer inefável, os cantos da divina Sappho, e eis que Peristera lhe presenteava com um deles. Como podia saber desse seu apreço pela poetisa de Lesbos? Como adivinhara que esses poemas esquentavam seu peito que, já há alguns dias, afogueado, tirava-lhe o ar? Sim, a sacerdotisa podia saber de muitas outras coisas, logo aprenderia sobre isso.

O pôr-do-sol já tingia o céu e o mar, o vento já mudara de direção e batia mais audaz nos ciprestes, as estrelas surgiam tímidas na escuridão, quando a flautista iniciou um canto a Dioniso, fortemente ritmado e repetitivo. Crísias vestiu a túnica branca e cobriu-se com o fino véu acinzentado. Eram 16 mulheres, algumas muito jovens, outras maduras. Os véus variavam nas cores: cinza, violeta, azul esverdeado e amarelo. Somente Peristera e uma outra mulher aparentando 30 e poucos anos usavam o amarelo. Algumas, talvez cinco, usavam o azul esverdeado e as restantes dividiam-se entre o acinzentado e o violeta. Os mantos alternavam-se nas duas cores básicas do templo, o vinho e o verde do cipreste, e todas as túnicas eram brancas. Crísias se deu conta de que as diferenças de cores se referiam aos graus de iniciação.

Entraram na grande sala circular ao som da flauta do deus, intensamente compassada nos tons pelo batimento de dois pedaços de madeira com figuras em relevo e da batida do tirso no solo. Logo depois, o som transmutou-se. Bem menos sincopado e de doce harmonia eleusina, somente a flauta persistiu. Todas as mulheres dirigiram-se para a pequena fonte próxima à cadeira da grã-mãe e molharam as mãos passando-as, delicadamente, na testa e lábios. Seguindo os rituais, ajoelharam-se no chão colorido de pastilhas e desenhos magníficos de Dioniso seguido das Mênades, e de Perséfone-Koré junto à mãe, Deméter, entre os trigais. Cobriram os rostos com os véus e a flauta silenciou.

Peristera, só ela em pé ao lado de sua cadeira, tirou o véu amarelo que vedava seu rosto e soltou os cabelos presos por pequenos laços de fitas. Solta, a longa cabeleira escura cobria seus ombros descendo quase até a cintura em pequenos cachos. Balançou violentamente a cabeça e os fios emaranhavam-se. Tomou nas mãos o tirso agitando-o no ar, enquanto a flautista voltava, agora, ao ritmo de Dioniso, repetitivo, monocórdico, forte, seguido das batidas de peças de madeira umas com as outras. Algumas das mulheres que empunhavam guizos também soltaram os cabelos, e girando freneticamente a cabeça como fazia Peristera, entoavam lamúrias, gritos, quase um cântico dada a desarmonia que se misturava ao som da flauta, das batidas e dos ruídos diversos e simultâneos.

'Hyés! Attés!... A ti, divino, o leite tenro, o doce mel, o vinho perfumado! Evohé! Dioniso que jamais cede, Dioniso em mim cresce. Evohé! Caminha, ó deus, tomai-nos em tua força, Hyés, Attés!!'.

Essa exortação era repetida três vezes. Na terceira, Crísias uniu sua voz às demais. Depois, o silêncio pairou. Um outro grupo, com os cabelos presos, rodeou a pira acesa e depositou no chão cestas com bolos e pães fatiados, frutas e feixes de trigo. Um canto suave de uma das jovens ecoou no grande salão. A flautista acompanhou a doce voz com os tons dos mistérios, para vivenciar o desaparecimento de Perséfone-Koré nas profundezas do Hades, e o desespero de Deméter lutando para ter sua filha de volta.

Ergueram-se as servas de Dioniso e se uniram ao coro dos mistérios formando, aos poucos, um cordão humano que rumou aos jardins próximos ao Vectrix, em direção à grande fonte, enquanto outro grupo permanecia no salão finalizando as libações. Não demorou para que todas estivessem juntas, ao redor do jorro transparente envolvido por uma videira. Através dos meandros dos troncos finos via-se o céu, a noite sem lua, os pontos brilhantes estelares tão numerosos, que pareciam um caminho lácteo no corpo feminino da escuridão.

No centro da fonte havia a estátua de uma bacante, com a nébrida e o tirso, tendo aos pés um bode deitado. Do tirso em sua mão direita jorrava a água cristalina, e o redor da estátua havia uma mureta com desenhos de feixes de trigo e cálices indicativos da beberagem iniciatória aos mistérios, o *kykéon*. Dos cálices em alto-relevo brotava água tépida e sulfurosa. As mulheres, descalças, retiraram todas as vestes. Nuas, entraram na água.

Na superfície dessa espécie de piscina pairava uma leve fumaça. Todas passaram a brincar como crianças, quebrando o silêncio anterior. Nem pareciam as devotas iniciadas dos deuses que cumpriam, pouco antes e cerimoniosamente, os rituais, mas simples mulheres de Crotona em alegria juvenil. Peristera, uma belíssima mulher de pouco mais de quarenta anos, tinha a pele azeitonada do Oriente. Naquele momento, não se poderia reconhecer nela a grã-sacerdotisa a não ser pelo brilho intenso dos olhos, o mais brilhante que Crísias jamais vira. Sorria, e Crísias aproximou-se, timidamente:

'Agradeço-te os versos...'.

Peristera continuou sorrindo e afagou seus cabelos.

'São teus, por direito. Já haviam sido uma vez, bem antes, Cleona'.

Novamente sentiu um tremor percorrer as costas. A sacerdotisa olhava-a e o tremor subiu até a nuca, correu pela raiz dos cabelos. O que queriam dizer 'uma vez já haviam sido...?' Enigmáticas palavras que, um dia, haveria de saber.

A morte

"[...] Após jantarem no refeitório comum, as iniciadas recolheram-se. Crísias a tudo assistia amedrontada, curiosa, reverente, serena. A refeição fora frugal. Conhecera sua companheira mais próxima, Flavínia, ali chamada Nikéia, jovem que se dedicava aos mistérios há dois anos. E uma outra, Licodea, que trabalhava muito bem com a farmácia. Nikéia tinha os olhos suaves, azuis como eram os das dórias, e estava no segundo grau de iniciação, e como logo aprendeu era o significado do véu violeta. Licodea estava há mais tempo e tinha a característica de pisar de modo muito leve, silencioso. Sua pele era muito clara e os cabelos negros bem encaracolados.

Saíram, Crísias e Nikéia, para um passeio nos jardins antes do último culto. Contornaram a fonte, atravessaram o pomar e chegaram até a parte rochosa do Vectrix. Pôde ver, então, a pequena abertura encravada na rocha e uma estreita escada de terra de uns cinco degraus. Lá dentro, a escuridão.

'É o lugar onde se dão alguns cultos específicos a Perséfone, mas só para as iniciadas em terceiro e quarto graus. No próximo ano, talvez eu possa entrar'.

Nikéia explicava-lhe o que podia. Crísias, ou Cleona, completaria sua iniciação até o segundo grau na melhor das hipóteses, e Peristera já o sabia. Contava chegar ao que estava previsto. Purificaria seu corpo e alma, adentraria nos primeiros mistérios órfico-dionisíacos e auxiliaria as pessoas que dela precisassem quando de sua volta a Herculano. Não deveria exercer plenamente a arte da Mântica, não iria até o final dos estudos sobre a profundidade do cosmos porque sua missão era outra e relacionava-se, também, a Diomedes. Nada seria comentado com as amigas, somente Peristera sabia sobre cada uma das iniciadas.

'Entraremos, dentro de dias, nos silêncios, quando da lua plena, Cleona. Não é fácil para quem está no início, mas a tudo se acostuma por amor. Deves receber um mensageiro, um *daímon* sileno, na segunda noite da lua plena. Fiquei encarregada, junto com Licodea, de guiar-te no que precisares, como determinou nossa grã-mãe. Estou no aposento ao lado do teu. Na ocasião, ou fora dela, chama-me se precisares'.

Voltaram à fonte. Cleona se sentiu bem sabendo que poderia recorrer a Nikéia e Licodea a qualquer momento. A água tépida da fonte estava calma depois de toda a movimentação dos banhos e o céu escuro já não iluminava a enorme videira. Passearam um pouco mais, rodearam parte dos ciprestes e se encontraram com as outras mulheres. Tudo parecia quieto, como se os deuses da noite assim exigissem, para que pudessem passear e sussurrar palavras de intimidade. Apenas o barulho das ondas do mar nos rochedos e o leve rumor das folhas das árvores de Vênus eram ouvidos. Um entorpecimento tomou conta de Cleona. O plenilúnio já começava a cobrar sua futura vinda.

A flautista frígia cuidou de entoar uma música fina, simples nos acordes, a última daquele dia. Todas as mulheres se dirigiram ao grande salão e depositaram frutas e algumas flores e hortaliças num grande cesto em frente a um dos afrescos das paredes. Com o fundo em vermelho forte, a pintura mostrava uma mulher oferecendo uma cesta de pão fatiado a um velho sileno cujo falo, enorme, estava coberto por um véu. Era a potência de Dioniso, o vigor do deus expresso num de seus auxiliares, o mesmo vigor presente no nascimento e crescimento das flores, frutas, animais, de tudo o que depende da geração. Essa força era necessária e se devia preservar entre os homens, era a benção do deus terrível e benéfico. Deméter e Perséfone — ou como os romanos chamavam, Ceres e Proserpina — sustentavam, junto a Dioniso, o poder da vida cada um ao seu modo.

Em pouco tempo, a flauta parou, a quietude desceu sobre o templo. As mulheres dormiam e Cleona sonhou:

'Por um canal estreito e escuro, ela deslizava até uma abertura que sabia existir pela luz à frente. Desembocava o canal em terreno árido, no qual finalmente ela caiu sem ferir-se. Ali brincava um menino nu, com botas nos pés, e ao redor do terreno, em plano bem mais baixo, uma floresta fechada e muito verde descortinava-se, contrastando com a aridez do lugar arenoso onde se achava. O menino estava defronte a um pequeno lago escuro, cujas águas negras brilhavam no meio do terreno e adiante, havia uma caverna de pedra com uma enorme entrada. O vento havia destruído parte da pedra em um de seus lados, de modo que se formou uma espécie de anel vazado, quase desligado do restante da pedra. Vista de longe, a caverna parecia ter dupla entrada, mas ao se aproximar, o que se via era a tênue ligação dessa parte esculpida pelo vento com toda a rocha.

Olhou o lago negro que parecia, até então, ter o negrume pelas águas, mas estas, apesar de escuras, eram extremamente límpidas. Porque eram negras não podia saber. Talvez não fosse água, mas o fundo do lago. Não, era o líquido que ao mesmo tempo tinha espessura, escuridão e transparência.

O menino que brincava convidou-a a brincar também. Dali, olhou a floresta abaixo e teve a impressão de estar na lua e que a floresta poderia estar na terra. Sim, estavam na lua e brincavam! Mas a terra estava tão próxima! Uma menina surgiu, então, ao lado de um pequeno monte de terra arenosa, meio avermelhada. Ali ficou, espreitando as brincadeiras sem participar e completamente em silêncio. O menino convidou-a a entrar no lago negro e ela teve medo. Ele apanhou com as palmas das mãos fechadas um pouco da água negra que, nas suas mãos, tornou-se rubra'.

Acordou. Estava calma e com sede. Serviu-se da água fresca do púcaro de barro ao lado da cama e voltou a adormecer. Reteve bem tais imagens. Alguns dias após, vieram os primeiros ventos do inverno e Peristera chamou-a:

'O que sonhaste, Cleona, que me queres contar? '.

Descreveu-lhe em pormenores que pôde lembrar, o sonho lunar que tão bem guardara.

'Não deves esquecer nada... deves exercitar-te para isso rememorando o que teu corpo e tua alma fizeram durante o dia, buscando os afazeres que já sabes. Recebeste a visita do divino Dioniso nesse sonho, o menino, e não o sileno ainda, portanto, logo saberás dos mistérios lunares, corpóreos e incorpóreos e os de Perséfone, ao menos em parte. Iniciaste teu caminho de transformação. Caminhemos...'.

Dirigiram-se ao grande salão e Peristera apontou-lhe os afrescos que rodeavam parte das paredes.

'Vê com cuidado todas as pinturas desta sala, Cleona. Não tenhas pressa'.

Iniciando com o primeiro afresco, nele Cleona reconheceu o menino de seu sonho, de pé, nu, com botas, lendo um manuscrito ao lado de uma mulher sentada numa grande cadeira, semelhante à da sacerdotisa, e também a mulher que estava com um manuscrito enrolado na mão esquerda, enquanto duas jovens passavam à sua frente como se caminhassem. Uma delas, um pouco distante da outra, vestia-se com túnica e manto, cabeça coberta com véu, a mão direita na cintura e a esquerda fechando a *stolla* na altura do peito. Aquela que ia à frente, com a *stolla* envolta nos quadris, tinha a túnica levantada até os quadris mostrando as coxas e tendo os seios mal cobertos. Estava sem véu, com uma coroa de louros adornando-lhe os cabelos e carregava, com as duas mãos, um prato com pães. De perfil na pintura, olhava para frente. A outra que a acompanhava tinha a cabeça voltada levemente para o lado direito, como se observasse algo ou alguém atrás de si. O menino, absorto, lia.

A provável sacerdotisa, sentada com os olhos baixos, observava a jovem cuja mão direita estava na cintura. Cleona pensou tratar-se de um ritual, pois todos os outros afrescos guardavam, como já havia notado antes, uma certa sequência que esperava conhecer.

'É o menino do meu sonho, Peristera! ', exclamou.

'Bem sei, querida Cleona, e tu és a mulher que se inicia, és a que tem o véu (e apontou, no afresco, a mulher com a mão na cintura).

Irás conhecer os primeiros mistérios do divino Dioniso, adentrarás nos *mythoi* que ele lê e te despojarás da roupagem que vestes, a do mundo lá fora. Oferecerás ao divino menino e à divina Perséfone o alimento bem-preparado e devidamente fatiado, o pão, pois que ele transita desde a raiz até o trabalho do cozimento pelos caminhos profundos da deusa e de sua mãe, Deméter. E como o trigo e o pão, seguirás dos subterrâneos da grande mulher aos domínios da luz da grande mãe e de seus campos.

Teu sonho lunar indica as aparentes duplas aberturas que são, na verdade, uma só, pela qual passarás. Que as águas escuras, não as conheces, pois são sagradas e têm que ser misteriosas, mas estão sendo doadas a ti, em sonho, e não é dado conhecer tudo, somente parte. Pois também tua vida será só parte. Brincas com Dioniso que abrirá a porta do profundo na mistura dos líquidos negro e rubro. Tens ainda medo, criança, não queres brincar? Nada temas quanto à tua duplicidade. O duplo é o uno duas vezes. Espreita e brinca no tempo oportuno. O lunar cederá e a verde floresta do coração virá a seu tempo. Realizarás o que tens de realizar. São as mensagens divinas do divino menino. Logo saberás quem és e até onde poderás ser'.

Cleona emocionou-se. Sentiu um frêmito no peito quando olhou, uma vez mais, o menino nu, de botas. Os olhos estavam úmidos.

'Por que o deus nu, Peristera? E o que lê? '.

'És rápida, Cleona, e logo compreenderás que a nudez é sinal do sagrado, é a natureza divina expondo-se sem as interpretações dos hábitos humanos, e levarás ao menino o pão bem cozido de Elêusis com menos roupagens no corpo, mas com a cabeça mais coberta. As botas do menino são aladas e terrestres, como ele. Veja bem a pintura. Saberás que certas produções auxiliam os homens e outras não. O homem aprendeu a bem trabalhar a natureza quando conseguiu alimento junto ao fogo divino. Desaprendeu quando quis esconder seus desejos por excesso de pudores. E o que é excessivo tende a faltar um dia, como faltará o pudor em muitas coisas. Desaprenderá o homem quando, mais tarde, guerrear pelo prazer do sangue e da conquista apenas, afastando-se do sagrado menino, que se vingará.

Tu deixarás as roupas que escondem o corpo sagrado de cada um, porque se é preciso proteger-se das estações difíceis, não se deve ter vergonha do corpo nu, obra sagrada, e de toda a evidência que ele traz. Se assim não considerares, afastarás o próprio deus e encobrirás tua alma. O menino lê seus mistérios que devem ser escritos e ensinados, imortais que são, ao longo dos tempos. As botas com asas tocam a terra para que a transcendência sempre presente possa deixar, por vezes, seu próprio excesso e corporificar-se'.

Cleona seguiu um afresco mais. O fundo do desenho mantinha-se em vermelho e três mulheres — talvez duas delas fossem as mesmas que figuravam na primeira pintura — pareciam absortas em afazeres. Vestindo *stolla*, túnica e com a cabeça coberta, uma delas, sentada e de costas para aquele que olha o afresco, segura com a mão esquerda sua *stolla* escura e lava sua mão direita num alguidar colocado sobre uma espécie de tablado.

A água jorra de um vaso que outra mulher lhe inclina, vestida apenas com uma leve e transparente túnica escura e a *stolla* enrolada nos quadris. Coroas de louro adornam suas cabeças, tanto naquela que esconde os cabelos quanto na outra. À esquerda destas duas, uma terceira, sem qualquer véu sobre os longos cabelos e com uma levíssima túnica deixando os seios à mostra, parece ajudar as outras e segura a borda da mesa como se a equilibrasse.

Não compreendia todos esses detalhes, mas deviam ter um sentido importante. No canto direito da pintura, em primeiro plano, de pé e de costas para as três moças e com o rosto à frente de quem contempla o afresco, um sileno velho e gordo toca uma harpa e olha para cima, como se visse o deus. Com as pernas abertas, tem ele o pé direito próximo à moça sentada e o esquerdo sobre uma espécie de coluneta. Uma túnica escura cobre um de seus ombros e desce pela coxa direita escondendo o sexo. Olhou demoradamente esse desenho sob o qual, no dia anterior, foram depositadas frutas e hortaliças. Ele parecia, agora, mais rico em detalhes e mais difícil de compreender do que o primeiro afresco.

'Não compreendo Peristera...'.

'Não, ainda, caríssima. Adianto que há tarefas muitas, no que serás ajudada, pois não são fáceis. Estarás triste apesar da presença de duas amigas. Deverás aprender a buscar auxílio como a jovem que vês no afresco, pois deves conhecer sobre o que não se consegue fazer sozinha. Para a purificação com a água da vida, elas te auxiliarão à direita, que é tua força receptiva, e a segurar a túnica que a cobre com tudo o que recebeste, à esquerda, que é tua força ativa. O sileno, auxiliar do divino Dioniso, ainda não mostra seu vigor, mas já aguarda, em estado de ligação com o deus, teu contato, como vês pelo seu olhar perdido para o alto'.

O que viria a acontecer-lhe? Cleona receou a visão dos afrescos e Peristera percebeu.

'Não temas. O que virá assim será no oportuno tempo do que está maduro. Basta... façamos nossos estudos junto às outras'.

Saíram da grande sala e se dirigiram a uma outra que ainda não pudera conhecer. Com mesas, cadeiras e uma larga pedra escavada num canto, onde numerosos rolos de papiro estavam ordenadamente colocados, as mulheres estudavam. Era a biblioteca. Algumas liam, poucas desenhavam, outras escreviam poemas ou copiavam receitas de remédios, cosmética e culinária. Peristera acomodou-se para ler e colocou-a ao seu lado. Um grande papiro, em escrita grega miúda, mostrava o que seria uma tragédia de Eurípides, o sábio de almas. Tratava-se de *Hipólito*, que um dia sua mãe ensinou-lhe sobre o mito. Não pudera compreender muita coisa.

'Lê, Cleona, e atenta para a desmedida de Hipólito. Esta não devemos ter, apesar de humanos. Aprende que a ausência do amor provoca as dores e nunca o contrário, e a dor diz respeito ao amor em mescla com a alegria. Apesar de não ser a causa das duas, permite o amor a aderência de nós mesmos a todas as coisas em grau sagrado. O que chamamos de dores do amor, assim não são, rigorosamente. O que as coisas são, somos nós, e como somos, assim as coisas se oferecem a nós. É preciso aprender a recolher e aceitar as diferenças provindas do fluxo amoroso, e só sua ausência retira o movimento pleno que queremos e nos enche de dor verdadeira. É por isso que aprendemos a querer a alegria.

O amor é sagrado, traz o subterrâneo de nós e as possibilidades celestes, ao mesmo tempo, e essa compreensão é sempre dádiva, mas os homens perdem com rapidez esse sentido porque esquecem as dádivas e olham só a dor. A soberba, a falta de piedade, são as causas da perda, bem como o apetite excessivo por um estado único, dominador dos outros estados. Nada permanece sempre igual e não deve. Não te esqueças'.

Cleona leu muito. Durante dias, exercitou-se na leitura dos afrescos, às vezes com a própria Peristera, outras com Nikéia e Licodea, suas auxiliares na iniciação. À semelhança das figuras dos afrescos, ela adentrava na leitura dos *mythoi*, realizava tarefas com as mãos na feitura dos pães e bolos, no plantio das hortaliças, no cuidado com as flores, na manutenção do templo, na elaboração da cosmética e dos remédios. Tecia os véus para as iniciadas futuras, bordava, e, algo que lhe fora absolutamente espantoso, aprendia a conhecer suas pernas e pés ao dançar, via nascer um talento inesperado para tocar flauta e uma concentração maior nas leituras. Jamais imaginara poder gostar tanto da dança e da música.

Havia iniciado o aprendizado da flauta quando criança e o aprofundava ao comparar cada som e seus entrelaces. Com a ajuda da grã-mãe e das iniciadas há mais tempo, podia inferir que entre cada um dos sons há o tempo do sopro e um tipo de laço entre eles, que não há vácuo entre um som e outro. Conseguia-se, desse modo, a harmonia que podia ser exposta em números nos tempos ainda sem sonoridade, nos intervalos pretensamente vazios aos nossos ouvidos. A respiração e o sopro acompanhavam o som de modo perfeito. A boca, o ouvido, o tato, o olhar, o coração, a cabeça... tudo ficava em uníssono. A música e a matemática correspondiam-se nessa métrica auxiliadas pela ausência, ou seja, pelos intervalos sem sonoridade.

Peristera havia-lhe ensinado que o mesmo acontecia com os órgãos do corpo, com os elementos do sangue, com a matéria de todas as coisas, com as estrelas do céu que se moviam como se houvesse sons, números, intervalos. Dissera mais: que a harmonia celeste podia ser vista nos equinócios, solstícios, estações, fases lunares; que a saúde e doença dos homens obedeciam ao mesmo critério. A música tem números e estes dedilham os elementos do corpo e da alma, assim sendo, conforme o tipo de música partes do corpo e da alma eram tocados por elementos específicos e aparentemente distantes da sonoridade, guardando referências com essas partes.

Órgãos e emoções podiam entrar em harmonia ou não com certos sons. Aí estaria parte da arte da Medicina, da Cosmética e de muitas outras artes. Saber tocar o elemento certo, com o número certo, com a música certa para bem harmonizar o conjunto, era a suprema excelência. Nunca havia pensado nisso, na presença e ausência do tempo, na relação da matéria com os números e sons! Estava encantada! E as cores? Cores e odores refugiavam-se em pares harmoniosos inusitados, inimagináveis para o leigo, e certos pares de cores e odores podiam curar os homens de muitos males. Talvez não tivesse tempo para aprender profundamente estas coisas, mas um pouco já lhe seria de bom proveito, e para a sacerdotisa, todas essas relações eram a expressão do amor:

'É preciso compreender que também o corpo e a alma do homem seguem a mesma lei, e que essa lei incide no modo de agir. Guarda bem isso, tudo o que há no céu há na terra e dentro de nós, se soubermos receber e compreender o ensinamento. O movimento do céu é o nosso, fora e dentro de nós, em conjunto com outros homens e quando nos pensamos sós. No amor, isso se evidencia para os que têm olhos piedosos, não há outra via mais completa de conhecimento e de vida'.

Sim, tudo isso recolhia ao ler os papiros e ouvir as sábias palavras da sacerdotisa. Aos poucos, aumentava sua alegria em conhecer Peristera, em compreender seus gestos e silêncios o modo peculiar de se expressar. No entanto, os rituais de passagem, como era dito quando se passava para outro grau da iniciação, ainda não os fizera. Todo esse aprendizado dos saberes mais antigos era o primeiro grau e se finalizaria dentro de mais alguns dias, quando do novo período de silêncio e rituais específicos. Seu véu acinzentado marcava esse estágio.

Com os afazeres e aprendizados, os dias e noites sucediam-se com rapidez. Não sabia há quanto tempo estava no templo, e o divino Dioniso só lhe fizera uma visita por meio daquele sonho já comentado por Peristera. Perdera-se de Crísias quase totalmente. Somente ao deitar-se, quando relaxava o corpo dos afazeres e a alma das imagens de seu cotidiano no templo, só aí lembrava-se de Diomedes, que devia estar em Roma. Recebera, uma única vez, mensagem de seu irmão Polonius contando-lhe que tudo corria bem em Herculano, que nada de grave havia a dizer afora um tremor de terra por lá, que fora fraco. Algumas casas haviam sido destruídas em Pompéia, mas em Herculano apareceram somente algumas com rachaduras, não mais que isso. Enviara, junto com a mensagem, um bom auxílio ao templo.

'Caríssimo Polonius, um bom irmão, um bom patrício... ' ".

A força

Andrei agarrou-se à força da exterioridade. Organizou o pagamento das contas, adiantou todo o trabalho na editora e, só então, com a firmeza que sempre lhe fora peculiar decidiu seu futuro próximo: foi ao mercado, cuidou para que não lhe faltassem bons vinhos, queijos, frutas, pães, além de — um desejo absurdo que não era seu costume — um pote de mel. Sabia que precisava escrever, muito. Mal via o que se passava ao redor, absorto nos personagens e nos sonhos estranhos que não sabia decifrar.

Recebera, logo no segundo dia de trabalho, uma carta de Vivian lhe contando que viajaria ao Brasil e lá ficaria por um bom tempo. Após tantos anos, dizia ela, sentia-se amedrontada em voltar a São Paulo não como profissional, mas para resolver problemas familiares. Seu pai havia morrido. Quiçá pudesse passar por Buenos Aires, prometia. Sequer a sempre e tão esperada notícia de rever Vivian conseguira suavizar sua atual ansiedade. Avisou Florência de que viveria um período monástico e lhe deu a chave da casa. Cuidadosa e protetora, a filha prometeu visitá-lo nos momentos em que, previsivelmente, deveria estar jantando. Fechou-se, então, para o mundo.

Espalhou pela sala seus livros e discos e passou a escrever quase sem levantar-se da cadeira. Mergulhou no século I d.C. Parava quando a fome era excessiva ou quando não suportava mais a dor nas costas e a ardência dos olhos. Com astigmatismo desde os vinte anos, parecia entrar numa espécie de cegueira ao final de um dia de trabalho. Perdeu a noção dos dias da semana e só não perdeu o das horas porque os hábitos do corpo não permitiam. Além disso, os olhos lhe doavam algo como se fossem mirantes ao vagarem perdidos pelo jardim, e recolhiam as mudanças de tonalidade da luz matutina e vespertina. Nessas ocasiões, às vezes parava, estirava as pernas, andava um pouco e respirava consciente de que ele assim estava fazendo, ele só e nenhum de seus personagens.

Florência passara a visitá-lo com mais frequência ao perceber o descaso do pai com a alimentação e a casa. Preparava o jantar e lhe trazia sempre algo especial de que gostava: sorvete, pão italiano, uma torta. Comiam com tranquilidade e tomavam um bom vinho. Nesses momentos, via-se obrigado a sair da escrita e tentava relaxar. Tinha vontade de contar à filha sobre tudo o que escrevia, queria que lesse sua história, mas estava tomado de intensa insegurança. Por saber-se assim, destemperado, reprimia seus desejos com receio de parecer louco, como de fato já se sentia. Sonhos torrenciais, imagens que se tornavam a cada noite mais claras em seus símbolos e mais difíceis de interpretar deixavam-no agitado. Do Tártaro nevoento ascendia ao fulgurante Olimpo com a mobilidade que as imagens trazem.

Às vezes, ponderava que estava tomado por possíveis delírios, então, como se fosse guiada por uma fada, Florência aparecia e lhe dava o alívio da realidade. Sagradas coincidências, se as há!

Já podia — e não se lembrava quando antes o fizera — vasculhar sua alma, dobrar-se sobre ela na exata medida em que seus personagens o espantavam. Sim, por mais de uma vez via-se descrevendo sentimentos femininos e masculinos que não reconhecia em si mesmo. Tentava estruturar as personalidades desses seres que agem por palavras próprias obrigando seu criador a usá-las. Eram suas as palavras? Seriam realmente suas? A rigor, nada sabia sobre esses seres tão independentes sobre os quais ia escrevendo, entretanto, eram seus personagens, tinha nas mãos o fio condutor de suas vidas! Ou não?

Peristera, por exemplo, como poderia falar sobre uma mulher--sacerdotisa? Ele, um homem jamais iniciado em qualquer mistério, prático, sempre desconfiado desses rituais, via-se enredado na trama do templo de Crotona. Procurava saber algo de si, de suas ignorâncias, de seu masculino, de seu feminino quando falava de Peristera e mesmo de Cleona. Quanto a Diomedes, como escrever sobre um jovem apaixonado pelo mestre e pela mulher do mestre a quem venerava? Ah, santo útero materno quando, exausto da escrita, jogava-se na cama e dormia e sonhava! A dádiva vinha como seios entumecidos jorrando símbolos que, no dia seguinte, com o ardor próximo à febre, procurava decodificar.

Certa manhã, notou as primeiras pequeninas folhas de hera, claras e tenras, despontando no fino esqueleto preso ao muro. Demorou um tempo para perceber o que estava vendo... pequenas folhas verdes em brotação... não as havia visto no dia anterior. Olhara mil vezes o muro, a videira e nada lhe aparecera. Estiveram quanto tempo ali, sob seus cegos olhares? Não sabia. Agora, podia apreciá-las e saber que o inverno se fora, o sol aquecia um pouco mais o jardim, a casa, e as cores eram mais distintas.

Ficara perto de um mês trancafiado em casa. Precisava sair. Fechou os livros, guardou os discos, ajeitou as folhas do romance em uma pasta e preparou a banheira. Descansou na água quente que, aos poucos, tornou-se tépida. Lembrou-se de Diomedes... faltava-lhe Myron, ah! que bom seria ter Myron ali! Quando a água começou a esfriar, deu por terminado o banho. Enxugou-se e procurou um terno dentre os que mais gostava, arrumou-se com esmero e deixou um bilhete para a faxineira:

"Pode limpar bem a sala. Não mexa na mesa de trabalho".

Saiu a pé pelas ruas de Palermo e sentiu-se leve, emocionado, lépido e feliz por ser quem era.

A imperatriz

Andrei retomou, com afinco, a escrita. Estava ao final, assim imaginou.

"[...] Na sala de leitura, Cleona aprendera intensamente sobre os mitos de muitas culturas e não se cansava de lê-los. Peristera a preparava para a penosa iniciação do silêncio e do jejum, deixando-a mais tempo com as outras mulheres na leitura, pois que lhe era um prazer essa atividade. Talvez diante da expectativa desse período de nove dias difíceis que se aproximavam, presenteava-a de algum modo. Avidamente, de tudo Cleona se inteirava. Os mitos contados pelos poetas sobre Elêusis e Dioniso, já os havia estudado. Ficara sabendo da ligação entre eles, de modo que ao se iniciar em um abarcaria todos os outros.

A especificidade de alguns dos mistérios de Elêusis dava-lhe o cetro da última etapa da iniciação. Segundo soubera, a porta de entrada do Vectrix era para as iniciadas na totalidade dos mistérios, e ninguém mais podia entrar. Nenhum outro olhar sabia o que lá se passava a não ser o das mulheres iniciadas. Lera alguns manuscritos sobre os ritos de iniciação de Elêusis e Dioniso e suas relações. Amedrontara-se com os dois. Aguardava o momento oportuno para praticar os rituais mais avançados às divindades. Quem sabe poderia iniciar-se nos processos divinatórios, mas só Peristera determinaria seus limites.

Da magia, aprendera sobre a energia dos animais, sabia discernir as ervas, cozê-las adequadamente, fazer os rituais próprios e enunciar as palavras-chave para adquirir certos poderes, mas praticava pouco a magia. Deveria aprender mais profundamente sobre a natureza e seu estofo, primeiro a partir da leitura e manipulação, depois dos rituais.

Era chegada a hora de preparar-se para os dias de silêncio e jejum e para a interpretação completa da sequência dos afrescos na grande sala do templo. Algumas vezes, sentia falta de Diomedes, mas ele estava distante de sua vida atual. Por onde viajaria? Estaria em

Roma? Ou vagando, ainda, pelos Venetos? Por que iria a uma região tão pouco habitada como essa? Diziam que Odisseu passara por lá quando navegava próximo à ilha de Circe. a viagem O que lhe escondia Diomedes? relação com de Odisseu? Provavelmente, não. Fantasiava dado o excesso de leitura dos poetas.

Naquela noite, sonhou. Novamente, o jovem deus Dioniso visitou-a por meio Teria de uma entidade transitiva, um *daímon* sileno.

'Um feio sileno sorria ao mesmo tempo em que esbravejava. Dizia-lhe algo que não podia compreender, como se estivesse chamando sua atenção por algum erro que cometera. De repente, tomou um ramo de cipreste e lançou sobre ela. Não conseguiu apanhá-lo, caiu aos seus pés e novamente o sileno esbravejou. Abaixou-se para pegá-lo e o ramo se transformou em serpente, enquanto o sileno gargalhava. Com medo, tentou afastar-se, mas a serpente enrolou-se em sua perna direita, aproximou-se de seu sexo, lambeu-o e enroscou-se em sua cintura lá ficando, imóvel. Apavorada, não tinha coragem de tirá-la. Enquanto a cauda da serpente prendia sua cintura, a cabeça se moveu e subiu até a nuca. Cleona sentiu a gélida língua no pescoço. Gritou por Peristera. A serpente permaneceu quieta. Apesar do seu terror, sabia que a serpente nada lhe faria...'.

Acordou com os próprios gritos. Nikéia estava ao seu lado e Licodea preparava-lhe uma infusão. Contou-lhes que havia tido um pesadelo e sentiu o tremor das mãos de Licodea nas suas.

'Não te assustes, Cleona, disse a amiga. Conta a Peristera. Vais iniciar os caminhos de Dioniso e Elêusis e tais sonhos ocorrem...'.

Conseguiu dormir, ainda agitada, o resto da noite. Na manhã seguinte, após os rituais nos quais já estava desenvolta, procurou Peristera. Ouvindo o sonho, a sacerdotisa sorriu, apesar de uma sombra triste passar-lhe pelos olhos.

'Amanhã, querida Cleona, inicias teu rito de silêncio e jejum. Poderás beber água e comer o mingau ralo de farinha e ervas que a sábia Vitêmia irá preparar-te. Nada mais. Com ninguém falarás, nem comigo. Não cantarás, não erguerás honras aos deuses a não ser dentro de ti mesma. Compreenderás teu sonho por meio de outros sonhos, por agora. Que tenhas paz, Cleona'.

Beijou-lhe carinhosamente a fronte. Cleona estava sob o impacto do sonho que não podia compreender, tensa pelo que poderia vir nesses próximos nove dias. Tinha razão em estar apreensiva, foram dias de intenso sofrimento.

No primeiro dia, mesmo não sendo uma mulher faladora e exatamente porque não podia fazê-lo, tinha ímpetos de conversar com as moças sobre qualquer assunto, procurava temas dentro de si e ansiava por comunicá-los. As mulheres evitam-na para melhor ajudá-la. Queria ler, desesperadamente, porém as leituras aconteciam com muita lentidão, entremeadas de longas ausências. Não conseguia se concentrar, desejava participar às outras o que estava lendo, tinha vontade mais forte de conversar durante o banho na fonte e queria comer o que todas comiam. Aos poucos, no terceiro dia, a garganta passou a doer, os dentes cerravam-se, dormia mal, a cabeça latejava. Sentia-se fraca. À noite, acordava com a boca seca, sedenta, o corpo trêmulo e febril, as dores musculares intensas e os suores aumentavam noite após noite. Aquele mingau de farinha e ervas causava-lhe enjoo e seu estômago não mais o recebia, somente líquidos.

No quinto dia, pensou em não se levantar. Nada mais queria, sequer comer, nada mais importava. Afundava no leito como se fosse apenas um esqueleto, quase sem peso. Mas sabia-se triste. Assim sentia seu corpo, mais triste que doente. Nikéia e Licodea a ajudavam todo o tempo, silenciosamente, durante os sonhos e os delírios que, a cada dia, eram mais intensos. A maior parte do tempo permanecia só. Pensou em ir embora, voltar a Herculano, procurar por Diomedes.

No oitavo dia, já sem forças, sem sinal de vitalidade apesar da mudança no gosto do mingau e dos líquidos, não se levantou da cama. Com muita dificuldade, foi obrigada a fazê-lo auxiliada por Nikéia. Não conseguia comer o mingau nem se quisesse. Vomitava. A sede era intensa e o único prazer que ainda percebia ter era o de beber água, somente água. Tremia, o coração disparava e tinha o corpo gelado.

No nono dia, inexplicavelmente, amanheceu eufórica. Saiu da cama e, com uma lepidez cuja origem desconhecia, passou a dançar. Nenhum som precisava produzir, nenhum ruído, apenas seus pés precisavam saltitar. Ficou assim quase todo o dia, sem querer comer, banhando-se várias vezes na fonte, tomando um líquido sem cor e levemente adocicado, não se dando conta do olhar atento e preocupado de Peristera ao seguir cada um de seus silenciosos e excitados gestos. Continuava saltitando sem sentir-se, sem fatigar-se. Ao ouvir a flautista frígia ao final da tarde, chorou, chorou muito, e esse foi o segundo ruído, além dos gritos noturnos, que ouvia de si mesma nesse dia.

Então, no início da noite, cinco mulheres vieram para banhá-la, vesti-la, trazendo-lhe frutas, flores e uma túnica alaranjada. Riam alto e conversavam muito. Ajudaram-na a vestir-se, forçaram-na a comer e a beber um líquido entre rosado e amarelado, grosso, preparado por Vitêmia, a melhor conhecedora das misturas catárticas. Cleona não conseguia falar, apenas chorava. Na grande sala, após os rituais que tentou acompanhar, sentiu-se melhor. Ao menos conseguira comer uma fruta. Novamente lhe deram o líquido rosado. Chamou-a, então, Peristera.

'Cleona, esta etapa foi cumprida... Conta-me, agora, os sonhos que tiveste, em detalhes, como já sabes fazer'.

Cleona lhe contou, com dificuldade, os sonhos que tivera, muitos deles impossíveis de relatar porque muito embaralhados, outros porque havia esquecido. Misturava muito as palavras, já não discernia o que fora sonho, delírio ou visão. Peristera os queria assim mesmo, como imagens fragmentadas. Tudo guardava, atenciosa, enquanto os olhos profundos vasculhavam a alma de Cleona.

'Não suportei essa etapa grã-mãe. Talvez não deva continuar...'.

'Caríssima, suportaste e bem. As dores são essas mesmas a serem sentidas. O que se sente não há como esconder, não se deve esconder nem julgar. Abriste a porta a Dioniso e Perséfone, é isso que importa. Aprenderás que a alma humana tem muitas portas e poucas estão abertas. Por vezes, é necessário saber de algumas com sofrimento, e de outras, não saber nada. As mais profundas, dos sonhos, delírios, dúvidas, estão cerradas há muito tempo e não há como movê-las sem violência. Aprenderás que há tesouros e monstros em muitos recantos da alma, mas assim somos e devemos ser, humildemente. Aprenderás que a grande dignidade do homem é pensar além de seus limites e aceitar-se como um ser limitado. Assim ele viverá plenamente. Isto, o limite, lhe dá extenso pensamento. Exatamente porque se é capaz de ir além em pensamento, tem-se a humildade na vida e o saber de não poder abarcá-la em sua grande complexidade.

Aprenderás que o caminho que temos está traçado de há muito e pouco sabemos dele. O sofrimento que abre as portas aponta para algo do traçado que nos pertence. Aprenderás que a dor que cerra as portas é inútil. Tudo isso aprenderás, caríssima. Aprenderás sobre o amor e a beleza e também sobre a destruição e a necessidade, o desconhecimento e o desperdício. A outros ensinarás de um modo que logo irás saber, que não é ao meu modo, mas ao teu'.

Cleona se sentia emocionada. Uma filha debilitada pelo jejum e silêncio, que recebia um grande presente da mãe, o maior presente que a maternidade pode dar, o aconchego. Peristera parecia envolvida numa nuvem brilhante enquanto falava. Ela estava ali somente para ampará-la, ensiná-la, curar sua alma, expandir seu corpo, juntar suas partes, o fora e o dentro, e fazê-la retornar ao mundo, transformada. A sacerdotisa seguiria sua transformação amorosamente sem nada exigir, sem qualquer traço de hostilidade. Era só amor. Compreendeu por que chegara a ser grã-sacerdotisa. Também ela passara por muitos rituais para que tocasse o fundo de si mesma e de parte da vida. Esse fora o destino que lhe trouxera a felicidade, ser o que se é, saber o que se é, amar ser o que se é.

Não faria os cultos divinatórios. Peristera decidira que ela voltaria, ao menos por um tempo, a Herculano. Suspenderiam a continuação de sua iniciação, em breve. Sem compreender o porquê, assentiu. Depois, quem sabe — dissera-lhe Peristera —, poderiam conversar calmamente sobre a continuação. Visitaria sua mãe em Agrigento antes de voltar a Herculano, e a alegria de ambas seria genuína e inesquecível, pois elas, iniciadas em Dioniso e Elêusis, teriam aprofundadas as relações anteriores. Assim lhe havia dito Peristera. Cleona tudo aceitou, pouco incorporou, mas esperava com tranquilidade o que os deuses lhe reservavam. O primeiro passo havia sido dado sem possibilidade de retorno. Dentro de alguns lunares iniciaria o segundo grau do ritual dionisíaco.

Os dias passavam rápidos. Banhar-se na fonte e conversar foi particularmente prazeroso. Com as mudanças da lua, o conhecimento de si mesma, de seu próprio ser, quem sabe se transmutasse. Um novo rito a esperava e sobre ele ninguém ainda avançara nada. Juntas com a grã-mãe, algumas das mulheres entraram antes da lua nova no templo escavado na rocha. Lá ficaram por dois dias. Enquanto seu novo momento não chegava, preparava-se Cleona com Nikéia nos aprendizados de alguns papiros, e entrava numa dieta especial com certos alimentos específicos e orações novas, leituras determinadas entremeadas de passeios relaxantes, música, banhos frios com folhas de basílico.

Os lunares desfilavam no céu de Crotona.

O enforcado

Afinal, às vésperas do novo rito, uma infusão desconhecida de alguma erva que não conseguia discernir, de gosto amargo, foi-lhe oferecida à noite. Dormiu profundamente e sonhou:

'[…] Um ser divino, belíssimo, etéreo, um *daímon*, levava-a em suas asas. Voava e lhe mostrava, de cima, o mar, diferentes relevos, florestas, belos desertos. Em pouco tempo, chegaram ao alto de uma montanha e ele, já no chão sem pisá-lo, dizia-lhe sem mover os lábios: É preciso experimentar o abismo para saber da superfície... Quem foge da dor esconde-se da alegria, quem conhece a feiura procura a beleza, quem aceita o mal presencia o bem. Aprende, mulher, que teus desígnios estão além dos caminhos sabidos e já percorridos. A alma voa e o corpo deve acompanhá-la de perto para não a perder. De uma só vez, a tudo compreenderás no tempo oportuno. Alçarás voo, mas deverás voltar à terra, tua mãe... E tirando um fio dos cabelos, que eram de ouro, depositou-o em suas mãos. Alçou voo novamente, levando-a em suas asas. Dessa vez, passaram por pesados lodaçais, pântanos malcheirosos e montanhas cáusticas onde a vida não podia crescer, ao menos aparentemente. Afinal, o *daímon* colocou-a em sua própria cama'.

Acordou com a sensação de que isso tudo fora verdade, e sentia as mãos do ser alado colocando-a na cama. Guardava na pele o estranho tato de suas asas imateriais. Percebeu, bem mais tarde, que um fio de cabelo dourado ficara preso em seu véu. Seria de alguma das iniciadas?

Após as primeiras tarefas daquela manhã de primavera, as mulheres se reuniram no grande salão. Todas estavam vestidas de branco. Cleona foi colocada no centro, seus cabelos enrolados em um pano branco de linho preso por uma coroa de mirta. Fizeram um círculo ao seu redor, enquanto Peristera sentava-se na cadeira esculpida. Estava imponente em seu traje branco e manto vermelho como lembrava dela, ainda criança, quando conhecera o templo. A flautista frígia trouxe uma espécie de vaso de cerâmica contendo um líquido viscoso, que despejou num prato côncavo oferecendo-o a Cleona.

Levou a beberagem aos lábios. Era a mesma do dia anterior, porém bem mais amarga. Era o *kykéon*. Enquanto continuava de pé no centro do círculo, as mulheres começaram a cantar e dançar. A moça frígia tocava um tambor e outra seguia as batidas com guizos. Não demorou muito e Cleona sentiu o salão rodar. Caiu e as mulheres continuaram a dançar. O tambor e os guizos ritmavam a dança e o som era cada vez mais alto e forte. Tentando abrir os olhos, viu que os animais esculpidos nos frisos do teto moviam-se: faunos, bodes, delfins... todos se moviam em sua direção.

Um sileno gordo e embriagado tendo um fauno em sua companhia aproximaram-se e arrancaram suas vestes. Sentiu o frio do chão e não tinha forças para reagir, somente pôde ver que enquanto o sileno tocava uma harpa com energia, quase quebrando suas cordas, seu falo crescia. O barulho dos cascos no piso era enorme, misturando-se com os gritos de muitos animais seguidores de Dioniso, e das Mênades que saíam dos frisos e rodopiavam pela grande sala. Um jovem belo, com asas enormes, surgiu com um chicote e com ele cortava o ar, açoitava o chão, as paredes, produzindo estalidos. Sátiros, que pareciam crescer em número na medida em que os olhava, faziam-lhe reverência. Então, viu que um pequeno fauno, sorrindo diante do enorme falo do embriagado sileno, passou a lambê-lo. Logo depois, para seu desespero, veio em sua direção e passou a lamber seu corpo. Horrorizada, tentou fugir, mas mesmo se afastando continuava a sentir a língua do fauno a distância.

O chicote do jovem alado, afinal, marcou seu corpo e enrolou-se nele como uma serpente em suas pernas. A agonia era insuportável e pôde ouviu o próprio grito, alucinante. Nova chicotada e sua pele ardeu com a dor. Sentiu-se arrastada por todo o grande salão, golpeada, enquanto todas as línguas de todos os animais dos frisos corriam pelo seu corpo lambendo o sangue que saía. As unhas das Mênades arranhavam sua pele, os cascos pisoteavam suas pernas e dentes mordiam seu corpo. Dois sátiros jogavam vinho em seu corpo e as feridas ardiam. Viu-se, de repente, em pé, brandindo um tirso e saltitando nua por toda parte, sangrando e sendo agarrada pelos faunos em luxúria alucinante. Num último esforço ajoelhou-se e, chorando, pediu ao jovem *daímon* chicoteador que a salvasse, que a tirasse dali... indiferente, ele a chicoteou uma vez mais.

Aproximou-se o sileno embriagado e beijou-a, o falo enorme penetrou-a e inúmeras vezes foi manipulada pelos insaciáveis sátiros e açoitada continuamente pelo *daímon,* enquanto mãos indiscerníveis percorriam todos os buracos de seu corpo. Queria desvencilhar-se, debatia-se, ao mesmo tempo em que o prazer e a dor convulsionavam seu corpo. O chão estava visguento de líquidos. Frêmitos de dor, frêmitos de gozo...

Foi então que discerniu no fundo do salão uma multidão de almas silenciosas, com rostos insondáveis, como se o Hades abrisse sua porta. Sentiu que morria e o pensamento se esgarçou. Fechou os olhos e abandonou a vida. Por um curto minuto, fez-se o silêncio. Ouviu — e soube não havia morrido — um leve choro, muito baixo, o seu. O corpo flagelado mexeu-se, e sua alma estava ao seu lado, frágil e nevoenta. Não pôde saber por quanto tempo assim ficou. Afinal, a escuridão carregou-a.

Acordou com as suaves mãos de Nikéia envolvendo seus quadris com a túnica. Seus longos cabelos estavam emaranhados e molhados como seu corpo. O pano que os envolvia no início do ritual estava, agora, em trapos no chão, e a coroa de mirta, esfacelada. Sentia dores em todos os músculos, os seios doloridos, as coxas pegajosas. Não conseguia, ainda, enxergar o salão do templo com nitidez. Licodea a ajudou a levantar-se e a levou à grã-mãe que a aguardava, ainda sentada na grande cadeira. Estivera sempre ali? Quanto tempo assim permanecera? O que ocorrera?

Ninguém estava no salão. O silêncio era enorme, apenas um leve zumbido do vento nos ciprestes se impunha, quase insensível em uníssono com sua lamúria. Peristera matinha o rosto impenetrável. Nenhuma reação, nenhum sentimento de pena ou de amor. Cleona podia sentir, ainda, as feridas em suas costas, ardendo e latejando como se as chicotadas tivessem criado sulcos profundos na pele. Imaginou que estaria sangrando e as pernas trêmulas obrigavam-na a deitar-se aos pés de Peristera. Apoiou o rosto nos joelhos da sacerdotisa, que afagou seus cabelos. Só então viu Nikéia, Vitêmia e Licodea ao seu lado. O tirso estava nas mãos de Licodea enquanto Vitêmia, nua, iniciou o chacoalhar dos guizos e uma dança frenética.

Não conseguia compreender nada do que se passava, esgotada que estava. Olhou para Peristera e algo notou nela de diferente, parecia um jovem e não uma mulher. Notou a ausência de seios sob a túnica e sentiu o volume de um falo entre suas pernas cobertas. Mas o rosto era de Peristera, suas mãos, sua feminilidade conhecida. Virou a cabeça para não a olhar diante da insuportável ambiguidade. Com certeza, delirava. Nikéia chamou algumas mulheres. Vinham com um vaso de vinho fresco, roupas limpas e um grande alguidar com água tépida e óleos perfumados. Com enorme alegria, aspirou os perfumes da jovem alfazema e da doce baunilha.

Cuidadosamente, as mulheres velaram por Cleona: lavaram com água e óleos o seu corpo, vestiram-na, pentearam seus cabelos em tranças que adornaram com pequenas flores, calçaram seus pés com delicadas sandálias de couro de cabra. Três gotas de essência de laranja foram esfregadas em seus pulsos e Cleona pôde perceber, afinal, que seu corpo não estava ferido, que nenhuma dor sentia, nenhum músculo reclamava, nenhuma ferida de chicote o marcara. Como era possível? Nenhuma marca? Absolutamente nada sinalizava o que acontecera? Havia sentido tudo, sofrera, fora marcada, vira muita coisa... e nenhum traço?

Foi feita uma libação ao divino Dioniso e Cleona observou, à esquerda de Peristera, um *daímon* menino, com asas, oferecendo-lhe uma taça de vinho. Bebeu do vinho fresco e sentiu os olhos chorarem, pois começava a compreender o que havia acontecido. O *kykéon* dera-lhe uma realidade irreal. Por quê? Como? Serviu-se do vinho também a sacerdotisa, mas já ela mesma e não mais a visão hermafrodita que dela tivera. Levantou-se da grande cadeira e indicou seu próprio lugar para que Cleona se sentasse. Experimentava, a nova iniciada, a vitalidade dionisíaca. Experimentava o profundo e a superfície, o bem e o mal, o horror e a transcendência como no sonho, no corpo, na alma. Diante da resistência da iniciada em sentar-se na cadeira sacerdotal, Peristera a obrigou, delicadamente, a tomar assento. Tirou o próprio manto vermelho com desenhos em violeta e dourado e cobriu os ombros de Cleona. Tímida, e ao mesmo tempo confiante, a iniciada sentou-se. Imóvel, sentiu uma paz como nunca sentira. Tudo lhe pareceu tão suave, tão belo, que esse momento o queria por toda a vida. Mas ele foi fugaz e inesquecível.

A flautista frígia entrou e começou a tocar. Essa etapa estava cumprida, mas não totalmente compreendida. A partir daquele dia, era iniciada parcialmente nos mistérios e passava a usar o véu alaranjado".

A roda da fortuna

"[...] Sepultado Cornelius, sepultada estava sua vida em Herculano. Já prevenira a mãe de que iria a Roma. Pretendia, antes de voltar aos estudos de Retórica, viajar até Ádria e Aquiléia, ao Norte, e procurar algo que o ajudasse a decifrar o nome 'veneza' e as 'quatro mesclas'. Tudo indicava ser um local ou nome de uma pessoa, se bem que as palavras do moribundo nada indicavam nem sinalizavam muito. Essa procura talvez fizesse parte de outros porquês que se impusera para sair de Herculano. Quem sabe encontrasse algum sinal que deveria estar ligado à região dos venetos, dada a semelhança entre essas palavras.

Mas, e as mesclas? Chegado aos venetos, visitaria outros pontos à margem do Adriático, em memória ao mestre, porém à procura do quê? Não sabia e nem importava. Como buscar o que não se sabe? Primeiramente, buscava coragem para falar com Crísias.

O testamento seria lido na quinta hora do dia. Sem filhos, Cornelius certamente deixava sua fortuna para a esposa, que a juntaria à própria. Tornar-se-ia uma mulher muito rica, pois o orador somara à sua o dote da primeira mulher, Márcia, morta no parto e tendo levado consigo a possibilidade de o retórico exercer a paternidade. A nova esposa não conseguira engravidar.

Na hora marcada, lá estavam os que deviam estar. Diomedes esperou a leitura testamentária. Crísias estava triste e seu rosto não esboçou qualquer surpresa quando foi consignado que a biblioteca, valiosíssima, seria doada ao discípulo Diomedes Apro. Espantou-se ele próprio por essa manifestação de grande afeto do mestre. Pensou que não poderia dispor das obras durante esse tempo de viagens e aguardou a saída de todos para conversar com Crísias, que dispensou os escravos enquanto almoçavam. Uma pequena refeição com pão, queijo, assado de cordeiro com ervas, de boa apresentação e perfume, sequer foi tocada. Sorveu com gosto uma taça de vinho, em silêncio. Não tinham palavras a dizer. A consternação da mulher de Cornelius fazia-a mais bela e doce do que seus grandes olhos negros podiam imaginar.

'Diomedes, ouvi que irás a Roma... Deixa-nos?', disse por fim Crísias cortando o silêncio.

'[...] Sim, vou. E a biblioteca... não sei bem como fazer. Ficarei, talvez, por dois anos longe de Herculano...', respondeu com dificuldade.

Combinaram, amistosa e formalmente, que tudo ficaria sob a guarda do secretário Luccanus enquanto estivesse fora; que voltaria a Herculano com alguma frequência para visitar a mãe e cuidar de alguns negócios, quando então usufruiria dos textos ao visitá-la.

Enquanto se falavam, perdiam-se no ar as palavras porque o que ocorria de fatos eram outras imagens mais densas. Diomedes olhava-a intensamente enquanto conversavam, procurando um sinal mínimo de esperança, um titubeio que indicasse o desejo de Crísias para que permanecesse em Herculano. Por essa mulher não viajaria, bastaria um pedido seu. Nada queria do mundo a não ser partilhar a vida com Crísias. Mas ela não expunha um tremor, um piscar de olhos, simplesmente olhava o chão, passiva, as mãos cruzadas com leveza nas coxas, os ombros ligeiramente curvos.

Vendo-a tão serena e combalida, num ímpeto incontrolável, levantou-se e agarrou suas mãos beijando-as longamente. Crísias não esboçou qualquer reação. Tomado por um ardente desejo diante de tal abandono, afastou a levíssima pala e a túnica que cobriam os ombros alvos e seguiu o movimento dos panos que escorregaram até a cintura bem delineada. Como queria envolvê-la! Tremeu ao beijar a pele macia, deslizou as mãos até os seios que se crisparam e seus lábios foram buscá-los quando Crísias segurou firmemente sua cabeça. Beijou sua boca com suavidade e afastou-o. Ergueu-se da cadeira, cobriu-se, e o jovem baixou o olhar sem saber o que fazer com o desejo incontido.

'Não... não ainda, caríssimo. Não antes que eu faça o que quero e devo fazer...'.

Retirou-se da grande sala e com passos rápidos recolheu-se aos seus aposentos".

O imperador

O avião fez um grande barulho ao baixar as rodas. Sobrevoavam Paris e Andrei, atordoado, preparou-se automaticamente para a chegada. Ofegava, talvez pelo vinho, talvez pelo excesso de imagens que cresciam quase sem rumo em sua cabeça, talvez por Diomedes... sentia nas mãos a pele macia de Crísias, as sandálias de couro grosso que pareciam estar nos seus pés, as leves fibras da túnica que roçavam suas coxas... Passou abruptamente as mãos sobre as calças de lã que vestia, mexeu os dedos

A LONGA HISTÓRIA DOS QUATRO PONTOS DO ORIENTE

dentro dos sapatos como se, com isso, voltasse à realidade. Tudo fora tão real, como agora, no avião.

Estava muito cansado. Queria chegar ao pequeno hotel às margens do Sena, o Des Soûleries — uma antiga taberna medieval restaurada —, e descansar, e imaginar, e pensar, e escrever, e dormir. Nada disso fez, entretanto. Sua agitação era tamanha que deixou as malas no quarto e decidiu caminhar pela ilha de St. Louis. Deveria telefonar a Mabel, mas deixaria para depois, à noite.

O sol estava fraco e o céu, de um azul muito claro, transparente — típico dos quadros impressionistas, pensou —, convidava os parisienses a saírem para os cafés. Ao longo da margem esquerda do Sena, vários casais passeavam. O ruído era pouco naquele sábado de quase primavera. Tivera sorte, talvez por pouco tempo, ao encontrar Paris sem a umidade habitual desse período. Parou na pequena ponte que levava à ilha.

Um homem velho, roupa surrada e dentes escuros, vendia algumas reproduções da Nôtre Dame como tantos outros assim faziam às margens do rio. Olhou-as sem interesse. Num canto da improvisada estante-armário de madeira, notou um desenho pequeno, desbotado, em guache e nanquim, que retratava uma pequena viela de uma cidade medieval, talvez na Provence. A moldura era muito simples, mas algo chamou sua atenção no desenho e analisou-o melhor. As casas amontoavam-se dos dois lados da viela, de modo que os telhados quase se tocavam. O artista desenhara uma pequena via, estreitíssima, com o casario desembocando numa praça, apenas sugerida pelo ângulo das linhas e a luz mais forte ao fundo. Algumas árvores, leves esboços, sugeriam a praça. Do século XV, quem sabe, seria essa cidade? Talvez, pelo estilo das construções e calçamento da viela. O céu, do pouco que se via em meio aos telhados, era de um azul aguado, quase branco. Fixou o olhar nas pedras das calçadas, mão firme no uso do nanquim, bem detalhadas, como as janelas e telhados das casas.

Então, foi rápido o que lhe veio um sentimento ao coração. Este bateu mais forte ao reconhecer o que ainda não vira, apesar de estar sob seus olhos: o caminho que o levara várias vezes ao Palácio Cá d'Oro, em Veneza! Que incrível coincidência encontrar um desenho da ruela que tão bem conhecia e pela qual tanto gostava de passear, na ponte de St. Louis, em Paris! Aproximou o desenho e procurou o autor. Não conseguiu ler o nome, talvez Dantangiemi... não, não se podia ler. Olhou no verso, nada, apenas a marca de um carimbo, circular, e a tinta da assinatura muito apagada impedindo a leitura. Comprou o desenho após regatear um pouco para não desconsiderar o apetite de bom vendedor do velho comerciante.

Segurando firme o desenho, continuou seu passeio. Mais uns 10 passos e voltou.

"[...] Qual é o nome desse desenhista?"

O velho pareceu espantar-se e nem Andrei sabia por que voltara para fazer tal pergunta. Como um simples vendedor poderia saber?

"[...] Authequen, Pierre Authequen...", respondeu o homem com ar atônito, quase sem olhar o inusitado cliente.

"Era meu avô... já morreu há tempos".

E continuou a fazer o que vinha fazendo antes, ajeitando eternamente os produtos que oferecia para venda. Sem coragem, Andrei não mais o questionou. Talvez não fosse verdade essa história do avô.

À noite, telefonou para Mabel. A voz da ex-mulher veio comedida e fria. Sim, estavam todos bem menos ela, que passava por uma série de exames médicos. Andrei já sabia o que queriam dizer tais palavras: ele era a causa desse padecimento. Voltaria a Buenos Aires em três dias e poderiam conversar, dissera em tom apaziguador. A voz de Mabel alterou-se e, aos gritos, respondera algo sobre nada mais ter o que conversar com alguém que fizera com ela o que inimigo algum faria. Andrei ouviu em silêncio. Não se sentia bem com aquilo, mas assumiria toda a culpa. Ouviria tudo o que tivesse que ouvir, cederia todos os bens amealhados se necessário fosse.

Entretanto, essa atitude aparentemente calma, resignada, quase conciliadora, era o que mais irritava Mabel. Talvez ela percebesse que durante as agressivas discussões anteriores havia alguma ligação, alguma emoção, no que tinha razão. Agora, nem isso. O ódio é a face destrutiva do amor. A indiferença é seu absoluto abandono. Ser odiado toca o coração, comove-o, impulsiona-o de qualquer modo. A face da indiferença é muito mais dolorosa.

Tomou um banho quente, abundante. Gostava do Des Soûleries porque, além de pequeno, preservava coisas *hors d'usage* que os outros não mais se importavam em preservar. Os sabonetes eram de ótima qualidade, brancos, suavemente perfumados; as toalhas brancas eram grandes e felpudas; os lençóis — ah! como se sentia bem ao deitar-se! — eram brancos em percal e seda, uma mistura extraordinária que algumas poucas tecelagens ainda produziam. E o Des Soûleries, com seus hóspedes fiéis, preferira diminuir seu possível lucro a perder sua personalidade. Gostava disso, muito. Gostaria que as pessoas, ele inclusive, fossem assim.

Ao adormecer, a imagem de Vivian voltou e também a angústia de não poder vê-la. Lembrou-se do casario do desenho que comprara à tarde. Depois que transformara sua vida, sempre tão previsível, nada mais o espantava, nem as coincidências, apesar de quase tudo estar sendo imprevisível ultimamente. O que estava acontecendo era novo e não procurava compreender. Recebia-o, apenas. Deixava fluir. Alguma agitação no sono indicava que tal postura não era de todo aceita nas tortuosidades de sua alma. Imagens de Diomedes se embaralharam com as de Vivian, Mabel, Florência, Cornelius... e como gostava de Crísias!

O Eremita

Apesar dos momentos em que se imaginava enlouquecendo, Andrei não havia se perdido, afinal. Aos poucos, distanciava-se da ira de Mabel, e a rotina, uma nova rotina, instaurava-se em sua vida. Estava só. Pensava em Vivian, mas havia mudado muito aquele tempo amoroso, apesar de lembrar-se dele nitidamente e com ternura. Não era mais uma vivência, era uma boa lembrança. Depois da experiência de escrever, as dimensões do mundo haviam se ampliado e... diminuído. A solidão, experimentava-a diferente pela primeira vez e a provava, pois de fato era solitário, era um estar só encontrando-se consigo mesmo, e como gostava de si mesmo, isso mudava tudo.

Os dois filhos passaram a visitá-lo, não com assiduidade, mas vinham. Os amigos não compreendiam como se modificara tanto, no entanto recebiam bem o novo homem que vivia calmo, com olhos brilhantes e escrevendo com tanto gosto, quase um recluso. Menos sociável, é verdade, menos participativo das reuniões com muitas pessoas, porém vital. Curiosos, aguardavam a publicação desse misterioso romance, pois a ninguém Andrei o mostrava. Além disso, incursionava pela cozinha e aprendia a ter muito gosto ao fazer certos pratos, inventá-los, convidar pessoas de quem gostava para darem opiniões. Não podia imaginar que o prazer de cozinhar, de misturar ervas e condimentos, fosse algo tão interessante.

Finalizava o romance, e a vida de Diomedes com Crísias deixava-o ansioso. Como abandonar Cleona? Estava cansado, isso podia perceber, e pensou que parar de escrever equacionaria melhor suas relações com Vivian. Sim, deveria reencontrá-la um dia desses. Não recebera notícias depois de sua ida ao Brasil, não passara por Buenos Aires e voltara diretamente a Bogotá, certamente. Talvez escrevesse uma carta aproveitando o período de quietude dos seus personagens. Também eles necessitavam de repouso. Assim considerava, quando recebeu correspondência de Vivian dizendo-lhe que passaria por Buenos Aires antes de voltar a Bogotá. Tivera que permanecer no Brasil mais do que previra.

A estrela

"[...] Crísias não fez a segunda iniciação. Realmente, cumpriu-se o dizer de Peristera. Deixou o templo, foi rever sua mãe em Agrigento e voltou a Herculano com muitos conhecimentos. Siclenes havia previsto a volta da filha ao templo, intuíra a morte do seu futuro marido, mas silenciou a respeito. Não se espantou quando a filha, ao visitá-la, contou-lhe sobre a vida que tivera no templo e a missão que lhe dera Peristera: a de criar uma escola para os ensinamentos de parte dos mistérios de Dioniso e Elêusis, aquela parte que poderia ser pública, que não necessitava de um templo para iniciação. Deveria ensinar a música, os mitos, o amor, a cosmética, a farmácia feminina e alguns dos segredos de Deméter. Para algumas das aprendizes, avançaria até os estudos sobre o céu.

Quando voltou a Herculano, estava cheia de planos e alegria. Compreendia que tal escola não seria bem aceita aos olhos de Roma. Já haviam caído no desgosto dos senadores certas seitas consideradas deturpadoras das divindades, excessivas nos rituais quanto à sexualidade, além de gananciosas nas exigências de dinheiro. Nem todos, no Senado, viam com agrado o sincretismo entre deuses gregos, romanos, egípcios e até persas, bem como a abertura de estudos para o público. Afinal, em se tratando dos egípcios, por exemplo, os poderes dos sacerdotes eram considerados excessivos pelo Império, mais acostumado às leis e batalhas que a rituais místicos.

Os que se diziam sábios nas artes divinas proliferavam nas praças naqueles tempos, provenientes de muitas regiões distantes pelas quais passavam as frentes romanas vitoriosas. Como confiar em todos eles? Em alguns templos tradicionais, sem dúvida! Os cesares usavam a sabedoria sacerdotal na decifração dos sonhos e manipulação de beberagens, mas essas crenças muito misturadas e distantes do antigo culto pátrio e dos estudos gregos não pareciam interessar à política romana, pois que se dispersavam muito sinalizando algum perigo. Claro que não só o cesar, mas senadores e cônsules consultavam com frequência os oráculos estrangeiros e videntes conceituados, mas tendiam a rechaçar algumas crenças orientais, principalmente as persas.

Desse modo, mesmo sendo ela a ex-mulher de Cornelius Tito, não seria fácil firmar-se e mostrar a seriedade de seus propósitos. Quando voltou a Herculano, e após um período de adaptação, ainda se sentia saudosa do templo de Crotona, de Peristera, Nikéia, Licodea, Vitêmia, da biblioteca, dos banhos na fonte… e das descobertas encontradas nos pergaminhos que a faziam tremer. Lembrava-se de que Peristera estava particularmente triste quando se despediram. Ela mesma chorara muito. Só agora, voltava a pensar em Diomedes mais do que pretendia.

Depois de um largo tempo, quando finalmente se apropriou de sua casa, tudo foi voltando ao que era, ou quase, e a rotina se estabeleceu. Com ela, uma certa calma no espírito. Havia uma única notícia de Diomedes: estivera um ano nos Venetos e não encontrara o que fora buscar. Escrevia sobre seus achados, poucos, sem detalhes, comentando rapidamente quanto ao lugar onde habitara durante esse período, uma pequena vila, Bologna. Soubera por Lucannus que voltara a Roma na primavera, mas esse manuscrito já tinha quase um ano. Talvez estivesse na casa dos tios romanos. Ansiosa, visitara a velha mãe de Diomedes, Túlia, à procura de mais informes. Não, ele não ficaria em Roma. Marcius Pompeu, tio de Diomedes, havia trazido essa notícia.

Crísias não imaginara que pudesse sentir tanto sua falta, até o momento em que voltou a Herculano. Quando estava no templo, os dias e os rituais apaziguavam a saudade que tinha, mas era preciso uma tenacidade enorme, um grande controle quando, já em Herculano, vinha-lhe a imagem de Diomedes andando pela casa, passeando com Cornelius, olhando-a vorazmente. Aguardou, pacientemente, uma nova notícia.

Tratou de planejar a escola e escolheu um lugar afastado de Herculano, a caminho de Pompéia. Havia uma bela *villa* cuja proprietária pretendia dela desfazer-se. Viúva do conselheiro Servulus Nobilis, já idosa e sem descendentes diretos, Salústia ficou radiante com a oferta de Crísias. Ajudada pelo fiel secretário Luccanus, a escola foi estruturada com poucas modificações na arquitetura da *villa*. Afrescos, como os de Crotona, foram pintados na sala maior seguindo os momentos significativos do ritual de iniciação. Soubera, na ocasião em que bebera o *kykéon*, que a sequência dos afrescos era indicativa de parte das fases pelas quais passavam as aprendizes nesse ritual iniciatório a Dioniso e Elêusis. Outros afrescos existiam em Crotona, em salas internas do templo, que não chegou a conhecer.

Na sua futura escola não haveria rituais de peso como os do templo da grã-sacerdotisa Peristera. Sua missão era apenas a de dar ciência de parte dos mistérios, e aquelas que necessitassem de uma iniciação mais profunda por chamado dos deuses teriam que ir a Crotona ou Agrigento. Não seriam vivenciadas, na *villa*, as trilhas do deus, mas ensinadas com alguma reserva. O culto seria passado às mulheres junto aos conhecimentos e trabalhos sobre a beleza, o amor e a cura. A *villa* não seria um templo, como fez questão de afirmar várias vezes a todos os que perguntavam, mas uma escola de iniciação nos mistérios divinos e práticas humanas para o aprimoramento da educação feminina.

Não demorou e muitas mulheres a procuraram. Crísias já era conhecida, antes, pela inteligência, sensibilidade poética e seriedade de conduta intocável. Agora, a boa fama aumentava. Muitas das alunas vinham com bons conhecimentos e passavam, rapidamente, a auxiliar Crísias como mestras em terceiro grau. Um grupo capaz e harmonioso levou o nome da escola à boa fortuna, com rapidez. Roma se calou e a escola avançou. Passou a ser conhecida como *Villa Mysterii*. Acrescente-se que o nome de Crísias era benquisto devido ao recato mostrado depois da morte de Cornelius e sua reclusão em Crotona. Cuidadosa, ela conseguira o bom nome para que os olhos de Roma não caíssem sobre ela de esguelha. Quando da abertura da *domus* educativa, espalhou-se pela região o amplo e sério cuidado formativo que a *Villa Mysterii* conseguia incutir nas almas femininas. Crísias, que descobrira em Crotona um dom especial que os deuses lhe haviam dado — o de adentrar em lugares profundos da alma do outro para auxiliá-lo —, cumpria bem sua missão. Entendia, por fim, parte dos rituais e sonhos que vivenciara em Crotona.

Bem depois, soube que alguns deles sinalizavam o futuro, mas tais sinais o divino preservava, a maior parte deles, para o devido reconhecimento no próprio momento da realização, quando sabia sobre algo que desconhecia totalmente antes. Um deles, Crísias viveu bem antes do que imaginava.

Diomedes procurou-a no outono. Vindo de Roma, ali estivera aprendendo Retórica. Voltara diferente, mais velho, não tanto na aparência, mas na alma, e isso Crísias facilmente detectara. Agora, podia e queria doar-se a Diomedes, se ele ainda a quisesse como antes. Já chegara o tempo. Ele a queria, sim, até mais do que antes, diziam seus olhos, e o esperado encontro foi denso, difícil em seu início, quase sem palavras porque desnecessárias. Na biblioteca de Cornelius, ao cair de uma tarde de outono e com tênues nesgas de sol a percorrerem os panos coloridos de um dossel, Crísias conheceu as profundezas do viver amoroso.

As reminiscências da cruel iniciação dionisíaca vieram-lhe à alma enquanto as mãos sedentas de Diomedes percorriam cada pedaço de seu corpo. E pôde desfrutar o prazer sem dor, o frêmito sem sofrimento, a vida sob o Dioniso benfazejo sem o *kykéon*. Os temores cederam e o deus fez-se presente no contato suave e violento, terno e ansioso, tímido e afoito dos dois corpos. Amantes, ambos traziam o vital e o belo para junto de si. O desejo fluiu como o rio em direção ao mar, necessário como é o próprio do desejo. A natureza do deus adentrava tranquilamente no seu domínio e mostrava sua aguardada face".

A Torre

"Diomedes não se sentia bem naquela manhã. Lembrava-se de Crísias com insistência. Roma parecia-lhe enfadonha, sua casa asfixiante. Tinha que concluir seus estudos com o velho Lucius Quintino, da escola de Musonius, mas apertava-lhe o peito a distância do rosto de Crísias, de sua pele, de sua voz. O sentimento de falta e o amplo vazio continuavam latejando. Mas, naquele dia, a saudade estava muito forte. A tensão no peito fazia-o arfar enquanto caminhava pelas vielas de Roma para alcançar o grande Coliseum. Desfrutava do céu azul da primavera, da bela visão dos ciprestes escuros que, nessa altura da caminhada, já podia contemplar, enfileirados, ao longo da Via Appia. Tudo via com esforço, a tudo queria usufruir sem sentir vontade real para isso. Como se o céu, as árvores e o dia claro não tivessem a concretude de que necessitava, atentava apenas para a força de seus próprios passos que, bem cadenciados, percorriam obedientes as retas, as curvas, amoldavam-se às saliências das pedras e seguiam em frente, um após o outro.

Foi então que algo inaudito se passou. Um jovem a cavalo veio em sua direção, o animal desenfreado, a força do cavaleiro excessivamente frágil para dominá-lo… um instante apenas, um átimo e Diomedes viu-se lançado ao solo. Sentiu uma dor insuportável nas costas e tudo escureceu.

Disseram-lhe, bem mais tarde, que delirou entre a vida e a morte por nove dias. Por sorte, conheciam Diomedes como discípulo de Lucius Quintino e sobrinho de Numa Marcius, o que possibilitou levá-lo para casa logo após o acidente onde foi cuidado com presteza. O mestre fora visitá-lo e mostrara grande preocupação, ao menos foi isso o que primeiro pôde ver e ouvir quando, afinal, acordou, e sem compreender o acontecido reconheceu o filósofo, seu tio, sua tia, todos ao redor do leito.

'Não fales, Diomedes. Descansa. Agora está tudo bem'.

Numa Marcius olhava-o com carinho. O tio afundava seus olhos nos seus, olhos profundos, doces e firmes ao mesmo tempo. Impossível não reconhecer, ao lado, a testa larga e os cabelos ralos e em desalinho do velho Lucius Quintino, seu professor, vestido com a inconfundível túnica escura e pobre, o filósofo seguia o modo de viver prático mais próximo a Epicteto, mestre sempre reverencial. Com ele, Diomedes aprendera que nada é imprescindível quanto aos valores dos costumes, só o que fosse julgado dentro de si mesmo, criteriosamente, tem valor. O mestre estoico vivia o que pensava e pensava o que vivia, isso era o que aprendia nesses anos romanos.

E foi essa lembrança da regra de ouro estoica de Epicteto, que acalmou Diomedes ao sentir as primeiras dores lancinantes ao despertar. Ficou feliz em ver o mestre, pois só ele, por mais que gostasse de todos naquele quarto, conseguia emocioná-lo no mais profundo de seu ser. Estendeu as mãos lentamente para Numa Marcius, Servilia e Lucius num gesto de agradecimento sincero. Aos poucos, lembrou-se do acidente e tentou mexer-se. Não conseguiu. Servilia tomou suas mãos.

'Diomedes, meu amado sobrinho, não podes, ainda, mexer-te. O terapeuta, Dion Terenius, virá ver-te hoje. Não te preocupes, o mais difícil já passou. Acredita-se que quebraste o fêmur e terás uma longa estadia conosco. Que os deuses preservem tua saúde! Segundo disse o sábio Terenius, ela é digna de um grande guerreiro... que afinal não és! Tem-se mostrado bem mais filósofo e orador, por natureza, meu querido! Vê-se, agora, que também és um guerreiro!'.

Servilia conseguia fazê-lo sorrir da própria desgraça, a mansa Servilia.

'[...] Crísias, caríssima tia... como vou fazer para que Crísias saiba disso? Esperava-me em Herculano e [...]'.

'[...] Não te preocupes. Mandei um mensageiro a Herculano há nove dias, no mesmo dia em que te trouxeram até aqui. Descansa, caro Diomedes, descansa e tudo estará bem dentro de mais algum tempo. Crísias deverá vir a Roma, com certeza. Deve estar a caminho, pois nosso mensageiro, Héleno, ainda não voltou'.

'Terei que esperar, minha tia, e não sei como agradecer a todos...'.

Mais um sorriso e essa mansa mulher retirou-se. Lucius Quintino despediu-se após rápida conversa, e o tio foi acompanhá-lo à porta. Um escravo entrou no quarto para ajudar o corpo enfermo de Diomedes. Aplicou-lhe massagens delicadas nas costas e braços fragilizados, unguentos específicos, panos quentes. Sentia-se um pouco melhor só ao pensar que Crísias chegaria a Roma e se abraçariam.

Mas Crísias não chegaria, o mensageiro Héleno, sim.

Alguns dias depois, Numa Marcius recebia a notícia: Pompéia e Herculano estavam sob cinzas, o Vesúvio mostrara toda a sua força. O mensageiro chegara finalmente, aos prantos, o corpo e as roupas cobertas do negror da fuligem.

'Nenhum sobrevivente, Héleno?' perguntou Numa temeroso, com as mãos crispadas, pois já ouvira alguns boatos sobre a catástrofe.

'[...] Não se chega a Pompéia ou Herculano... senhor... o céu está plúmbeo em toda parte... o ar irrespirável... e...'.

Héleno ofegava, não se sabia se devido à viagem apressada de volta a Roma, ou à forte emoção que apertava sua garganta. As palavras saltavam, estreitas. Os olhos lacrimejantes não escondiam o que a garganta tentava reter. Os músculos tensos do jovem, as fundas olheiras e os sulcos ao redor da boca mostravam o quanto eram dolorosas as imagens que trazia.

'[...] as cinzas penetram em todos os lugares... tomam as montanhas e planícies próximas, o calor do fogo e o cheiro de coisas queimadas ainda persistem... e... e está... senhor... está insuportável permanecer... em qualquer lugar desde a Vila de Neápolis. Não há como aproximar-se de Herculano... se... os deuses preservaram... sobreviventes...'.

Héleno parou, dobrou os joelhos e chorou convulsivamente. Tentou falar com dificuldade, a voz quase em falsete:

'[...] e dizem que não, que ninguém escapou.... ou que logo morrerão os que restam... aos poucos... oh! senhor... por Hércules, por Plutão! [...] serão sufocados pela fumaça venenosa... é apavorante! [...] o próprio raio parece ter-se mostrado aos homens, senhor... uma catástrofe que nenhum mortal jamais imaginaria [...]'.

O jovem não mais conseguira falar. Soluçando e tremendo, deixou-se ficar no solo. Chorou alto, sem se importar com sua condição servil diante de um senhor de Roma, sem suportar as imagens que acompanhavam suas palavras. Numa Marcius se afastou cabisbaixo, trancou-se em seu quarto e não saiu durante todo o dia. Que quiseram os deuses com tal demonstração de poder? Que estariam fazendo de mal os homens, que os eternos já não previssem com seus largos olhares? Nada que escapasse à ampla luz das divindades quanto às nossas fraquezas e ao nosso desejo tão grande de reverenciá-las, pensou amargamente maldizendo o lote de cada um. Insondáveis são os jogos divinos.

Servilia foi procurá-lo ao entardecer prevendo o que ouviria. Também ela chorou a sorte dos homens e pensou em Crísias e Diomedes. Como contar-lhe? Não, não ainda..."

O Mundo

"Quase um ano não bastara e um século não bastaria para amainar a dor que se mostrava milenar. Diomedes nunca mais seria o mesmo. O olhar profundo guardava a mudança, a voz se expressava baixa, levemente rouca, cansada, e o ligeiro arquear dos ombros, persistente pelo esforço enorme em permanecer ereto, indicavam sua pouca resignação diante do destino. Não, não haveria pensamento que pudesse persuadi-lo a receber as coisas conforme chegam e aceitar que nem tudo depende de nós, como aprendera com os estoicos. O velho Lucius Quintino iria perdoá-lo por não conseguir fazer-se um filósofo? Pouco importava. Seu amor por Crísias parecia maior que sua capacidade humana de pensar e viver. Não suportava o passar dos dias.

Não havia chorado na ocasião em que soubera do terrível acontecimento, não choraria jamais. Decidira sair de Roma, conhecer o mundo para que sua alma pudesse, quem sabe, distrair-se um pouco do sofrimento diante de um excesso de paisagens novas. O olhar se veria obrigado a percorrer o que a alma se recusava a fazer. De algum modo viveria, mesmo dividido em dois: aquele que se movia olhando os horizontes e aquele que sofria em permanente rigidez.

'Diomedes, fica conosco, em Roma. Esta casa é também tua. Tens, já, a possibilidade de ensinares Retórica, disse-me Lucius Quintino. Ensina-a junto a ele. Fica, caríssimo, a tudo se supera... O esquecimento, ao menos a isso, não podemos dizer que os deuses com ele não nos presentearam'.

Mas Diomedes se tornara amargo e silencioso desde a morte de Crísias. Quase não comia, emagrecera muito desde o acidente e a cada dia mais. O rosto jovem, encovado, estampava a quase desistência de si mesmo. Treze meses se passaram desde a tragédia, e após permanecer cinco longos meses no leito conseguira, por meio dos exercícios e unguentos prescritos por Terenius, voltar a andar. Passou a utilizar-se de uma muleta que auxiliava sua perna direita e assim seria por toda a vida. A juventude dava-lhe forças suficientes, aos menos nos músculos, para locomover-se razoavelmente bem. A musculatura da alma, essa quase se dissolvia em flacidez.

Não compreendia por que continuava vivendo, mas uma força vinda de algum lugar o empurrava, dia após dia, talvez a força da própria natureza dentro de cada um. Exercitava muito o corpo, já conseguia cavalgar, porém por pouco tempo. Fazia passeios pelas colinas, único gosto que ainda persistia. Nessas ocasiões, na tranquilidade que a solidão às vezes nos dá, esquecia-se de onde estava, quem era, perdia o olhar e a si mesmo na fina linha do horizonte. A perseverança para o exercício conseguira-a depois que uma ideia lhe surgiu, a única que lhe incutia uma tênue projeção para o futuro:

fortificar-se para sair da península, buscar novas vias, trilhas e sendas do mundo que viessem ao seu encontro.

Iria só. Quem sabe mais alguém que com ele quisesse perambular, não mais que um companheiro, um ajudante. Buscaria o quê? Por quê? Não importava, apenas avançaria... avançaria... vagamente, a presença de Cornelius estava nessa sua decisão. A veneza de Cornelius talvez o movesse, buscá-la sem saber o que buscava. Cada vez mais, acreditava que se tratasse de um lugar. No entanto, nenhum impulso de curiosidade envolvia sua procura, apenas a sombreada promessa que fizera ao moribundo, uma promessa que era, agora, a fonte do seu movimento vital.

Quase dois nos após o acidente, conseguiu cumprir a ideia de abandonar Roma. Não mais estava apto a habitá-la à semelhança dos patrícios ou dos filósofos. Ao final do inverno, com o auxílio pecuniário dos tios, aprontou três cavalos. Héleno iria acompanhá-lo, o jovem fiel e sensível Héleno. Preparativos terminados, abraçou os tios com força, despediu-se emocionado do velho mestre, seu segundo querido mestre, pois o primeiro fora Cornelius. Como um simulacro, percorreria o que Cornelius apontara nos seus delírios, apesar de sentir que também ele próprio delirava ao seguir esses frágeis traços nos quais acreditava tão pouco. Sua vida já lhe parecia um sonho sem doçura nem leveza e de fios contorcidos.

Recebeu um presente de Lucius Quintino: vários escritos de Píndaro e de Eurípides.

'Lê com carinho, fortifica tua alma, Diomedes'. Assim lhe falara o velho estoico. Sim, teria que buscar sua alma no cosmos, trazê-la de volta. Por si mesmo, não tinha forças.

'Assim o farei, mestre...'.

Saíram de Roma no Sextilis do ano 80. A paisagem lhe pareceu larga, muito larga. Rumou em direção ao Norte, até Tarquinii. Chegaria à Volaterrae se nada o fizesse mudar de ideia. Quem sabe, viesse a conhecer a terra de Sêneca, a Hispania".

*

"Dezoito anos depois de sua partida da península morre Diomedes, em terras de Hispânia, tendo ao lado do leito o fiel Héleno. Segundo testemunhos, Diomedes escrevia muito e foi considerado por todos um filósofo sensível. Nunca se casou e nem teve amores. Diziam que isso se devia aos seus dogmas filosóficos. Héleno jamais desmentiu tais dizeres, mas bem sabia o porquê dessa decisão. Suas obras permaneceram sob a responsabilidade do fiel amigo, a quem foi doada a pouca fortuna que ainda lhe restava.

Héleno aprimorou seus hábitos e conhecimentos durante o longo período que privou da companhia de Diomedes. Veio a se tornar um próspero comerciante ao casar-se com Núbia, uma rica cordobesa com quem teve quatro filhos. Ao primeiro deles, deu o nome de Diomedes. No final de sua vida, cortada antes do esperado por uma doença adquirida em viagens comerciais a Cartago, Héleno, para bem preservar a educação de seus filhos, fez Núbia prometer que não descuidaria de ensiná-los sobre coisas além do comércio e da guerra. Para garantir esse desejo, vendeu, por bom preço, a biblioteca de Diomedes a Don Antonius Galicus, aristocrata com fama de grande conhecedor das coisas do céu e estudioso dos filósofos. Este educou os filhos de Héleno com carinho".

*

"No século V d.C., os Veneti se estabeleceram nas 177 ilhotas ao norte do Adriático, expulsos de Pádua, Altinum e Aquiléia pelos longobardos e godos. No século VII d.C., os ilhéus escolheram o primeiro doge e unificaram a região denominada, então, Veneza. Cornelius e Diomedes não podiam imaginar Veneza, mas viram muitas outras coisas que os futuros venezianos nunca poderiam imaginar."

***

O TERCEIRO PONTO DO ORIENTE

Os fios nos Campos Elísios

Via 1: São Paulo – Buenos Aires

São Paulo havia mudado muito. Com mais de 10 milhões de habitantes, os prédios e casas grudavam-se uns aos outros como abelhas na colmeia. Vias infindáveis cortavam o que antes fora terra e que agora sufocava sob o asfalto. A natureza hospedava-se, discretamente, nos canteiros e nas pequenas árvores e arbustos, fazia-se violenta nas rachaduras das calçadas e muros onde pequenos ramos verdes e raízes apareciam. O céu paulistano quase não se via, os vãos que poderiam abrir-se a um pouco do azul entre os altos edifícios estavam escondidos dos olhos pelo excesso de quadros publicitários. Autoritários, imensos, eles tomavam para si o pensamento distraído sem qualquer cerimônia. Acreditavam os publicitários e comerciantes que venderiam mais com tal demonstração de volume? Erguiam-se como monumentos, uma espécie decadente de mau gosto, que se impunha como adorno falso e indicativo do estilo de vida da cidade. Quase como um simulacro, a São Paulo era o lugar para compras e vendas de mercadorias, o dinheiro, sua linfa.

A vida do calmo planalto onde nascera, essa Vivian não mais reconhecia. Pensou em Bogotá, cidade simples, nada ágil, com um cinturão de natureza a lhe rodear o corpo. São Paulo, sempre cinzenta — e gostava dela assim —, tornara-se sufocante na desmesura, no chão preto piche refletindo o calor do sol, e nas águas sujas a penetrarem seus redutos fabricados. O vento, ao bater nas altas paredes dos edifícios, sem poder correr livremente como é de sua essência, padecia e respondia mal à cidade. São Paulo, talvez por isso, emitia certa sensação de bloqueio para o visitante. Reagia com violência a natureza paulistana sem a boa morada dos elementos. Como renovaria, ali, seus ciclos? E os homens?

Lembrou-se do Vale do Anhangabaú quando, pequena ainda, encapotada num inverno de julho, passeava com seus pais na famosa garoa paulistana que salpicava seu rosto. Era tão fina, tão suave que quase não se podia senti-la. Homens e mulheres com casacos pesados, gravatas, chapéus, cortavam como sombras escuras o cinza-claro do horizonte. Sim, São Paulo tinha, então, horizontes, mas agora nada mais se podia ver ao longe além de construções, apenas um sol vindo do alto quando aparecia.

Pessoas iguais nos seus jeans, bermudas, tênis e camisetas, entrando nos bares cujas portas sujas combinavam com o descuido das calçadas, desenhavam o centro da cidade decomposto. Porém, não era isso o mais difícil, assim lhe pareceu ao chegar, pois ao menos a sujeira denotava o movimento da vida. Comia-se, bebia-se, conversava-se nos bares e restaurantes decadentes, havia encontros... conhecera cidades excessivamente limpas e não vira a vida passando por elas, quer pela ausência de pessoas nas ruas, quer pela humanidade vazia no excesso de regras.

Desfilava os olhos com gula e a tudo analisava. Da janela do táxi, raramente seus olhos encontravam um homem de terno. Como suportar muita roupa quando a brisa não sopra e a umidade é densa? O inverno infantil não mais existia ali. No caminhar ininterrupto pelas calçadas, mulheres trajando saias curtíssimas, justas e nem sempre a seu favor, eram acompanhadas dos já rotineiros gracejos dos moços que seguiam, famintos, o molejo dos quadris arredondados e explosivos.

Inverno? Parecia um início de verão eu nomeavam "veranico" porque fora da estação certa. A garoa se fora junto com parte da Mata Atlântica e levara consigo os capotes e chapéus. Em seu lugar viera o ar poluído dos automóveis e indústrias, a vida prática intensa. O motorista dirigia rápido pelas avenidas largas rumo à Vila Mariana. O rádio estava ligado e a música repetitiva invadia seus ouvidos. Eram os famosos raps, e jamais compreenderia o porquê do sucesso desse realejo. Perdera as raízes da América, quem sabe. Ou definhavam os cuidados da alma? De qualquer modo, não se sentia bem recebida.

Chegou à velha casa da família, na rua Pelotas. Reconheceu o abacateiro que cobria o lado direito da casa, solitária e espremida entre dois prédios elegantes. O sobrado resistira à especulação imobiliária, ele e mais quatro da rua antigamente sossegada, aguardando uma fatal demolição para não quebrar a fila simétrica de edifícios. Como se soubessem da morte próxima, não estavam bem conservados.

Abriu o portão de ferro do jardim, já um tanto carcomido, e entrou na pequena varanda. Sua alma estava confusa, não sabia o que a esperava, não realizava as emoções, mas quando sua mãe abriu a porta, o choro saiu tímido, preso. Dona Laura a abraçou, empertigada. Não era dada a manifestações emotivas e sem jeito diante de tal impavidez, Vivian enxugou as lágrimas após um longo abraço. Pôde adivinhar que também a mãe reprimia a emoção torcendo as mãos com força.

Não poderia dizer que a casa era a mesma. Há mais de 10 anos não a visitava, e quando vinha ao Brasil ia ao Rio de Janeiro, desviando-se de São Paulo sempre que podia. Não havia deixado de escrever, de telefonar, no entanto, estar ali, sentar-se nas poltronas da sala e olhar sua mãe na casa vazia era algo que não vislumbrara. Nem havia tentado. Foi invadida por uma ternura desconhecida ao olhar Dona Laura. Reconhecia-se nos seus olhos, nos cabelos finos puxados para trás, cor de mel, agora desbotados.

"Mamãe, conte-me tudo, como você está, Berenice... e Flávio?".

"Vivian, você está bem, está bonita! Sempre foi! Berenice virá jantar conosco, Flávio está em Brasília. Venha, tome um banho, descanse e depois conversamos... Você deve estar muito cansada...".

Mal haviam sentado no sofá escuro da sala — na mesma disposição de sempre —, e se levantaram. Dona Laura se dirigiu para a escada que levava aos dormitórios. Preocupava-se com o bem-estar de todos e não conseguia manter longas conversas. Não conseguia conversar e sabia cuidar das pessoas.

"Como estão meus netos?" e ia cobrindo os degraus, pisando no tapete do corredor com passos mansos. Preferia servir, assim era Dona Laura. Sabendo disso e um tanto frustrada, mas não espantada, Vivian seguia obedientemente a mãe. A casa estava quase sem móveis no pavimento superior, e o ar era de algo em vias de abandono. Os quartos, à exceção de um, não eram usados, porém estavam limpos e arejados. Nada mudara na mãe, tudo sempre estava muito bem-feito, no lugar certo, tudo muito em conformidade, sem fluidez como as cidades aparentemente perfeitas que conhecera.

Alojou-se no seu antigo quarto voltado para o quintal. As janelas já estavam abertas e Vivian correu até elas para olhar se havia, ainda, um canteiro de rosas perto do tanque, do qual cuidara quando adolescente. Não, não havia. Folhagens verdes tomavam conta dos canteiros junto com hortaliças e algumas ervas para infusões que sua mãe sempre fizera questão de cultivar. Efetivamente, não se sentia em sua casa, não pertencia mais à sua cidade, não pertencia à sua família. Onde ficara a Vivian de antes, em que canto, em que degrau da escada, em que janela se perdera ou se escondera?

Não é fácil a sensação de desenraizamento. Vivera-a em Bogotá ao chegar com os filhos ainda pequenos: era como se estivesse ali sem estar, como se não pudesse saber de si mesma a não ser por meio de outros que lhe davam as raízes. As raízes, no momento, faltavam-lhe, e uma tristeza enorme percorreu sua alma. Não conseguia esconder no rosto o que lhe vinha do interior, e sua mãe logo percebeu que algo se passava.

"Está cansada, não é, minha filha? Quer que lhe prepare um chá, um leite? Jantaremos às oito horas, temos três horas ainda. Eu ajudo você a desarrumar as malas...".

Lépida, foi abrindo os armários, retirando cabides... não havia como impedir Dona Laura.

"Sim, estou cansada – apressou-se a dizer, agarrando o álibi que sua mãe lhe dera. É melhor mesmo que eu descanse. Você me ajuda e enquanto tomo um banho, por favor mamãe, me prepare um leite morno. Adoraria isso!".

"Claro, Vivian!" respondeu a mãe parecendo feliz.

Pediu o leite porque achou melhor assim, mas, efetivamente, não o queria. O que queria? Recostar no colo de dona Laura, chorar, conversar sobre a morte de seu pai, dizer que só agora sentia profundamente sua falta, que não gostava mais de São Paulo, que não sabia como se portar, que estava com medo, que sua vida estava confusa, que sua neta ia muito bem, que seu neto estava empregado na França e... que não sabia se amava Francisco ou Andrei, ou se Horácio seria o homem certo para conviver no resto da existência. Não, não era para dizer nada disso, queria ser cuidada! Porém não exatamente como sua mãe pensava e conseguia fazer. Abandonou-se ao leite quente e à cama. Por que tinha que ser assim? Por que não se adaptava, como fizera Berenice, à vida familiar?

Deitou-se e sorveu com prazer inesperado o leite morno acompanhado de alguns biscoitos doces. A mãe olhava-a com ternura como se quisesse lhe dizer algo, mas se mantinha calada. Finalmente, levantou-se da cama onde Vivian se deitara, puxou as cortinas e saiu do quarto, mansamente, encostando a porta. Na penumbra, Vivian percebeu que estava muito cansada. Dona Laura tinha razão.

O ruído insistente da campainha acordou-a depois de um tempo de sono que lhe pareceu curto. Sentia-se impossibilitada de levantar-se. Ouviu os gritos alegres de Berenice que chegava.

"Onde está ela, onde está Vi? Vivi! onde está a curadora de Bogotá?".

Abrindo a porta com força, correu para a cama e abraçou a irmã. Sim, Berenice estava muito bem, sempre ruidosa, falando alto, sorrindo, expansiva, elegante. Abraçou-a com carinho. Olharam-se e riram como crianças. Lembravam-se, sem imagens determinadas, das antigas traquinagens. Era o riso sem motivo que apenas sinalizava todas as lembranças.

"Como está mamãe, Berê?".

"Vivi! *entonces no conoces nuestra mamã*? Não sei como ela está! Parece que está bem, mas como saber? Expliquei-lhe tudo o que pude na carta que lhe mandei, só sei aquilo! Mas, não pode estar bem, Vi!! Não é?! Papai e mamãe não se largavam, e assim foi por mais de quarenta anos! Creio que com a doença dele, teve tempo para preparar-se. Devemos conversar amanhã, em minha casa, sobre todos os detalhes que passam por minha cabeça. Você terá que assinar uns papéis... Falei com Flávio e ele não quer saber de nada, que resolvamos tudo como quisermos e estará bem. Depois ele vem para assinar. Sabe como ele é...".

"Sim, falaremos amanhã sobre essas coisas. Mas, deixe-me ver como você está. Berê, você está linda! E o Monteiro? Continua trabalhando na Dow? Que horror! Lembra-se de como eu o perturbava dizendo que era um entreguista favorável aos gringos? Que tempos, hein!".

"Ah, você era muito radical... Não sei se era você mesma ou se Gustavo a influenciava muito. Bem... desculpe, não quero lembrar disso, desculpe".

"Nenhuma importância, querida, faz muito tempo...".

Compreendia Berenice nesse seu modo aparentemente supérfluo de ser e gostava dela assim. Era a mulher prática, franca, determinada, nunca escondera que queria ter uma vida rica. Expressiva demais dentro de uma família silenciosa, num país que, à época, exigia o silêncio e emanava poder e perigo. Procurara um bom casamento: homem rico, sem exigência de filhos, disposto a viagens, amigos, festas. Conseguira. Para Vivian, Berenice era uma incógnita: inteligente, interessada em cultura, refinada e... supérflua. Espreitava-a à caça de uma contradição, querendo adivinhar outra Berenice escondida atrás da primeira. Nada, Berenice não escondia nada. Era do modo como dizia ser e agia como era. Não tinha estratégias no agir, não tinha segundas intenções ou caminhos tortuosos a procurar.

No período em que os pais tiveram dificuldades financeiras, Berenice nem parava em casa. Se ela conseguira um trabalho no Hotel Dupont, a irmã dissera algo sobre um escritório de advocacia que ninguém sabia onde ficava. Jamais pedira dinheiro, ao contrário, ajudara no que pudera e jamais negara um favor quando lhe pediam. Lembrava-se de que Flávio, o querido irmão caçula, estudava com o auxílio das duas, bem mais com o dinheiro de Berenice. Quando a irmã resolvera casar-se, avisara dois meses antes com a data já determinada e ninguém ousara comentar coisa alguma. No entanto, quando ela mesma se casou fez o que Berenice não se importara em fazer: apresentou Gustavo à família com antecedência.

Os pais recebiam tais diferenças sem qualquer comentário. Nada se conversava naquela família, e quando Gustavo morreu, também nada foi comentado afora palavras óbvias de consolo. Por que havia morrido tão jovem, ou como ela faria dali para frente... nada, absolutamente nada foi exposto. Ao exilar-se em Bogotá, devido à pressão da polícia militar e após a prisão do marido e sua morte no cárcere, viu a tristeza no rosto da mãe e a angústia no rosto do pai. Berê não estava no Brasil, Flávio a olhara penalizado. Assim foi. Sempre tivera a impressão de que, apesar das rusgas constantes dos pais, eles se amavam muito e os filhos eram uma espécie de mundo à parte. Tinham seu próprio casulo e ninguém adentrava nele, por isso preocupava-se com sua mãe na atual ausência do marido. Qual seria seu mundo sem ele?

Naquela noite dormiu bem. Estava exausta e bebia os momentos de quietude. Combinara com Berenice de se encontrarem no dia seguinte para almoçarem, e estava terminando de arrumar-se quando sua mãe entrou no quarto.

"Vivian, querida, vai encontrar sua irmã?" disse meigamente.

Diante da afirmativa, sentara-se na cama, as mãos cruzadas na altura da cintura. Dona Laura queria falar e estava com dificuldades.

"Eu gostaria de pedir um favor a vocês... bem, sei que gostam desta casa, mas terei que sair daqui, está muito grande para mim, não é? Está valendo muito, sabe, por causa do terreno, e poderíamos dividir o dinheiro da...".

Vivian não deixou a mãe terminar.

"A casa é sua, mamãe, só sua. Todos sabemos disto. Então, eu acho bom que você queira mudar. Compre um apartamento novo, guarde parte do dinheiro da venda. Quem sabe você queira viajar um pouco e visitar-me em Bogotá? Sua neta está linda!".

Disse o que deveria dizer. Dona Laura relaxou e Vivian teve a impressão de que ela superaria a perda do marido e faria o luto ao seu modo. Era forte, mais do que se poderia imaginar, disso se deu conta naquele momento.

Estava quase alegre naquela manhã. O ruído de São Paulo não mais a incomodava. Chamou um táxi e dirigiu-se à casa de Berenice, que já a esperava para almoçar. Entrou num apartamento luxuoso, de muito bom gosto, que a irmã fizera questão de decorar ela mesma. Objetos exóticos comprados nas suas constantes viagens espalhavam-se pela casa: um vaso de barro do Congo, um espelho veneziano, uma roca finlandesa... era esse o espírito de Berenice, tudo regado a tapetes caucasianos e quadros contemporâneos. Gostara sempre de coisas sofisticadas e caras, mesmo no período de grande dificuldade financeira. Hoje, o refinamento da irmã estava livre para ser exercido e sua situação econômica era perfeita para esses seus propósitos. Será que uma outra Berenice poderia aparecer agora? Ainda guardava dúvidas. A irmã vestia sempre roupas bem cortadas, poucas cores, sapatos bem-feitos e de bom gosto: era uma bela mulher. Suas tias, lembrava-se bem, diziam que a alma de uma mulher poderia ser conhecida pelos sapatos que usava, pelo couro escolhido, pelo modelo em comparação com os pés e pernas. Era verdade, pensou. E também os homens — inferiu por si mesma — podiam ser conhecidos, ao menos em parte, pelos sapatos. Ou seria pelas gravatas?

Berenice não envelhecera, cuidava-se muito bem, os cabelos castanhos dourados, como os seus, deixava-os tratados e soltos, levemente ondulados. Era a Bela-Berê, como dizia seu pai.

"Vivi, acho ótima a ideia de mamãe mudar-se! Maravilhosa! Eu posso ajudá-la, encontrarei um bom apartamento, farei a decoração, tenho móveis sobrando aqui e...".

E a conversa ia sendo fiada. Após o almoço, sentaram-se na ampla sala para um café. Vivian resolveu perguntar o que sempre tivera vontade:

"Berê, como você conseguiu tudo isso? Que tenacidade é essa de querer e fazer o que sempre quis, minha irmã? Aqueles períodos em que ninguém sabia onde você trabalhava, como eram? Por que não fala nunca do Monteiro, de seu casamento, da ausência de filhos? Nunca soubemos nada, você não fala!".

"Calma, calma! Venha, vamos ao meu quarto e conto tudo".

Nenhum sinal de preocupação em seu rosto. Berenice contaria tudo, diria a verdade se lhe perguntassem. Se ainda não dissera, provavelmente não lhe perguntara com calma. Assim era ela.

"Vivi, não contará nada a mamãe! É um segredo entre nós duas, somente, certo? Acho bom você ter perguntado, mesmo que tenha sido só agora. Pensei que não se importasse comigo, nunca me perguntou nada! Não... não, deixe-me contar" – disse a irmã fazendo um gesto de silêncio com o indicador. 'Quero contar! Eu não trabalhava, ou melhor, trabalhava, mas de um modo que ninguém podia saber. Eu havia arrumado um homem rico que me comprou um apart...'".

"Berenice!! Não, não me conte mais nada. Você está brincando!".

"Não, não estou. Vivian, não sou mulher de viver o dia a dia contando dinheiro, você sabe. O Monteiro surgiu depois, não me apaixonei, mas tive afeto por ele. Casamo-nos e deixei o outro, que compreendeu. Sabia que eu o deixaria mais dia menos dia, pois eu era muito jovem e ele quase um pai para mim. É, é isso mesmo! Não faça essa cara! Para mim está tudo muito bem... E se você continuar assim, boquiaberta, não conto mais nada!".

Realmente, Vivian estava espantada. Haviam sido criadas rigidamente pelos pais, católicos e de poucas palavras. Até onde puderam, eles cuidaram de propiciar os estudos das filhas em bons colégios. À época da faculdade, o Brasil não andava bem e havia desemprego, e seu pai, sendo comerciário, não tivera muita sorte. Foi nessa ocasião que as duas procuraram trabalho. Ela achara o Hotel Dupont e Berenice... um amante mais velho!

"[...] Então, Vi, continuo? Sim? [...] Bem, Monteiro desconfiou, sempre, das minhas viagens excessivas — você sabe, sempre viajei muito —, do meu desejo de não ter filhos. Joguei e ganhei. Em pouco tempo, acostumou-se. Afinal, eu o trato bem, não é? Muito bem, aliás! Temos nossas pequenas rusgas que não duram, mesmo porque, quando ele começa a ficar prepotente encontro uma viagem para fazer. Na volta, trago presentes, fico amorosa porque estou melhor, descansada, e porque, bem... outra coisinha... é que nunca viajo sozinha. Continue sentada! Tenho um amante!".

"Berenice! Mas que coisa! Não, não vou comentar nada, nada! Não sei o que pensar, o que dizer!".

"Não pense, não diga! Estou bem, não é isso que importa? Trato bem a todos, sinto-me bem, Monteiro está feliz, meu amante está feliz, dou-me bem com Flávio, com mamãe, adoro você. Com papai... bem, com ele houve uma aproximação nesse final de sua vida e foi tudo muito carinhoso. Então, qual o problema?".

Vivian levantou-se e abraçou carinhosamente a irmã. Não, não havia nenhum problema, efetivamente nenhum. Era palpável a paz de Berenice, sua alegria, seu bom humor, o brilho nos olhos. Estava tudo bem. Encaminharam-se ao grande terraço do apartamento de onde se podia vislumbrar parte da cidade. São Paulo pareceu-lhe até bela naquele meio de tarde. Um pouco da energia da irmã percorria o ar e sentiu uma vontade enorme de sair, de comprar roupa nova, de... encontrar-se com Andrei. Sentia falta de Andrei naquele momento. Por que Andrei e não Francisco ou Horácio? Ainda não podia saber.

Berenice percebeu a mudança de energia em sua irmã. Contente, passou batom nos lábios e convidou-a para um passeio. No começo da noite, chegaram para jantar com Dona Laura. Flávio, que chegara de Brasília, afinal aparecia. As duas vinham carregadas de pacotes: uma gravata para Flávio, moderníssima, com minúsculas borboletas em fundo azul-escuro — gosto de Berenice —, um roupão branco para Dona Laura e alguns apetrechos para cozinha. A irmã fizera questão de presenteá-la com um costume negro, sensualíssimo segundo seu comentário. Vivian lhe comprara um brinco em forma de lágrima, de ouro e cristal. Sim, estava bem, fora um dia incomum, e como se voltassem um pouco a épocas distantes, sentia que Berê e ela eram felizes crianças carregadas de presentes. Nada comentara — não conseguira — sobre suas próprias vivências afetivas e conturbadas. Precisava contar para alguém, mas simplesmente estava trancada. Depois, a cidade lhe doara muita coisa naquele dia, não havia tempo para esse tipo de conversa.

Via, agora, como São Paulo era uma Cosmópolis difícil, e como todas as Cosmópolis, sem grandes encantos, todas elas essencialmente iguais e a oferecer tudo o que se quisesse imaginar. Todos os caprichos poderiam ser concretizados em suas lojas de todos os tipos, de todas as etnias. Havia, também, o anonimato, o famoso anonimato que, para o bem ou para o mal, servia-lhe muito. Antes de chegarem à casa da mãe, passaram por uma sorveteria e pôde saborear o sorvete de sua infância: coco queimado. Era o passado a entrar em sua boca com especial cuidado e prazer, e a língua ia memorizando os sentimentos novos e velhos. São Paulo seria uma cidade para os caprichosos? Não, era uma cidade de muito trabalho e muito dinheiro e era fria, cinza, maldita. Também dadivosa, ensolarada, angulosa, bendita, destruidora para quem não quisesse conhecê-la, nada tinha de pacata, sem evocar o infantil apesar de guardá-lo. A cidade era adulta, rígida, categórica.

Todavia, o que nessa cidade segurava seus moradores? Ora, o modo de doar aos seus habitantes não era o mesmo todos os dias, não! Ela não tinha o mar ou a montanha como paisagem cotidiana, seu horizonte não existia, seu clima impedia previsões, sua feiura assinalava o descuido de seus moradores para consigo mesmos e com a preservação de sua história.

A cidade nascera como ponto de passagem há mais de cinco séculos, e tais raízes, as primeiras, persistiam. Sempre persistem as raízes primeiras... sempre. Todos falavam mal de São Paulo, todos vinham a ela; todos só queriam passar através dela, tirar sua linfa ou, mais remotamente, obter a felicidade que imaginavam contida em suas veias. Iam acalentando o sonho de a abandoná-la tão logo agarrassem o que queriam, mas não iam embora. Ela era a imprevisibilidade em estado puro, nada permanecia sempre igual. Um dia, admirava-se um belo palacete dos áureos tempos do café, na semana seguinte os caminhões carregavam seus tijolos. Guardava a presença do mundo inteiro nas etnias, movia o grande sonho do viajor, mas somente daqueles que procurassem a amar ao menos um pouco.

O que nem todos se davam conta é que São Paulo dependia, no seu ser, do estado de alma de cada um. Com medo, a cidade amedronta. Aos deprimidos, ela deprime. Aos alegres, ela alegra. São Paulo, sem dúvida, era plástica, cidade de e para todos os moldes. Sentiu-se feliz por ser paulistana pela primeira vez desde que chegara. Foi preciso o afastamento para olhar São Paulo como parte de si mesma.

Por que Andrei lhe vinha à cabeça com tanta insistência? Seria o ambiente cosmopolita? Mais uma vez, seriam as raízes tateando o coração? As raízes do primeiro encontro na Áustria? Haveria, talvez, duas Vivian, uma aquática como os Alagados de Francisco Anderguín, outra futurista como o concreto de São Paulo? Sim, havia duas Vivian e estavam muito misturadas. Quem sabe mais que duas, talvez quatro. Gostava de Bogotá, de ser mãe, de Horácio, da vida calma e sem surpresas que levava. Sabia-se frágil o suficiente para buscar uma âncora familiar, mas sabia-se forte o bastante para fazer com as próprias mãos seu destino no exílio, arrancando da alma o desespero e o cansaço de muitas noites insones.

No que lhe coubera, pusera-se muito bem em pé, porém a Vivian que se confundia, que não sabia decidir, quem era essa, a terceira, tão temerosa? E a que corria riscos em aventuras amorosas sem chão, seria a quarta? Assim pensando, escreveu para Andrei. Iria encontrá-lo antes de voltar a Bogotá.

*

Ao deixar o Brasil, esperava mudar algumas coisas na relação com a família, levar sua mãe a Bogotá ao menos uma vez ao ano, quem sabe contar a Berenice sobre sua vida afetiva, pedir conselhos, tentar aproximar-se do irmão arisco dada sua opção afetiva difícil, tentando esconder seu companheiro da família, como se apenas ocultar fizesse desaparecer sua angústia. As irmãs podiam saber, os pais, nunca! Vivian sentia-se só ao deixar São Paulo, não tinha com quem compartilhar as coisas do coração. Solidão devia ser isso. Mais próxima da família nesse momento, deixava-a com a sensação de uma Vivian profundamente familiar, que duraria algum tempo. Embarcou em Guarulhos temendo chegar a Ezeiza onde Andrei a esperava. Seu temor teve razão de ser, pois o encontrou diferente, muito diferente.

No aeroporto, abraçaram-se demoradamente, ambos com a respiração ofegante. Chegaram a Palermo e Vivian pôde desfrutar da aconchegante casa térrea, tão inesperada quanto o novo Andrei que aprendia a conhecer com dificuldade. Andrei pressentiu que, com o final do casamento e todas as mudanças sofridas — incluindo o fato de esse novo homem ser um escritor —, e mesmo sem avaliar maiores detalhes de sua vida atual, ainda mal sabia das próprias camadas anímicas que afloravam, dissolvendo umas e escondendo outras. Transformara profundamente seu modo de olhar, de sorrir, e só seus olhos recurvados sobre si mesmo podiam captar esse fundo. Vivian captaria? Não, certamente.

Naquela noite, propusera que jantassem ali mesmo, prepararia um salmão que inventara, uma novidade inimaginável que se agregava à sua vida: a cozinha. Vivian sentou-se na varanda e desfrutou do jardim e da bela imagem da hera verde e da videira entrelaçada com o jasmim. Um perfume inebriante vinha de suas pequenas flores brancas, fazendo seus olhos farejarem momentos de romance e sensualidade. O perfume dessa flor, sem dúvida, era pertencente a Afrodite. Não teria a deusa apenas no cipreste sua morada.

Os ruídos na cozinha faziam-na pensar no Andrei desconhecido, de olhos brilhantes, aparência mais jovem. Segundo lhe confessara, nenhum novo amor aparecera em seus dias. Certa dificuldade se instalara entre os dois, nada agressiva. Bom... estava em Buenos Aires para isso, para tentar resolver sua vida recolhendo o que pudesse encontrar, digerindo o ar carregado de olhares, gestos e entrelinhas. A situação era de pura latência e sabia-se aberta ao sabor do salmão e ao que mais o acompanhasse. No entanto, os fatos às vezes ultrapassam qualquer previsão. O cheiro embriagante do coentro substituiu o afrodisíaco jasmim. Mesa posta, vinho aberto, e o salmão chegou envolto em manteiga, ervas e pimenta rosa. Também sua alma estava envolta em doçura e temor. Não podia dizer que o clima estava tenso, não, mas aquela força silenciosa que se hospedava entre eles, essa não mais passeava entremeando as peles. Talvez soprasse de um ao outro mais levemente desta vez. Ao terminar a última taça de vinho, Vivian realizou o que viera procurar. Num canto dos seus sentimentos algo falava em meio a uma garfada de salmão com a deliciosa batata molhada em creme de queijo:

"Vivian, aqui tens um homem especial, uma alma gêmea a quem não foi dada a vivência comum contigo. Ama-o, um pouco a distância, sem perdê-lo. Como? Impossível, não saberia viver assim!".

Não se desesperou com tais evidências, apenas entristeceu e soube do que já sabia e precisava testemunhar com todos os sentidos. Andrei avançava em outro atalho de sua vida e ela traçava seu próprio caminho. Sentiu-se calma, espantosamente calma, e seus olhos procuraram o azul-brilhante dos olhos de Andrei. Queria lhe passar todo o carinho que sentia, toda a densidade dessa emoção em que nadava sua alma junto com o vinho. Silenciosamente, pensou:

"Amo-te, Andrei, mas não te posso querer. Não compreendo bem o que é isto, tão intenso que entorpece a alma... sei que o mesmo se passa contigo. Vamos, vamos embora... será assim".

Andrei intuiu algo, pois quis se levantar e brindar, em pé, a presença de Vivian. Caminhou em sua direção e abraçou-a fortemente, o rosto afogueado pelo vinho, pela lida na cozinha, pelas emoções libertas. Conversaram muito, já haviam aberto uma segunda garrafa e finalmente o amor os esperava. Andrei soube, no cansaço da noite que se despedia, de Francisco Anderguín, e Vivian cumprimentou o novo escritor, fora apresentada a Cleona e Diomedes. Uma sensação de familiaridade tomou seu coração e a armadilha inexplicável do destino fez de Andrei, naquela noite, o Anderguín das ilhas misturadas agora às vias de Buenos Aires. Os dois estavam, naquele início de madrugada, confidenciando sobre as próprias vidas. Ele se tornava, além de amante, um confidente, uma complexa relação.

Lentamente, uma faceta nova se estruturava entre eles. Todas as coisas impensáveis aos homens, àqueles homens de horizontes cotidianos, aconteciam nessa relação. Vislumbrou a afeição que permaneceria, soube que se precisasse de alguém cuidadoso, afetuoso, confiável, este seria Andrei, seu segundo ser, e por mais absurdo que tal sentido se mostrasse ao percorrer seus nervos sensualizados, teria que ser assim. A vida exigia.

Não voltou abatida para Bogotá, apenas surpresa e indecisa no que lhe restava a decidir. Preparou-se para enfrentar-se. Durante um tempo, debateu-se com a Vivian que não era apta ao bem viver, que se confundia nas decisões, que trazia, penosamente, dificuldades para projetar o futuro. Conversou com a Vivian-mãe, com a Vivian-profissional, com a Vivian de Horácio, mas como era difícil saber sobre a Vivian de Andrei e de Anderguín!

Segunda Via: Buenos Aires-Alagados de Monquer

Anunziata não compreendia os olhos úmidos que Anderguín queria esconder baixando o rosto. Homem forte, quieto, jamais esperava constatar nele tal emoção. Roía-se de curiosidade para ler o telegrama provocador desse estado. Francisco Anderguín tremia. Agitava-se há mais de seis meses esperando por Vivian, desesperava-se, e seus dias, horas, minutos, já não eram os mesmos. A rotina se fora, nada tinha sentido desde a partida de Vivian. Ao acordar, não havia um só dia em que a imagem dessa mulher deixasse de estar presente em sua cabeça, e, como sempre, afastava-a com esforço pensando naquele instante de um despertar quase impossível, em que não se daria conta sequer da ausência dessa imagem.

Sua tristeza era acompanhada por Miguel Collar. Nada dizia o amigo, mas preocupava-se. Que dizer? Percebera a mudança de Francisco desde que Vivian estivera em Alagados, um Francisco risonho e leve transformado, agora, em um homem que arrastava os dias, silencioso, olhar perdido, apesar de cumprir as tarefas que o aumento do trabalho estava a exigir. Também ele passara por isso, há duas décadas.

Continuavam saindo à procura de novas plantas, experimentando as ervas e as trilhas que abriam nas matas. Delas traziam, sem dúvida e cada vez mais, o desejo de criar poções inesperadas. Mesmo assim, Francisco e Miguel tropeçavam na vida. O amigo sempre só, ele mesmo, com o olhar perdido no horizonte.

"Não posso crer, ela vem!".

No instante mesmo em que seu coração doía, um peso no estômago indicava, antes de abrir o telegrama, que era de Vivian, o medo de que ela lhe comunicasse a terrível decisão: não se veriam, que nada esperasse. Mas a decisão fora outra. Passou os oito dias de espera quase sem comer, numa excitação interna que chegava ao desvario. Não se reconhecia, tanta a fragilidade que sentia. Parte do trabalho com as poções pediu a Miguel para continuar, e por vezes, comovia-se de tal modo que se obrigava a caminhar por quilômetros, sem rumo, dentro da mata. Ou, pior, andava por todos os cantos da casa sem saber o que faze, olhava sem ver, simplesmente detalhava tudo nessa rotina sem ver e fato.

Foi buscar Vivian na tarde de um calmo domingo, quando o sol já mergulhava no mar e a lua fina, crescente, indicava uma noite estrelada. No cais, pôde vê-la chegar. Abraçaram-se demoradamente. Anunziata a tudo assistia com um sorriso esquecido no canto da boca, frouxo, sem vitalidade. Um casal que se ama é sempre olhado com carinho e inveja pelas pessoas. O amor doa — àquele que apenas olha o par amoroso —, a semiconsciência da inveja, como se os deuses mostrassem sua preferência aos casais de amantes, mais do que às demais pessoas. Nada parecia importante para os enamorados além de si mesmos, como se um halo os envolvesse sagrado demais para ser quebrado. Todos os que admiram um casal apaixonado não conseguem desviar facilmente o olhar.

Anderguín compreendia que não teria Vivian como gostaria de ter, sempre ali, em Alagados. Bastava-lhe, entretanto, saber que ela voltara e que voltaria mais vezes, nada mais quis pensar, nada indagava, apenas bebia o mar, o sol, as plantas, o céu e o sentido que se impunha, o sentido de tudo. Naquela noite em sua casa, com a lua delicada a iluminar fracamente as frestas da janela, Francisco Anderguín viu o corpo prateado de Vivian e se soube envolvido, definitivamente, nas tramas da grande tecelã da vida. Pagaria qualquer preço exigido. Recebeu o presente e experimentou-o profundamente. Saberia receber a dor da ausência quando necessário.

Essa vivência transcendia os próprios fatos, disso sabia. Também entendeu, sem muita clareza, o que se revelou sem os olhos e sem arrazoados ao despertar pela manhã: uma sombra da perda se projetava. Não se importou. Pensou que o homem, quando consegue grandes momentos, sempre pensa na perda, nas enfermidades, na morte, como se não tivesse direitos eternos, o que era verdade. Estava preso numa teia, nada mais havia a querer além do que tinha. Poderia morrer e estava bem! Respirou fundo e abraçou Vivian que dormia. Ela voltaria a Bogotá em breve.

Terceira Via: Alagados-Bogotá

A ligação com Francisco Anderguín não conseguira quebrar o ponto cego que enrugava parte de sua alma formando uma espécie de calosidade invisível, dolorida, uma pequena porta sem chaves. Algo dentro de si ligava-a a esse homem cultivador de ervas e poções, relação tão longínqua de seu cotidiano. Prendia, porém, parte de sua vida amorosa com fios de ouro, dois finos fios: um que amarrava suas pernas subindo ao peito, envolvia parte do pescoço; um segundo sobre esse primeiro, tênue e de outra coloração, de um ouro mais claro, que chegava por igual e suavemente até sua cabeça, nem justo, nem frouxo. Conforme imaginava esses fios, olhava a justeza do primeiro em suas pernas que se afrouxava ao chegar ao pescoço. Seria, talvez, o afeto pelo primeiro marido, Gustavo, e agora por Horácio. Quanto ao outro...

Não lhe fora fácil decidir e aceitar a própria incapacidade de se unificar, a fragilidade de seu ser dividido em tantas tendências. Acolhia-se como mulher da cidade, como mãe e profissional competente. A esta, Horácio era imprescindível, provedor, amigo, sem ele não enfrentaria seus dolorosos fragmentos. Quanto à instável adolescente, amante dos homens fortes que a queriam com paixão sempre renovada, porque renovados são sempre os amantes sem cotidiano, essa era um desafio. O mais difícil: sabia-se mulher madura ao enfrentar sua ligação com Andrei, e por isso criou o segundo fio de ouro e envolveu sua cabeça. Por que a cabeça se esse amor vinha do coração? Porque a ele pertencia sua vida, e mesmo que o destino lhe recusasse essa vivência na sua totalidade, Andrei era aquele que mais perto estava de si.

Assim imaginava e interpretava enquanto corria os olhos, preguiçosamente, nas poucas nuvens no céu de Bogotá. Os fios de ouro no peito davam espaço a Horácio. Atava-o às pernas porque não conseguiria assumir o amor espontâneo de Anderguín, a proximidade com a natureza tão afastada de São Paulo, de Bogotá, de Buenos Aires. Queria a temporalidade quebrada em duas partes para tecer duas vidas distantes e próximas. Mas os dois fios se uniam no seu pensamento e eram um só, quando pensava intensamente em Andrei.

Nada soubera sobre ele nesses três meses, mas pretendia escrever-lhe. Ao sair dos Alagados, pensara em passar por Buenos Aires, mas decidira afinal que não. Surpreendeu-se com a própria firmeza. Triste não estava, apenas muito pouco preenchida. Havia perdido algo profundo na vida e uma espécie de luto a acompanhava, difícil de arrancar. Ah, como lhe faltavam as carpideiras! Como seria boa a catarse conjunta, tão sábia e esquecida pela cultura das cidades grandes! Na Sicília, lá sim, a sabedoria das carpideiras ainda persistia, essas mulheres sem idade, de negro, caminhando por trilhas brancas, firmes, dignas, leais nas suas desafinadas e amorosas lamúrias. Quem entre os humanos estaria totalmente preenchido?

Aprendia, com vagar, a mergulhar nas situações para compreendê-las e depois distanciar-se como se estudasse um quadro. Tentava saber quando não lhe valiam as interpretações, experimentava a própria tolerância quanto aos seus limites. Enfim, num infindável diálogo consigo mesma, ansiava pelo que lhe era próprio. Quanto a Francisco, dele Horácio não saberia. Não havia necessidade e não se via como traidora por isso. Era sincera no seu afeto, viveriam juntos em Bogotá, necessitava da sua calma, de seu cuidado, de suas decisões. Egoísta? Talvez, mas estava disposta a ser feliz como pudesse. Previa o que dele lhe era necessário, ao menos em parte. Para que magoá-lo? Para que se afastar se não ficaria com Anderguín para sempre? Amava Francisco Anderguín, mas sua intimidade só a ela pertencia. Querido Horácio, amado Francisco!

Algo ajudava nessas decisões: o quadro que lhe presenteara Andrei, o quadro parisiense do tal Authequen retratando Veneza. Não poderia voltar com Andrei a Veneza, isso lhe mostrava o quadro sem que soubesse exatamente o porquê voltar, e era o que queria. Sentada no jardim, embaixo da alta castanheira, lembrava-se do amor que sentia por Veneza a cada vez que a visitava, essa cidade aquosa que deixava sua alma deslizar para horizontes sem linhas ao trazer o amor de Andrei, os passeios juntos... Veneza parecia pertencer-lhes. E os fios voltaram, os fios e os amores. Sem se dar conta, esse desenho da ruela dançava em sua memória mesclado a um sentimento muito familiar que tocou fundo seu coração, pois com ele veio, inesperada, a figura de Anderguín. Anderguín e Veneza? Nem pensar! Esse homem parecia fazer parte de um pacto antigo, o que seria impossível, mas assim lhe pareceu ao olhar a ruela veneziana.

Andrei e ela tinham algo só deles — essa Veneza que tanto amava e que os ligava sem palavras. Deveria ser somente com Andrei essa união, mas agora não era. Foi então que seus pensamentos ficaram muito rápidos, as imagens se engalfinharam, e como se um clarão a cegasse viu qual era o significado do nome do autor da aquarela — Authequen —, e pela primeira vez facilmente reconheceu o que estivera sempre ali: Authequen era o mesmo que Anderguín, uma transformação histórica da língua! Authequen poderia ter sido o nome pronunciado há tempos, na França, com o som de "Odekan", quem sabe "Antekan..." a distância sonora para Andeguín, uma nova língua nascente, mesclada de etnias, apresentara a necessidade de uma ligação entre o "e" e o "g" na Espanha?!! Perfeitamente possível! Aprendera com um colega da universidade sobre as possibilidades de quedas, acréscimos e transformações de vogais e consoantes nas línguas românicas. Tinha razão ao seguir essa linha! Entre os gauleses e os bascos, por exemplo, havia abertura para tais trânsitos linguísticos!

Sua alma, certa ou erradamente, enveredou pelos caminhos nebulosos das coincidências, das teias segredosas e tramas insuspeitadas tecidas sob olhos místicos nos quais nem sempre se pode confiar, mas que aceitamos diante da evidência de um outro ângulo ou à falta da empiricidade limitada. Sempre podemos ver um pouco mais, no entanto, estava indo muito depressa. Era, sem que soubesse disso naquele momento, o último grande presente que lhe dera Andrei sem imaginar que seria o último. O destino deixava sua marca na luz de uma memorização não esperada de um desenho, e reiterava sua decisão quanto a ter uma vida dupla, com Anderguín e Horácio, pois duplos estavam sendo, quase sempre, seus afetos. Seria este seu ser?

Andrei, dono verdadeiro da aquarela, era o fio perfeito para si mesma, e talvez houvesse uma linha oculta entre Andrei e Francisco. Não! Nada indicava isso... pressentiu o porquê de não conseguir esquecer uma relação de juventude aparentemente sem importância, num hotel em São Paulo, com um agricultor tão diferente dela. Havia apagado outras lembranças que deveriam ser mais profundas e não apagara essa, com Francisco. Por que não chamara à luz algumas ligações decisivas com seu falecido marido, tão distante e sem perfil? Era Francisco o eleito nas noites de cansaço extremo, quando Andrei lhe fazia falta. Era Francisco quem supria sua fragilidade, absurdamente era Francisco. Por quê?

Quarta Via: Bogotá-Herculano-Buenos Aires

Andrei sentia-se exausto. Buenos Aires lhe parecia enfadonha, sua casa asfixiante, algo faltava ou alguém. Quando recordava a conversa com Vivian sobre sua relação com esse homem, Francisco, um frio estranho lhe fechava a garganta. Que imaginara? As coisas não se ajeitam sempre por si mesmas, algumas vezes, sim. Temos que dispô-las mesmo que se desarranjem. É verdade, amava Vivian, queria vê-la, senti-la, mas não sabia como exercer essa vontade. Ora, como!? E nos afetos há modos? Assim pensava ao iniciar os rituais matinais de um homem só. Eram diferentes daqueles a que se amoldara quando casado. Sem os rituais, a solidão pode carregar-nos muito depressa para onde não queremos, de maneira que, depois do desjejum bem cuidado e do banho demorado aprumou-se na vestimenta, colocou a pasta com os originais do romance embaixo do braço e foi encontrar-se com seu editor.

O sentimento de falta e a pontiaguda estocada do vazio continuavam machucando. Uma indolência extemporânea insistia em impor-se, uma espécie de desatenção ansiosa por ter conseguido concluir seus escritos. Não havia sido fácil. Tinha medo das decisões que tomara para os personagens, espantava-se com o amor que tinha por eles, da simpatia que o ligara a Cleona, do grande respeito que sentia por Peristera e, por que não dizer, da identificação que recolhera na construção de Diomedes. Agora, abandonava-os todos.

O poder de terminar a criação de uma obra aparecia-lhe vizinho ao luto. Não se é dono do que se cria, portanto, sempre perdemos o que criamos. Um paradoxo, meditava Andrei, que não sejamos senhores daquilo que nos é mais próximo. Talvez por isso esse frio no pescoço, ou porque o horizonte onde colocara Vivian, mesmo longínquo, se esgarçava. Respirou fundo para espantar um pouco a dormência que o curvava, da tensão concentrada demais no peito.

Chegou ao escritório do Sr. Berger, o velho editor da *Sagitaire*. Com a cabeça ligeiramente inclinada para a direita devido à má formação na coluna, Berger retribuiu. Os dentes grandes apareceram entre os lábios finos, sempre úmidos por uma leve saliva que se impunha nos cantos da boca. Os cabelos brancos e ralos, e as mãos mostrando as veias grossas e azuis, indicavam a idade avançada do famoso e elegante editor da conceituada *Sagitaire*.

"Parabéns, Andrei! Penso que teremos um bom livro. Acomoda-te. Um café, um chá?".

"Sim, um chá, Berger. Devo dizer-te que estou quase feliz! Quando sairá a publicação?".

"Espero que até o Natal, assim poderemos cuidar melhor das vendas. Que pensas dessa data? Temos que avisar Fabrício para jogar uma notícia no *Correo*, tu o conheces, não?".

"Sim, sim, tenho um bom relacionamento com ele. Parece-me sensível para escrever algo sobre essa novela inesperada! Berger, preciso descansar um pouco. Sinto-me estranho, não detenho meus pensamentos, estou um tanto, digamos... fora do ar. Quero que leias o restante — te entrego tudo hoje — e comentes comigo antes de ir à gráfica. Sabes que aprecio teus comentários".

Andrei depositou o romance sobre a escrivaninha. Berger o olhou condescendente, do alto de sua experiência com escritores de primeira viagem, uma primeira viagem *sui generis* em se tratando de um editor como Andrei. Uma jovem simpática, de uniforme azul, chegou com o chá. Lembrou-se da cerimônia do chá. Terminado o livro, sentia-se mais leve, mais feliz em alguns aspectos, e talvez por isso, porque se via diante de uma solidão diferente de todas as anteriores e realizava que não manteria a promessa de não escrever a Vivian. Perdera-se um pouco do mundo. Haviam sido tantas as mudanças! Seu divórcio, a troca de casa, os escritos, o afastamento daquela que considerava seu grande amor. Queria reatar com a vida, aquela que não é a das letras.

Na última noite em que estiveram juntos contara-lhe, sem grandes pormenores, sobre os personagens. O vinho embriagara suas defesas e as palavras perdiam um pouco da importância que queria lhes dar. Não conectava, na ocasião, o dizer e o sentir. O desejo de comunicar a alegria de escrever e sua amorosa confiança em si mesmo misturavam-se com os argumentos. Vivian estava indo embora, deixava-o ao colocar outro homem, que não Horácio, em sua vida. Tanto Horácio quanto Gustavo haviam sido aceitos porque já existiam na sua história, mas Francisco, este passara a se impor entre ambos. Assim mesmo, percebia o amor que sentia por essa mulher, sua enorme atenção a tudo o que ela dizia, os doces olhos esverdeados envolvendo suas palavras, e ela, também ela, o ouvia seguindo o movimento dos lábios, seus gestos, como se bebesse cada célula sua. Assim era Vivian e disso ele gostava, fazia-lhe bem. Sentia muito sua falta.

Quando, em dezembro, o lançamento do livro foi possível, não esperava o sucesso que veio. Parte pequena da crítica recebeu a obra com ressalvas, o que já era esperado. Não se importou. Enviou um exemplar a Vivian sem nenhum bilhete, sem qualquer dedicatória.

Antes da última noite do ano, ela folheava o livro que recebera no dia anterior. A capa, muito bem cuidada, retratava a carta nove do tarô em fundo vermelho. Era o Eremita. Não teve coragem de iniciar a leitura, o que faria a partir do ano novo.

Estivera com Anderguín há quinze dias e, como sempre, voltara feliz, a tez queimada pelo sol, remoçada em 10 anos. Anderguín, sem dúvida, fazia-lhe um bem enorme. Falavam-se em português com sotaque sulino, e haviam conversado sobre o passado e o presente no promontório, sob o céu pintado de estrelas, quando ele, misteriosamente, lhe dissera:

"Vivian, sei que essa situação não pode durar muito, mas quero dizer que, assim mesmo, não me arrependo de nada do que estamos fazendo".

Francisco, o homem calado, olhara-a com mansidão como se os dois ali, juntos, fossem a coisa mais natural do mundo, tão natural quanto o ruído das ondas. Havia entre eles uma facilidade de contato, uma rapidez de compreensão pelo simples olhar, que Vivian nunca tivera sequer com Andrei. Era outra parte de sua alma que estava ali com Francisco. Ele parecia um velho conhecido, aliás muito antigo, sem que realmente tivesse o tempo necessário para assim se sentir.

A LONGA HISTÓRIA DOS QUATRO PONTOS DO ORIENTE

"Por que não pode durar, Francisco? Enquanto eu viver e puder estar aqui, por que não?". Mas algo bem fundo em sua alma dizia que Francisco tinha razão. Não sabia bem o porquê, mas não estava relacionado à dificuldade da situação de ambos, tão diferentes socialmente, tão distantes na geografia. Pressentiu a perda... que perda? Não, não, poderia ser apenas medo, sempre negativo, de o amor não dar certo para nenhum ser humano. Carregava essa espécie de mito consigo, desfiava um rosário de casos conhecidos para prová-lo e enfrentava suas fantasias fora de época sobre o par perfeito. Definitivamente, o que havia de fundamental ao homem – o amor – era sempre, sabe-se lá o porquê, o mais difícil de conseguir. Os deuses tinham estranhos atalhos para conseguir reverências.

"Francisco, querido, nada disso... Tudo está tão bonito, tão calmo e... grandioso. Sinto-me tão feliz, tão feliz quando estou contigo! Sinto-me... não sei explicar... muito segura, calmamente colocada nas coisas, como se estivesse fazendo parte da paisagem, bem encaixada, compreendes? Tu me fazes sentir assim, como se eu fosse uma flor, uma pedra, uma estrela... naturalmente dentro de tudo e não posso perder esse sentimento!".

Como se fosse uma menina, beijou sua boca ruidosamente estalando os lábios. Francisco abraçou-a ternamente. Deitaram-se e ficaram, por horas, olhando o céu.

"Uma estrela cadente, façamos um pedido!!".

O grito infantil de Vivian assustou Anderguín, mas ele fez o pedido com fervor. Queria que a relação entre os dois fosse longa. Ela pedira o mesmo.

Já em Bogotá e sentada no banco sob a castanheira, Vivian relembrava do encontro no promontório e um sorriso pairou em seu rosto por muito tempo. Voltando a si, pensou em Andrei e sua alma viajou para outros campos. A cada vez que voltava dos Alagados, Horácio a olhava deslumbrado pelo brilho que via em seu olhar, mas não imaginava um amante no sul do Chile, numa perdida região de pequenas ilhas de pescadores! Melhor assim! Ele sabia o quanto Vivian trabalhava, o quanto era independente e frágil no exercício de sua força, por isso acreditou que suas idas ao mar, sempre breves e sozinha, faziam-lhe bem, nada mais. Mesmo porque, sempre voltava de bom humor e o tratava amorosamente. Nunca se intrometera, sabia dos limites dessa relação, e como continuassem a se dar bem — sem, no entanto, morarem juntos —, nada havia que sombreasse sua alma. Assim considerava Horácio. Quanto a

Andrei, de quem tivera intenso ciúme, esse sentimento desaparecera de seu coração, nenhum traço restara do ligeiro tremor que sentira ao vê-lo junto a Vivian.

Depois do último encontro com Francisco, pensava em sua irmã, Berenice. Não, não eram iguais, bem ao contrário! No entanto, de algum modo algo havia de semelhante entre elas. Dela recebera uma bela carta contando-lhe das novidades afetivas — sempre muitas —, e ficara contente ao saber que sua mãe se acomodara perfeitamente no apartamento novo. A casa da família fora vendida com facilidade. Dona Laura saíra em silêncio decidida a plantar os pés em outro terreno. Em fevereiro, contava Berenice, iria à Europa e convidara a mãe, mas esta recusara.

"Gostaria tanto que você fosse comigo! Por favor, Vivi, vamos! Passaremos bons momentos, riremos tanto! Bem... podemos ir a Paris, faremos compras, caminharemos ao longo do Sena... ah, mana, depois de Paris vamos à Itália, só depois. Tenho um pequeno apartamento em Firenze... vamos? há tanto tempo não partilhamos os dias!".

Quando leu a carta, sentiu-se atraída pela ideia. Respondeu à irmã que pensava seriamente na possibilidade de viajarem e realmente se esforçava nesse sentido. As relações com Anderguín corriam bem, já haviam conversado sobre a necessidade qualitativa e não quantitativa da relação que tinham, e teriam que desenvolver forças para tal acomodação. Os dois faziam-se bem sem perguntas, sem cotidiano. Algo de fragmentário existia, com certeza. Talvez esse amor não durasse muito e Anderguín tivesse razão ao pressentir a perda, mas certos sentimentos nascem com tal natureza que não devem ser questionados. Com Horácio, tudo parecia assentado.

Assumida a fragmentação interior, Vivian se apaziguava e não mais fora invadida pela ansiedade da alma afetivamente dividida. Quanto a Andrei... ah! Andrei, bem... leria seu livro, escreveria a ele. Só conseguia saber que assim faria, nada mais lhe vinha à cabeça naquele final de tarde, a não ser a possível viagem com Berenice. Espantava-se com a tranquilidade desse desejo, com a facilidade em se ausentar de Bogotá, dos Alagados... talvez porque estava feliz, desde que não pensasse muito em Andrei.

As festas de final de ano haviam terminado, sua filha viajara em férias, Horácio se envolvia profundamente num projeto interessante de arquitetura — um museu para os objetos sagrados e guerreiros dos nativos —, e seu filho mandara boas notícias. Ela podia iniciar, sem tarefas imediatas, a leitura do livro de Andrei.

E foi naquela tarde preguiçosa, encostada no tronco da grande árvore, que recebeu um anúncio até então inédito em sua vida. Na medida em que avançava na leitura, sentiu-se perfeita e absolutamente integrada à personagem Cleona, e com tal veemência que conseguia ir além dos dizeres do romance. Via Cleona passeando pelas alamedas de ciprestes, lia trechos dos papiros como se soubesse o que realmente traziam escrito, fragmentos esparsos, sem muito sentido, vinham-lhe à mente em letras gregas indecifráveis. A trama do tecido rústico da túnica de Cleona tocava sua pele como pontas dos dedos. Estava caminhando muito além das sentenças que lia, o coração batia forte e o suor escorria pelas costas. Ao vivenciar esses fatos, perdeu a noção das horas.

Já estava escuro quando percebeu parte do que se passava. Não estava lendo há muito tempo e o que lera fora muito pouco. Quanto transcorrera nessa espécie de devaneio? Então, ainda sentada no banco de madeira, foi tomada por uma tontura forte, e o livro que estava no seu colo escorregou. Seu corpo enrijeceu e um ardor violento queimou seu peito. Buscou o calor da pele com as mãos geladas na esperança de amainar tal sensação, mas a pele não estava quente, era um fogo interno. Dores agudas lembravam-lhe as pernas e as costas, e o pés estavam inchados, as mãos tensas, cerradas.

A imagem de uma mulher alargou-se no seu vago olhar. Adentrou numa escuridão quase total, sentiu o ar irrespirável, o chão em brasa, suas roupas em fogo, a pele ardia. Ouviu gritos por toda parte e o silêncio no céu escuro, um silêncio como nunca ouvira antes, pesado, ameaçador. Um cheiro forte, horrível, entrava pelos poros. Sabia que o Vesúvio estancara seu vômito e o enxofre e as carnes queimadas feriam suas narinas, sua garganta, seus olhos. No peito, uma grande viga de madeira impedia que se levantasse. Um dos braços estava preso e ao tentar mexê--lo uma agulhada lancinante, embaixo da axila esquerda, impediu-a de qualquer movimento. Soube, naquele instante, onde estava e quem era. Crísias-Cleona morria. Cerrou os olhos, centralizou o que lhe restava de forças para erguer uma prece a Elêusis, e, aos poucos, tudo ficou claro, muito claro. Sentiu-se flutuar.

Vivian tossiu como se estivesse sufocada pela visão que a tomara. Não entrou em pânico. Tentou ritmar a respiração e não se espantou quanto à figura de Cleona, ou melhor seria dizer de si mesma? Persistia o ardor no peito e a dor na axila esquerda. Uma força proveniente de algum ponto de sua cabeça organizava minimamente seus pensamentos. A respiração foi voltando ao normal e a garganta relaxou. Então, lenta e dolorosamente, tentou mexer as mãos, os pés, as pernas, os braços, o pescoço.

"Deus, será isto mesmo que estou pensando? Ou sonhei?".

Com dificuldade, pegou o livro do chão e abriu-o a esmo como se isso lhe trouxesse uma nova realidade, aquela que sempre conhecera:

"[...] Peristera acomodou-se para ler e chamou-a. Um grande papiro, em escrita grega, miúda, mostrava o que seria uma tragédia de Eurípides... Cleona leu, muito...".

Pôde ver-se lendo *Hipólito*, recordou das palavras que Eurípides colocou nos lábios do jovem devoto de Ártemis, ao lamentar a ação da deusa Cypris: "[...] Ah! Compreendo por qual mão divina vem o golpe que me perdeu!". Como poderia saber de tais palavras sem lê-las? Seu rosto afogueou-se e uma indescritível alegria invadiu-a. Não havia como ter dúvidas. Ergueu-se com vigor e telefonou para o Brasil. Iria com Berenice à Europa, iria a Pompéia, a Veneza, precisava visitá-las.

A noite expirou sem que dormisse. Banhou-se e andou pela casa, por todos os seus cantos. Era final da madrugada quando saiu ao jardim com a mente confusa, como se um outro teto, o céu, pudesse colocá-la em outro estado de alma. O dia, afinal, iniciava-se tépido e trazia com ele os primeiros ruídos das ruas. Decidiu o que fazer sem clareza, somente porque alguma decisão teria que ser tomada: entrou em casa e sentou-se na escrivaninha para escrever a Andrei sobre sua futura viagem a Veneza e Pompéia, junto a Berenice. Essa era a única certeza que lhe vinha. Não entrou em detalhes, não era hora.

*

"Querido Andrei,

Recebi teu livro. Não terminei a leitura, mas estou achando belo! Nunca imaginei que serias um escritor. E és, realmente és um escritor. Devo dizer-te que algo muito peculiar, digamos assim, ocorreu-me durante a leitura, mas comentarei oportunamente contigo. Irei na próxima semana à Europa e visitarei Veneza e Pompéia. De lá, vou escrever-te. Se não conseguir contar tudo o que penso, necessitarei encontrar-te. Passarei por Buenos Aires antes de voltar a Bogotá, mas te avisarei se assim fizer. Perdoa-me o tom pouco conclusivo desta carta-bilhete... Um beijo, te amo muito. Vivian".

Quinta via: Veneza

Berenice preferiu dormir um pouco após um demorado banho com sais. A viagem a Veneza havia sido tranquila, mas queria descansar. Acostumara-se aos refinados confortos de uma vida de largueza financeira, com muito tempo para tudo o que quisesse fazer. Não questionava preços e, já conhecida de alguns funcionários do hotel, era exemplarmente tratada. Vestia-se com aprumo, era bem quista e Vivian apreciava esse jeito da irmã, tão independente, tão desejosa de fazer-lhe carinhos. Facilitava a viagem.

Veneza continuava linda e o sol tênue dourava seus pontos mais altos. Havia feito uma viagem tranquila com a irmã. Hospedavam-se num simpático e confortável hotel próximo à igreja de Santa Genoveva. Não pretendia descansar. Banhara-se, trocara de roupa e preferia passear um pouco antes do jantar, mais afeita que estava ao preenchimento das horas. Deixou Berenice adormecida após escrever um ligeiro bilhete e dirigiu-se à orla marítima. Começava a soprar um leve vento que refrescava a cidade. Eram quase seis da tarde e os venezianos se agitavam procurando chegar rapidamente às suas casas. Olhou as ilhas, ao longe e o romance de Andrei voltou à sua cabeça. Veneza... por que Veneza nos delírios de Cornelius? Por que ela e Cleona, Cleona e ela? Até onde Andrei poderia saber sobre o que escrevera? Não sabia, não poderia.

Assim pensando, caminhava calmamente entre as vielas, todas muito parecidas para o olhar do visitante. Já escurecia quando adentrou nas ruelas estreitas próximas à ponte de Rialto. Sentiu, num determinado momento, que poderia se perder. Era tudo tão semelhante nas tortuosidades, nas casas apinhadas! Apesar de já ter visitado a cidade algumas vezes, sempre tinha essa sensação de perder-se. Cruzou uma pequena ponte e entrou num beco sem saída. Não previra esse erro e voltou. Reencontrou uma via mais movimentada e, prudentemente, permaneceu nela. Entrou numa loja de máscaras. Maravilhada, olhava todas, tão diversas, tão ricas de detalhes. Comprou uma. Faria uma surpresa a Berê, um presente.

Começava a sentir o cansaço da viagem após essa caminhada. Era hora de voltar ao hotel, a maioria das lojas já estava fechada e a noite chegava rapidamente. Só então percebeu que caminhara muito e a volta seria longa. Apressou o passo, cruzou uma pequena ponte em arco que ligava uma estreita e escura viela a uma pequena praça, ao final. Mas, ao descer alguns degraus para sair da ponte, o salto de seu sapato ficou preso num buraco de um deles. Tropeçou e caiu. Sentiu dor no joelho direito e viu que a meia de seda rasgara e da pele esfolada escorria um pouco de sangue. Não havia ninguém nos arredores. Com esforço, tentou erguer-se. Ainda caída no chão, viu à sua frente, numa parede velha e escurecida pela umidade, uma inscrição em latim em baixo relevo:

Si omnia fato fiunt, omnia fiunt causa antecedentis....

Tentou traduzir essa primeira parte: "Se tudo chega pelo destino, tudo chega por uma causa antecedente...". Havia, mais abaixo, uma segunda inscrição com letra diversa, mais rudimentar e provavelmente mais recente, em italiano:

Il mondo è circolare, tutto si può pensare come lo stesso, una miscela profonda. Sono arrivato al punto de la ripetizione vitale, tutto è lo stesso e una volta vedutto il punto, tutta la vita si svella nella piega de l'univerzo e en grados. Questa è l'ora, il numero è quattro, l'ora finale.

Traduziu: "O cosmo é circular, tudo se pode pensar como o mesmo, uma mistura profunda. Cheguei ao ponto da repetição vital, tudo é o mesmo e uma vez visto o ponto, toda a vida se desvela na dobra do universo e em degraus. Essa é a hora, o número é quatro, a hora final". Mesmo ao traduzir, Vivian não entendeu. Os escritos não estavam assinados. Algo na inscrição lhe pareceu familiar, mesmo sem compreender sabia, de algum modo obscuro, do que se tratava. Do que, exatamente? Esforçou--se. Era uma mensagem para ela, assim considerou no momento, mas também não era para ela. Percebeu- outra pessoa, e, ao mesmo tempo, como Vivian, e essa outra era destacada da Vivian que lia a inscrição, daquela que sentia a dor no joelho e ainda permanecia caída. Também as coisas ao redor, via-as duplas, os degraus, a ponte, os telhados. Sentiu tontura... não, era mais incompreensão da situação, era o medo de algo inusitado. O que acontecia?

Foi tomada por um sentimento opressivo que lhe tirou o fôlego. Sabia estar sentada no chão, parte de seu corpo estava num dos degraus da pequena ponte, enquanto outra parte apoiava-se numa de suas muretas.

A LONGA HISTÓRIA DOS QUATRO PONTOS DO ORIENTE

Tinha consciência de que lhe faltava a percepção clara da própria percepção, não podia apreender o sentido total do que via, da duplicidade e nem de quem era ela exatamente... ela..., a outra... as duas, estavam ali... não... não era ela que caíra, era outra, ou...

Uma nuvem cobriu seu pensamento, confundia-se. Só sabia estar em Veneza. Embaralhavam-se mais e mais o fio de identidade da Vivian que captava as letras escritas na parede e a outra Vivian que sabia o que significava a inscrição. Qual delas estava no chão? Atravessou-lhe, como um raio, a ideia de que batera a cabeça ao cair e não se dera conta, porém, não sentia dor em nenhum ponto afora a ardência no joelho. De onde viria tal confusão?

Aos poucos, tudo foi ficando sombreado, ela, a ponte, a mureta, as Vivians. Então, uma respiração profunda surgiu. Na noite escura, ainda curvada nos degraus da pequena ponte da viela escura e sem tentar levantar-se, lentamente realizou que lhe arrancavam a bolsa e a máscara que comprara. Sentiu uma puxada violenta no braço e a cabeça doeu profundamente, dor aguda, bem perceptível, percorreu seu lado direito, da têmpora à nuca. Podia vê-la expandir-se larga e escura. Ouvia, muito atrás e distante de si, o barulho leve das águas do pequeno canal. Suas mãos buscaram o lugar da dor, mas só o tocou em imaginação, pois não podia erguê-las. As forças se extinguiam e vagamente se evidenciava algum entendimento. Fixou-se nesse vertiginoso entendimento e, modo nítido, compreendeu o significado total das palavras inscritas na parede. Unificara-se as Vivians nessa grande aceitação que, raras vezes, nos inunda. A partir daquele instante, nada, absolutamente nada mais importava.

O sangue descia quente e excessivo pelo rosto e pescoço e o cimento frio sustentou-a. Uma enorme fadiga empurrava seu corpo para o fundo, enquanto uma leveza desconhecida percorria sua coluna e se instalava, em leque, no alto de sua cabeça. Sentiu-se flutuar num azul nevoento com alguns pontos brilhantes. Sorriu, ou imaginou sorrir, e não se lembrou de nada nem de ninguém. Viu o universo, imensidão circular movendo-se, movendo-se infinitamente com bilhões, trilhões de pontos luminosos em fluxo perene. Aproximou-se de um ponto qualquer dentro daquela totalidade e soube que ele era o início e era o fim. E todos os pontos eram iniciais e todos eram finais, todos eram o mesmo no círculo caleidoscópico de luzes que se abriam, compunham-se, decompunham-se, recompunham-se... expirou.

*

Francisco Anderguín deixou a Baía de Andraus e rumou para casa. Passou pela Pedra do Pirata e lembrou-se de Vivian. O coração apertou. Quando iria revê-la?

O recolhimento de plantas havia sido excelente naquele dia, e seu inseparável amigo, Collar, já separava as espécies. A lua aparecia enorme no horizonte, plenilúnio, deixando-o entre maravilhado de alegria e conturbado por emoções violentas. Deveria beber um vinho ao jantar, preparar um peixe grelhado com ervas aromáticas e convidar o amigo Miguel Collar. Naquela noite, não suportaria ficar só. Assim pensando, agarrou o leme. O barco deslizava rápido. A figura de Vivian não saía de seus olhos: Vivian sentada, Vivian sorrindo, Vivian olhando o horizonte. Como sentia sua falta! Como desejava revê-la o mais rápido que pudesse! As imagens voavam com a mesma rapidez das águas deixadas para trás.

Repentinamente, uma tristeza imensa, vinda de algum recôndito de seu ser, chegou-lhe inesperada à boca, e tão forte era ela que o inundou como vapor amargo. Anderguín sentiu o braço afrouxar, a mão tremer e um vento frio retesou seus músculos. O coração bateu mais rápido, o fígado doeu. Espantado, percebeu o peito afundar e um soluço cortou sua respiração. Um enjoo inusitado chegou à garganta. Anderguín saberia muito depois o porquê desse soluço.

*

Andrei recebeu a breve carta de Vivian. Pela data, já havia viajado.

Acordou cansado e resolveu caminhar. Naquela hora da manhã, uma brisa leve ainda soprava. Não havia compreendido o que ela queria lhe dizer com essa carta-bilhete, mas intuía ser algo relativo ao seu livro. Por que iria a Pompéia e a Veneza? Isso, sim, intrigava-o. De qualquer modo, teria que esperar. Aliás, sua vida estava se configurando como espera: esperava as ideias de um novo livro, a visita dos filhos, uma nova viagem. Sentia-se mal em não ter traçados os próximos passos, mas não controlava nada. Deprimido? Não, não estava. Ao menos aparentemente, nada percebia nesse sentido, mas havia um grande desânimo, um lento compasso que poderia terminar em nada. Triste talvez estivesse.

Deu-se conta de que gostaria de ter ido a Veneza, esse era o único impulso que ainda tocava um pouco as fibras de sua alma em meio a emoções estagnadas das coisas íntimas, como uma tarde quente e abafada em Buenos Aires, aquele tipo de tarde de verão chuvoso que umedece a pele.

Visitara a ex-mulher e uma grande dificuldade acumulada durante anos de casamento passeara entre eles. Faltava-lhes espontaneidade, assim considerou. Podia perceber que Mabel não estava bem, não elaborava a separação, nada fazia para enfrentar a nova situação e os remédios para depressão faziam parte da conversa. Ponderou para si mesmo que muitas pessoas usavam antidepressivos em Buenos Aires! Por quê? O que havia nas grandes cidades e nos rumos vitais do mundo? Apesar de constrangido na quase dolorosa e arrastada conversa, não se culpava de nada.

Parou numa praça e sentou-se. Um velho portenho, típico no seu terno de lã tropical e camisa branca de algodão, lia jornal. Estava quente para esse costume, talvez o único que tivesse. Olhou para seus ralos cabelos, sua postura digna embora não ereta, e pensou:

"Como foi sua vida? Era casado, certamente tinha filhos... e parecia tão só! Com mais de setenta anos, como passava os dias? Aposentado, sem dúvida, e devia observar os dias, um após o outro, pensando em como preenchê-los. Talvez fosse assim. Ou não. Viveria passo a passo, criando afazeres? imaginava idas ao café, leitura de jornais para não enfrentar um par de horas vazias? Um pouco de televisão, futebol, por que não enfrentar as horas desse modo? Mais tarde voltaria à casa e, talvez ao anoitecer, aí sim uma leve tristeza estaria em seu olhar, nas memórias? Quem sabe".

Via-o lendo o jornal, impassível, e imaginou que ninguém estaria a refletir sobre esse velho portenho a não ser ele, e amargurou-se com a hipótese de tais pensamentos serem exclusivamente seus.

"Era ele quem não suportava um par de horas vazias ao anoitecer, e não esse homem. Se todos sentissem a mesma coisa ficaria mais tranquilo!".

Angustiava-se diante de um dia a começar, alegrava-se quando ele terminava e o sono chegava, mansamente. Nunca estivera assim, jamais se dera conta das horas vazias, porém era desse modo que os dias escorriam, ao menos nas últimas semanas. A vida, às vezes, não apresenta seu verdadeiro sentido... ou somos nós que devemos buscá-lo? Ou não há verdade ou mentira a buscar quanto ao sentido da vida? Provavelmente, esta última hipótese era a melhor.

"Não, não! A vida deve ter um sentido nela mesma, cabe-nos interpretá-lo de modo próprio, de preferência a nosso favor! Ora, se não fosse assim, para que existir o humano? É demasiado custoso correr atrás de um sentido criado como preenchimento, sendo que se vai morrer logo depois. Quem sabe o sentido fosse mais amplo e um único ser, o humano, não alcançasse a totalidade do que lhe concerne. Procuramos o sentido da nossa vida, procuro o da minha, a do velho, mas isso é pura aparência! No fundo, há um concerto universal que apanha todos os atos, desde os menores e ínfimos atos às ligeiras decisões e indecisões, aos grandes fatos, às tempestuosas emoções... tudo que pensamos, sentimos, fazemos, é isso que faz o sentido que nos ultrapassa. Sim, deve ser isto! É preciso mudar de foco".

Andrei apertava as mãos e buscava alguma razão forte para se sustentar nesse custoso momento. Percebeu que os dentes doíam. Relaxou. Levantou-se do banco da praça e dirigiu-se ao café mais próximo, onde se sentou e novamente pensou se não estaria vivendo de modo a preencher as horas, numa espécie de rodamoinho obsessivo. Estava angustiado. Viu, ao longe, do outro lado da larga avenida, uma mulher andando com passos firmes. Era leve seu andar, apesar da firmeza com que avançava. Sua saia branca, rodada, parecia flutuar, e as pernas bem torneadas e bronzeadas contrastavam com a saia. Uma blusa azul escuro compunha-se bem com seus cabelos louros. Teria talvez 30 anos, era bonita e parecia feliz. Seria casada? Estaria feliz porque amava? E outra vez Andrei enredou-se nos mesmos pensamentos e angústias sobre o outro, sobre si mesmo, sobre o modo de vida do mundo.

"Gostaria de amá-la! Talvez ela me desse um sentido para a vida. Não, ninguém dá sentido à vida do outro! É uma carga demasiadamente pesada!".

Pagou o café e voltou para casa ainda mais acabrunhado do que antes, apesar do prazer em sentir a brisa fina acariciar sua pele úmida e quente. Ao entrar no jardim, notou como estava bem cuidado, as folhas muito verdes do *flamboyant* já tinham nas pontas as espigas da futura floração, as orquídeas se desenvolviam fortes no tronco da árvore, e, quem sabe por isso tudo, emergiu o desejo de beber um vinho branco bem gelado.

Queria escrever.

Um tremor quase febril correu pelas suas costas como se fosse um golpe de energia apressando seus passos. Entrou na casa em penumbra e a imagem de Vivian atravessou com ele a sala. Viu-a sentada à mesa de jantar, sorrindo, viu-a no seu quarto, em sua cama, o coração apertou. Com esforço, abriu o vinho e aprumou-se à frente do computador. Uma imagem nítida surgiu em sua mente: um homem numa viela estreita de pedra, cheia de casas de dois e três pavimentos, grudadas umas às outras. Era estreita a ruela e o homem a descia. Os telhados sombreavam quase todo o calçamento. A luz do dia, que mal começava, formava um longo traço nas paredes da ala direita. Ele andava rápido em direção a uma das casas, cuja porta alta e larga era de madeira escura com um grande brasão preso no centro. Parecia não querer ser visto.

Usava uma capa longa e escura, que o fazia parecer mais alto do que realmente era. Deveria ter uns trinta e oito anos e carregava um pequeno rolo de couro embaixo do braço direito. Usava um chapéu de feltro, de abas largas, também escuro, que encobria sua fisionomia. Estava frio, apenas um leve sol de inverno aquecia um canto ou outro naquela manhã. A ruela estava deserta. Andrei atentou aos detalhes para não deixar de escrevê-los.

"Quem poderia ser este homem? Que cidade seria aquela? Para onde ele se dirigia?".

Soube, de um golpe, que era Toledo, e pelas roupas do homem com ar aparentemente soturno parecia ser a Toledo de 1800 e pouco. Ou seria de antes? Como saber? Fixou esse quadro e pensou no homem de chapéu de abas largas e capa escura.

"Sem dúvida um judeu. Um judeu? Sim, era do tipo moreno, nariz grande, cabelos negros e longos, levemente ondulados... podia ver, estavam soltos e se espalhavam pelos ombros escondidos pelo chapéu. Parte do pescoço estava encoberto pela gola alta da capa, de modo que não se vislumbrava muito bem seu perfil. Como eram seus olhos? Não podia, ainda, saber. Sua imagem era bem mais fraca que a da ruela".

Andrei Taukis estava alvoroçado. Tomou um gole largo de vinho e, em meio à incrível agitação que o dominava, iniciou a escrita de um novo romance.

***

O QUARTO PONTO DO ORIENTE

Zózimo de Türen, o judeu de Toledo

"Zózimo morava numa construção de dois pavimentos com um pequeno sótão que se afunilava próximo ao telhado. Bastante discreta, sem qualquer ostentação, a casa não destoava das outras da rua, todas semelhantes e geminadas, sem muito prumo. A entrada ficava um degrau acima da calçada. Um pequeno balcão no pavimento superior, em treliça ao estilo mouro, repetia-se simetricamente nas outras construções da ruela que, provavelmente, haviam sido iniciadas e concluídas quase à mesma época.

Havia uma espécie de anonimato nessas casas. A de Zózimo, nos limites do bairro judeu, poderia pertencer a um comerciante, talvez a um médico, a um dentista ou a um professor. Nenhum homem muito rico vivia por esses lados, apesar de ser uma região bem localizada na parte mais alta da cidade. Podia-se ver, dali, em toda a extensão, a entrada de Toledo, sua ponte, o rio Tejo, os montes pedregosos. Zózimo herdara-a da mãe que, por sua vez, recebera-a do próprio pai quando se casara com Joel de Türen.

Nos arredores de Madrid, vivia agora seu pai, que escolhera morar numa casa maior, longe do apinhamento da cidade, porém bem próximo a ela. Numa espécie de pequeno sítio, criava alguns carneiros de boa raça. A casa de Toledo, sendo dote de sua mãe, Zózimo recebeu-a como único varão antes de sua morte há oito anos. Assim quis seu pai. Quanto à irmã, Noêmia, levou ao casamento um bom dote em moedas e vivia em França.

Quando decidira seguir os estudos hebraicos, já com 21 anos, cursava a Universidade de Salamanca. Mais tarde, já formado, viera a Toledo para aprofundar alguns estudos e ocupar a casa vazia há algum tempo. Sempre preferira a cidade ao campo, ao contrário do pai. Este vivia bem, e de vez em quando Zózimo tratava de visitá-lo ou, o que era mais raro, o próprio Joël de Türen vinha até Toledo. Não havia entre eles nenhum grande afeto e semelhança de vida, nem divergências dignas de nota. Ao morrer a mãe, Noêmia acompanhara o marido francês, e foi nessa ocasião que Zózimo pedira permissão ao pai para assumir a casa, reformar o que fosse preciso e continuar estudando com o rabino de Toledo, homem de grandes conhecimentos cabalísticos e tido como profundamente religioso. O pai, evidentemente, não se opôs e ajudou-o, uma vez que lhe fazia gosto a tendência do filho para os estudos hebraicos.

Gostava dessa construção, pequena e sólida, onde o espaço lhe sobrava. O avô fizera questão de, ao construí-la, cuidar para que o salão de refeições no pavimento inferior fosse bem grande, imaginando reunir a família. Não o conseguira, entretanto. Morrera cedo, de pneumonia, num inverno mais rigoroso. Zózimo se acostumara facilmente à rotina de Toledo. Sendo um homem só, não precisava de muitas coisas. Sua vida social nunca seria intensa, bem ao contrário, bastava-lhe acomodar os livros e os materiais para seus experimentos que se sentiria bem, o que fizera a contento na sala maior, propícia ao laboratório que organizou e para parte dos livros.

Não intencionava constituir família. Escolhera uma saleta ao lado da cozinha para seu refeitório. Ela não era tão pequena e se podia ver, por meio de sua ampla janela, um pequeno jardim interno onde um alto e robusto plátano abarcava quase todo o espaço disponível de terra, pouco sobrando para as outras plantas. Canteiros estreitos com algumas folhagens compunham-se com outros, de ervas aromáticas e flores. Como não tinha o hábito de receber convidados, homem de poucos amigos que era, a saleta de almoço lhe era agradável, uma espécie de local de relaxamento quando, após as refeições, perdia-se nas folhas do plátano, nos tijolos grossos dos altos muros que rodeavam o pequeno jardim, na terra fofa dos canteiros, e saboreava, infalivelmente, um cálice de Porto ou xerez. Esses momentos descansavam seu corpo e aconchegavam seu coração.

No andar de cima, contíguo ao seu quarto de dormir, dispusera o restante da biblioteca no maior dos três cômodos. Ali guardava os livros que mais apreciava, os mais teóricos. Além do seu dormitório e dessa biblioteca, deixara um deles para prováveis hóspedes. O sótão era ocupado pela governanta. Poucos móveis davam a ideia de que esses aposentos eram bem maiores do que realmente eram. Dificilmente o quarto de hóspedes era usado, mas estava sempre em ordem para a visita repentina do pai, que até então viera, em sete

A LONGA HISTÓRIA DOS QUATRO PONTOS DO ORIENTE

anos, apenas duas vezes para visitá-lo, ou da irmã, que nunca viera, ou para um amigo. Mas que amigo? Os poucos que tinha, moravam em Toledo. Entretanto, por duas vezes, Simon, seu melhor amigo, ali dormira depois de alguma bebedeira, fato não de todo inusual.

Um estreito lance de escada, em frente ao quarto de hóspedes, levava ao sótão, confortável e de bom tamanho. Dina Maria Salvina, sua governanta, dividira o largo cômodo de modo inteligente, conseguindo dois ambientes e ganhando, com a divisão, uma espécie de saleta de entrada.

Simon dirigia-se à casa de Zózimo naquela fria manhã. Seus olhos escuros tinham a parte branca larga e a íris parecia boiar no centro. Olhava de baixo para cima, o queixo grudado no peito como se os ombros estivessem mais altos do que o normal, o que lhe dava uma aparência tensa. Tinha um pequeno defeito na coluna, na quinta vértebra cervical, resultado de um trauma forte na infância. Não mais conseguira postar-se corretamente. Seu corpo se desviava quase imperceptivelmente para a direita, os ombros desalinhavam e, a qualquer tentativa de desobediência, uma dor aguda o lembrava do acidente sofrido. Não se importava com isso, até se esquecia desse pequeno problema, que já não era um problema, aderido que estava ao seu próprio corpo como a mão, o pescoço e a profunda linha que marcava parte de sua face direita.

Era um homem ágil, passos largos e firmes. Passava a impressão de uma personalidade forte e decidida, porém, se aparentava essa figura um tanto rígida à primeira vista, Simon Eliezer Cruz fora abençoado com uma voz aveludada e quente de barítono, que fluía doce e paradoxalmente hercúlea, expondo ao ouvinte algo que não se ajustava à postura do corpo como se a alma falasse mais alto. Voz e alma mostram laços invisíveis de parentesco. Ao menos assim ele considerava. Sem dúvida, era um homem difícil de esquecer por todos esses pequenos detalhes, tão fáceis de serem recolhidos mesmo ao olhar desatento.

Descia a rua levemente molhada pela chuva fina que caíra sobre Toledo na madrugada, e que à primeira claridade começava a evaporar. O céu muito límpido anunciava a neve próxima. Sua capa escura de gola alta encobria parte de seu rosto e compunha-se bem com o chapéu de abas largas em feltro negro. Um cachecol cor de terra pendia à direita e seguia a ligeira inclinação de seu corpo escondendo parte de seus longos cabelos. As botas pisavam fortemente nas pedras do calçamento, único ruído a ouvir-se naquele horário do. Dormira pouco. Jantara um guisado na taverna de Gerandotes, bebera um vinho não muito bom e seu estômago revoltara-se durante a noite. De quando em quando, ressoavam suas entranhas como cavernas.

Embaixo do braço, trazia um rolo de papéis bem envoltos em fino couro de cabra. Deveria entregar a Zózimo que os aguardava, há tempos. Finalmente, Lanzaro voltara de sua última viagem à África, uma longa e esperada viagem. Simon era o intermediário entre Zózimo e o rico comerciante de algodão do Egito, muito amigo da família Eliezer Cruz especialmente de sua mãe. Às vezes, Don Lanzaro fazia alguns favores a Zózimo por meio de Simon, a quem conhecia desde criança. Sabia o comerciante que o médico judeu era bem-conceituado e considerado um verdadeiro mago, de modo que com gosto trazia sua correspondência do Egito. O comércio lhe ensinara a importância de manter boas relações nas cidades por onde passava, e Toledo, tão importante para suas vendas, era um entre muitos outros lugares em que cultivava a fama de homem probo nos negócios.

Lanzaro nada sabia sobre o conteúdo dos documentos que carregava em suas idas e vindas africanas, mas conhecendo como conhecia Zózimo, era suficiente para imaginar a importância deles e tratava de entregá-los rapidamente.

A porta alta de madeira escura da casa de Zózimo mostrava um pequeno brasão e as iniciais "Z de T"; abaixo, o ano 1752 esculpido ao final da construção da casa e o símbolo judaico no batente. Simon agarrou a argola de ferro presa acima da fechadura e golpeou duas vezes a porta. Não demorou para que a governanta atendesse a porta às batidas de Simon. Simpática, um leve sorriso quase fixo no rosto, muito pálida e magra, Dina era uma italiana talvez beirando os 35 anos, abalada na saúde, mas não no coração. Mostrava-se sinceramente prestativa, era meiga e eficiente. Um ano após sua chegada àquela casa, adoecera gravemente. Zózimo conseguira salvá-la de uma tuberculose — que todos viam como incurável —, sem que jamais soubessem como conseguira tal façanha. Dina ficara eternamente grata a esse médico, esse mago, judeu".

*

Andrei parou de escrever. Dois toques de campainha tiraram sua concentração. O relógio marcava duas horas da tarde... talvez fosse o carteiro. Envolvido em seu novo romance, não percebeu as horas e sequer almoçara. Sim, era o carteiro que sempre avisava sobre a entrega. Atravessou o jardim e alcançou a caixa postal retirando um pequeno maço de envelopes. Olhou-os displicente: anúncios, algumas contas a pagar, uma carta expressa... do Brasil? O coração subiu-lhe à garganta e não quis a abrir imediatamente. Há dois meses não recebia qualquer notícia de Vivian. Não a esquecia, porém.

Aprendera a trabalhar e encontrar-se com os amigos sem fortes tristezas. Era o que o tempo podia fazer a favor dos homens em lamentável estado amoroso. Esse estranho ser, o tempo... ou estranho era o amor? O tempo é capaz de destruir tudo entre as pessoas, instalar o sofrimento entre dois amantes, e era a ele que os homens pediam a paz quando sofriam!

A casa estava aconchegante e lembrou-se de Zózimo. Fátima, sua ajudante, era uma espécie de Dina Maria Salvina? Gostou de pensar assim e já começava a gostar de seus novos personagens! Não era muito ordenado nas próprias tarefas e não queria aprender a cuidar de si mesmo e do que o envolvia no cotidiano, por isso Fátima lhe era imprescindível. Zózimo, já podia prever, daria muito trabalho! Pensara-o meio alquimista, meio químico judeu, solteiro, religioso, da primeira metade do século XIX, era difícil escrever sobre ele, mas não tinha escolha quando ele se impôs nos escritos. Sim, era verdade isso para ele, talvez não fosse a verdade para outros escritores. Um certo orgulho acompanhava essas criações, uma espécie de sinal da existência da própria identidade que conseguia ver clara após todas as grandes mudanças que passara. Era um modo de ser, agir, sentir diferentes. A vida não lhe fora madrasta. Como não sofria de solidão, daquele "estar só" sobre o qual tantos se lamentavam, pensava como se sentiriam os homens realmente solitários, aqueles dos bancos de jardim, das mesas dos cafés que os sustentavam por horas e horas.

Podia afirmar-se como um homem solitário de certo modo, porém bem diferente dos que "estão sós". Sentia-se forte e dono de suas projeções. Este era o ser Andrei Taukis, e gostava de si mesmo. Estaria sendo orgulhoso ao sentir-se especialmente distinguido? Ou era uma artimanha interna para sustentar-se? Ele, um escritor, ex-amante, ex-marido, ex-editor, que no afastamento do ser amado ficara sem ilusões, via-se através dos outros como alguém realizado e reconhecido socialmente.

Era um orgulho o que sentia? Mal desfrutava dessa iguaria em meio aos perfis escuros que o assaltavam durante o dia, misturados ao gosto de si mesmo... e fantasmagóricos à noite. Pensou que os homens, ao se orgulharem de si mesmos, conseguiam captar algo da própria identidade, mas quem sabe esse conhecimento fosse uma construção necessária, uma ilusão para bem viver?

Enquanto seu pensamento assim se movia, enquanto se decidia sobre o que fazer com Zózimo, esse alquimista-químico com ar um tanto extravagante e que era e não era seu principal personagem, ainda não podia saber, tentava descobrir por que o havia criado numa Toledo que desconhecia. O passado lhe pregava uma peça como a de Herculano? Por que havia de procurar fórmulas com nomes estranhos de substâncias, que um dia ouvira falar nas aulas de Química do colégio sem prestar muita atenção a elas? O que esse judeu obsessivo queria dele, o criador Andrei, ao desmanchar toda a matéria que lhe caía nas mãos em partículas elementares? Pão, cabelo, parede, pessoa, árvore, ações... como se decompunham em partículas?

Assim era o olhar de Zózimo a apanhar as folhas do plátano e sua possível estrutura elementar em movimento, antes mesmo de observar sua forma sensível, tão bela! Zózimo era sua criação, apesar de não se reconhecer nela. Nunca fora bom aluno em Química ou Física. Por vezes, Andrei se perdia nos próprios pensamentos à busca de inspiração para falar de suas criaturas, e não com pouca frequência encontrava partes de si mesmo nelas, meio escondidas. Não se reconhecia inteiramente nelas. Então, delicadamente, buscava coletá-las com os dedos. Após encontrar-se com essas criaturas, ao menos parcialmente suas, só então realizava que sempre estiveram à sua espera, bem ali do lado esquerdo do seu pescoço e que se faziam perceptíveis ou à direita da testa, que latejava um pouco abaixo das têmporas, ou quando esquentavam acima do coração, atrás da orelha carregando um arrepio ao fundo de sua cabeça, ou em eco nas costas doloridas, entre as espáduas. Ele podia senti-las e às suas diversas qualidades expondo-as como imagens latentes ou sopros quentes passeando pelo corpo, como tremores inesperados, como se elas se impusessem organicamente no aguardo do dedilhar no teclado, prontas para tomarem posse de suas próprias almas a cada sílaba.

Aprendeu que uma leve cócega atrás da orelha e a pontada aguda e rápida no lóbulo podiam indicar um personagem determinado; a ardência insistente no peito, a corrente elétrica penteando seus cabelos... outro personagem. E pequenos sinais, quase invisíveis, lá vinham eles, cada ser criado indicando o modo de manifestação no seu corpo. Só as palavras libertavam seu corpo desses sinais. Nesses momentos muito sensíveis e solitários, via-se perplexo diante desses seres tão "outros".

Por misteriosos caminhos que os argumentos não atingem, ao recebê-los e fazê-los falar, aprendia a conhecer-se pouco a pouco e, cada vez mais, a ouvir seu corpo junto com sua mente. Lento trabalho, muito lento e escorregadio. Um som mais forte na rua, o tilintar do telefone... e pronto, apagavam-se os caminhos. Fugidias criaturas, os personagens. Fantasmas reais autoritários.

Foi até a varanda e contemplou a velha videira. O início da primavera sempre lhe agradava e naquele ano estava esplêndido. Com todas essas percepções e considerações, apaziguou seu coração para abrir a carta do Brasil. Espantado, viu que fora remetida por Berenice, irmã de Vivian. Era uma carta curta, dois parágrafos. Ao lê-la, sua mão afrouxou e o corpo titubeante procurou um apoio. Uma vertigem obrigou-o a sentar-se.

"Andrei,

Perdão por contar-lhe a notícia por carta. Não tive coragem de ir até aí ou de telefonar. Não sei dizer de outra maneira. Vivian comentou muito comigo quando estávamos em viagem, sobre a bela relação que vocês tiveram. Receba meu carinho, é o que tenho a oferecer nesse momento tão difícil também para mim. Em Veneza, há 20 dias, Vivian sofreu um acidente. Caiu de uma pequena escada numa viela e bateu a cabeça em um ponto muito delicado. Entrou em coma e morreu a caminho do hospital. Sinto muitíssimo. Sentimos.

Berenice".

Nada se fixava, nem nos olhos, nem na alma, e o coração batia tão forte que mal conseguia respirar. A opressão no peito provocou uma náusea forte e quis vomitar. A carta caiu-lhe das mãos e o corpo tremeu contagiado pela fraqueza das pernas. Olhava sem ver, suava frio como se estivesse com febre, os dentes batiam sem controle. Sem dar-se conta, levantou-se de um salto, andou pela sala tropeçando nas cadeiras, as longas pernas descontroladas. Foi até a videira e arranhou o tronco com as unhas. A força deixou marcas profundas na casca e o sangue escorreu entre os dedos. Entrou na varanda, parou, avançou, sentou, levantou outra vez... a perplexidade em meio à perturbação continuava, o peito arquejava continuamente e o ar parecia negar-se a entrar. Respirar ficava mais difícil, a cada vez mais difícil. A garganta, enrijecida, doía. Andrei não atinava quem era e o que fazia. O vômito se impôs.

Procurou o quarto, a cama, fechou-se e chorou alto, convulsivamente. Veio-lhe a imagem de sua mãe quando chorara a morte do pai. Menino ainda, não compreendera bem o que acontecia. Todos choravam e ele se sentia compelido a fazê-lo. Não conhecia, até então, nem aprendera com a morte do pai, o que era a falta de alguém, nunca experimentara isso antes, essa ausência absoluta que agora chegava a insultá-lo! Sua mãe soluçara mansamente e durante semanas as lágrimas caiam de seus olhos em silêncio. Esse era o único quadro que lhe vinha. O resto de sua alma não tinha qualquer imagem, a não ser o rosto de Vivian que teimava em se manter próximo ao seu... e a forte descrença, na superfície de si mesmo, quanto à sua morte.

Andrei não sentiu os dias nem as horas que se passaram depois dessa perda. Quanto tempo de afastamento do mundo sem importar-se com nada e com ninguém! Jogava-se no sofá, na cama, andava pelo jardim... ligeiros períodos de volta ao cotidiano e a fuga rápida e forçada para o esquecimento. Talvez sua filha pudesse lhe dizer, no futuro, o que lhe acontecia, pois não estava em si mesmo. Não tinha sequer pena de si, só notava o tumulto empapado de tristeza insistente, à tona. Não viu Vivian morta, não pode forçar-se à imagem dura de um rosto imóvel. A dor maior da perda, a vista da imobilidade, essa não! Não a queria, ocultava-a.

Durante muitos dias, a febre e o sono contornados por remédios pouparam-no da plena consciência e das tarefas. E mais nada escreveu.

*

Um mês transcorreu desde que a carta de Berenice lhe caíra nas mãos informando sobre a morte de Vivian, em Veneza, um terrível acidente. Fora lacônica a irmã, talvez porque não o conhecesse e cumprisse uma obrigação, talvez porque também ela estivesse muito abalada. Presumiu que a sensibilidade de Berenice poderia ser semelhante à sua: quanto mais palavras, mais a amargura viria rápida e cortante. Reconheceu a vontade imensa de conversar com alguém, ouvir detalhes sobre o acorrido e falar simplesmente o nome de Vivian com outra pessoa, que também lhe fora próxima, ou não conseguiria esquecer. Todavia, a vida se impôs.

Certa manhã, foi ao mercado com a intenção de preparar um molho especial para uma pasta, comprou um bom vinho e cozinhou com gosto. Que ficasse a dor! Que se hospedasse o tempo que quisesse! Ele a receberia com modos suaves, todos os dias, e quando não aguentasse mais, bom, aí pensaria em repartir essa dor com lagos, montanhas, luas e noites escuras, sol e dias claros. Escreveu, finalmente, a Berenice. Com as mãos trêmulas, enfrentou a carta recebida para encontrar o endereço da irmã de Vivian.

"Prezada Berenice,

Recebi tuas notícias com sofrimento. Gostaria de poder falar contigo. Não escrevi antes por absoluto entrave emocional. Sei que entenderás. Se estiveres disposta, escreve para responder algumas questões minhas, ou, ao menos, dar-me mais detalhes sobre esse terrível acidente. Mesmo que seja ao telefone, necessito conversar. Podes imaginar o que sinto? Andrei".

Não foi fácil recomeçar a escrever o novo romance e recolher, de algum lugar insondável da alma, um pouco de força para um mínimo de disciplina. Uma inusitada respiração instalou-se no peito, pesada, curta, que subia do externo à laringe e se fazia mais nítida quando se sentava para registrar algumas poucas imagens. Até então, era-lhe desconhecido esse modo de respirar, o que o incomodava.

Pensava muito em visitar Berenice no Brasil. Seria um modo de não esquecer Vivian, de suavizar sua ausência tão presente. Ou, talvez não, talvez fosse o contrário! Não falar mais sobre Vivian. Aceitava mergulhar na própria dor, entretanto, sentia-se cansado, enfraquecido. Muito devagar, emergiu uma calma antes ignorada, acomodada entre seus escritos de benévola companhia. Há quatro meses recebera a notícia de Berenice. Há um mês assumia o não esquecimento e a dor funda que, enfim, parecia ter dado lugar a outra, de outro tipo. Buscou na estante um livro de Alquimia para tentar seguir as ações de Zózimo. Que faria seu personagem com o manuscrito trazido do Egito pelo comerciante Lanzaro, recebido das mãos do amigo Simon naquela manhã fria do inverno de Toledo?

Sentiu latejar sua têmpora direita, o que acontecia quando pensava nesse personagem médico. Estaria o judeu ali alojado? Esses momentos se tornavam uma espécie de jogo interno, quando apostava consigo mesmo em que lugar do seu corpo um personagem específico apareceria. Tais vivências eram-lhe novas e cada vez mais incompreensíveis.

*

"Zózimo de Türen sempre aguardava, com certo prazer, voltar à sua casa depois de cumprir os ofícios matinais na sinagoga. Conversava um pouco com o rabino Jacobo Denarlz, atendia alguns pacientes que o esperavam, visitava outros e atravessava o pátio da igreja católica de Toledo. Gostava de contemplar suas torres, muitas vezes entrava para apreciar sua majestade. Depois, descia pela rua principal para verificar as mudanças na paisagem que indicavam as estações. Era um exercício que tinha a obrigação e o gosto de fazer. Suas pernas doíam muito pelo excesso de tempo que permanecia em pé, no laboratório ou estudando sentado. A caminhada era um remédio.

Quando, enfim, terminava seu passeio, abria a porta de sua casa na expectativa de sentir os odores matutinos que sempre o esperavam. Então usufruía, com mansa alegria, os perfumes típicos da hortelã e dos cravos que Dina conseguia manter pelos cantos da casa, após a limpeza, odores que se misturavam ao do bolo ou pão que ela preparava. Talvez não pudesse mais viver sem esses pequenos prazeres. Flores e folhas de alfazema fervidos eram maceradas e embrulhadas em lenços de linho e estrategicamente espalhados nos cômodos. Pequenas cascas de limão queimavam nas três longas velas fixas do belo castiçal de alabastro que enfeitava um aparador, ao final do corredor de entrada, próximo à porta que levava à saleta de refeições. Esses pequenos cuidados eram suficientes para que o ar da casa ficasse leve e agradável. Obra de Dina Maria Salvina.

Antes de ser sua governanta, Dina se casara com um espanhol da Andaluzia e obrigara-se a deixar Siena, sua terra natal, para viver com o marido, na Espanha. Enviuvara há sete anos. Sem filhos, prontificara-se a cuidar do doutor Türen e da casa, mas tinha a saúde precária. Não queria mais voltar a Siena. Na ocasião desse contrato, necessitado de alguém com a personalidade que adivinhava ser a dessa mulher, quieta e de boa educação, Zózimo acabou por aceitá-la apesar de alguma relutância. Acostumara-se à solidão e receava não conseguir conviver com outra pessoa na mesma casa.

Dina fora-lhe um presente, uma dádiva. Além de silenciosa era discreta, não só na fala baixa e nos gestos comedidos, mas no modo de trajar-se. Abusava das cores cinza e negro, pouquíssimo branco, apenas nas delicadas golas de renda. Os cabelos alourados, sempre presos, davam-lhe um ar quase severo não fossem os olhos de um verde acastanhado, doces e tímidos. Zózimo nunca pensara em casar-se e raramente esse assunto passava por sua cabeça, mas quando a senhora Salvina iniciou seus trabalhos na governança, ele soube que alguns aventaram a hipótese de um casamento entre ambos, aparentemente algo muito conveniente aos dois, uma conveniência facilitadora do cotidiano e não de fortunas, que não tinham. Eram as más línguas à procura de novidades. Italiana católica, devota, viúva e com poucas rendas, jamais cogitou quebrar sua viuvez, e Zózimo, firme no seu celibato, ao menos enquanto os céus assim determinassem, agradecia que o destino mantivesse sua vida do modo como estava.

Com 32 anos, a mesma idade do amigo Simon, o médico, ao contrário deste, vivia em meio aos livros, às experiências no laboratório e às orações, além de cuidar de alguns doentes da comunidade judaica e até mesmo de fora dela, quando era procurado. Desse modo, os préstimos de Dina haviam se mostrado valiosos nesses anos. Nunca se arrependeu por mantê-la nos limites profissionais estritos, e o modo como habitavam a mesma casa — com conveniente distância —, dizia que as coisas estavam bem assim. Dina parecia bem moldada à situação. Aprenderam a conviver próximos sem que tal proximidade soasse como imposição mútua. Quase que magicamente, faziam o que tinham de fazer em horários diferentes, de modo que os ruídos da casa eram poucos. Dina tinha sua própria vida depois dos afazeres e nunca Zózimo perguntou-lhe sobre eles. No laboratório, Dina só entrava quando assim lhe era solicitado. Para ambos, havia sido um ótimo arranjo.

A rotina chegava a ser rígida: Zózimo deixava cotidianamente, ao entrar na casa, suas botas no lugar de sempre, pendurava seu sobretudo e o velho solidéu, calçava as pantufas e esperava que Dina Maria Salvina lhe trouxesse o esperado chá com um pequeno toque de Porto, uma preparação que fora introduzida na casa para não mais sair. O vinho do Porto, que não conhecia antes de a governanta lhe apresentar, era presente de Júlio Almeida, um português sorridente que, acreditava, era um antigo pretendente da italiana, amigo do marido quando ainda era vivo. Morava ele em Lisboa e tinha parentes em região de produtores de vinho.

A cada vez que visitava Toledo para ver Dina, fazia questão de presentear Zózimo com uma garrafa da deliciosa bebida, o que acontecia três vezes ao ano, pois tinha negócios que o obrigavam a tais viagens. Depois de conhecer esse vinho misterioso, o judeu, mesmo na sua desejada simplicidade, não conseguira mais viver sem sentir sua doçura de fundo, persistente, envolvente e feminina, como imaginava serem as uvas e a terra do lugar de onde vinha Júlio Almeida.

Naquela fria manhã, Zózimo sabia que os esperados papéis de Al Gamal chegariam pelas mãos de Simon. Voltara da sinagoga e já saboreava o chá, gole após gole, e procurava dominar a ansiedade quando ouviu as batidas na porta e os passos de Dina para abri-la. Sim, devia ser Simon. O prestativo Simon chegava antes do esperado e iria atrasá-lo para os estudos, de modo que propôs a ele um almoço para dali dois dias. Queria abrir com calma, muita calma, a desejada encomenda.

Simon era um bom amigo. Haviam estudado juntos na Escola de Tradutores, bons tempos! Lembrava-se de que gostavam dos estudos árabes, de Averróes e Avicena. Simon e ele, judeus interessados em filosofia arábico-cristã, liam, preferencial e avidamente, esses meticulosos pensadores, além de Phílon, Proclus e, claro, Maimônides. A curiosidade de ambos era mais forte pelos escritos dos gregos e primeiros cristãos. Depois de concluída a universidade, Zózimo estava formado em Teologia e Medicina, e Simon em Filosofia e Filologia clássica, apesar de também ser formado em Teologia, mas decidiram o futuro de modo diferente. Ele preferiu voltar-se aos estudos hebraicos e alquímicos vasculhando, com discrição, os compêndios de Medicina árabe. Simon não optou por nada, simplesmente, sequer em dar aulas! Vivia às expensas da mãe rica, criava poemas, pintava quadros, fazia as traduções de antigos de que mais gostava.

'Simon... ah! bom amigo! Sempre tão aflito, sempre tão ardente, quase uma criança para enfrentar o mundo. E ele, sempre tão sério, solitário e estudioso. Como podiam ser tão amigos?' — pensava Zózimo. 'Talvez por isso mesmo, pela extrema diferença é que se davam tão bem'.

Sem nenhum esforço, passou das diferenças entre as almas às diferenças entre os elementos do universo. Imaginava as atrações e repulsões entre os elementos, as diversas composições elementares já conhecidas e as quase infinitas a conhecer, bem como suas dissociações. Acreditava que as relações humanas obedeciam à mesma lei das relações elementares, apesar de não conseguir provar nada. Assim como certos números, por exemplo, associavam-se quase naturalmente a outros, ou se dissociavam, também os homens, as plantas, os animais guardavam esse mistério.

Havia indícios, muitos, que o deixavam extenuado nessa investigação mais detalhada de pelo menos cinco anos. Não podia fugir dessas imagens que faziam parte de sua vida diária, e, por vezes, considerava-se desequilibrado por abraçar essa teoria talvez improvável. Chegava ao ponto de, ao comer alguma coisa, pensar na sua composição, nas fórmulas e figuras geométricas que teriam um pedaço de pão, na aproximação e repulsão dos espíritos e partículas. Em certas ocasiões, quando sonolento queria se estirar na cama, buscava, ainda, quais dentre as formas elementares estariam presentes nesse seu estado de dormência, nos movimentos e mutações noctívagos e involuntários. Sabia bem que composições e dissociações deviam ser investigadas para além da solidez das coisas, o que tornava extremamente difícil sua tarefa.

Zózimo trabalhou um pouco no laboratório e recolheu-se no fim da tarde, antes da hora de sempre. Em seu quarto, abriu o rolo envolto na pele de cabra. Com certo tremor nas mãos, olhou os papéis que lhe enviava Al Gamal. Pôde ler o que desejava ansiosamente por tantos meses, desde que soubera dos novos estudos do amigo de Luxor sobre novos quadros elementares.

Há anos, quando de sua viagem a Luxor, conhecera Al Gamal e com ele se correspondia desde então. A cada nova etapa de seu trabalho, achava um modo de passar ao estudioso suas conclusões, o mesmo fazendo o amigo egípcio. Esses papéis diziam respeito a uma nova descoberta, provavelmente de um novo elemento extremamente importante que Al Gamal batizara de *rotundo corpore*. O egípcio utilizava-se, preferencialmente, das regras dos epígonos alquimistas para suas anotações, recusando-se a usar a linguagem químico-matemática mais atual. Ali estavam os textos e fórmulas copiados para ele. Trataria de compreendê-los e passá-los para a linguagem da Química, no que lhe fosse possível.

Correu os olhos nos cálculos e escritos. Eram cinco grossas folhas e datavam de setembro de 1838. Já estavam em janeiro de 1839. Levara quatro meses para recebê-las! Iniciou a leitura e quase não dormiu naquela noite.

No dia seguinte bem cedo, Zózimo rumou para a sinagoga. Um alvoroço enorme percorria seu corpo. Dormira pouco e havia lido as primeiras duas folhas de Al Gamal, árduas para o entendimento e transcrição à Química. Não se deteve no conteúdo, não havia como fazê-lo na ocasião, pois tinha um ritmo próprio de trabalho: primeiro, a rápida leitura e transcrição; depois, a releitura atenta para compreender todos os informes. Deveria ser vagarosa essa segunda etapa, uma vez que exatamente nesse momento as ideias costumavam surgir na sua cabeça, ideias novas provocadas pelas de Al Gamal. Sempre havia sido assim, por isso previa que também o amigo esperava ansiosamente sua resposta e alguma possível novidade nas investigações. No entanto, mesmo nessa primeira leitura, surpresas de alta monta haviam palpitado seu coração.

Com passos apressados, entrou no templo sóbrio e vazio naquela hora, e o rabino já terminara sua refeição e iniciava seus estudos. Com seu modo expansivo de ser, sempre com um sorriso no rosto, Denarlz era benquisto na comunidade judaica. Não era, ademais, homem excessivamente rígido, razão pela qual Zózimo dele se aproximara além do esperado. Mais que um rabino, ele se tornara uma espécie de amigo e conselheiro. Conhecia suas experiências alquímicas e químicas, seus interesses nos elementares, nem sempre recomendáveis diante da comunidade hebraica se delas soubesse, mas nenhuma admoestação fizera. Parecia mais apoiá-las e não se preocupar com elas enquanto rabino, na medida em que podia entendê-las.

Jacobo Denarlz era culto, bem formado nas coisas da alma e nas coisas do mundo. Tinha excelente preparo na Torah, o que lhe rendia a confiança de todos, e de sua boca, sabia-se, sempre conselhos prudentes viriam. Recebeu Zózimo na sala de entrada, espaçosa, com poucos e pesados móveis de carvalho. Logo percebeu a perturbação do amigo investigador a quem tanto apreciava e respeitava. Sentaram-se nas altas cadeiras onde costumava receber seus visitantes, cadeiras de espaldares largos, separadas por uma mesa baixa de madeira escura. Zózimo, sem se dar conta, correu os olhos no único armário da sala, também alto e largo, cuja imponência ocupava a parede maior à sua direita. As portas eram inteiramente trabalhadas em madrepérola e formavam delicados desenhos orientais, um trabalho artístico de fôlego. Era lá que o rabino trancava seus livros e anotações, e era esse o pouco, e sem dúvida solene, mobiliário da sala. Não havia muito para observar.

'Diga-me, então, Zózimo, o que o traz até mim?'.

Uma mulher entrou para oferecer-lhe chá e logo se retirou fechando a porta. Poderiam conversar tranquilamente.

'Caro rabi, caro Jacobo, em minhas investigações, como sabe, tenho chegado a algumas conclusões sobre a matéria e suas composições. Deus nos doou o poder de perguntar e limites para obter respostas, bem sei...'.

Serviu-se de chá. Não estava muito à vontade, mas os olhos calmos de Jacobo o encorajavam.

'Mantenho correspondência com um grande sábio egípcio, Munir Al Gamal, que, por sua vez, comunica-se com o emérito professor Anton Ridovkov, de Petersburgo. Al Gamal e eu trocamos as conclusões de nossas experiências também com Giovanni Barone, de Pádua, e Karl Von Hellen, de Viena. Já comentei algo sobre eles em algum outro momento de nossas conversas. Nossa época, caro rabi, é frutífera e lenta — continuou —, e surgiu-me um problema grave desta vez, pois ao mesmo tempo em que tudo parece se abrir à curiosidade dos homens, mais e mais eles se sentem amarrados diante dessa abertura. Ou melhor... eu estou me sentindo amarrado. Quero dizer que, ora... não sei se me faço entender... estou com algum receio disso tudo, de meu próprio ímpeto investigativo e das coisas que estão sendo abertas diante de meus olhos'.

'Sim, caro Zózimo, sim, compreendo bem o que quer dizer. Continue...'.

'Bem, recebi alguns documentos de Al Gamal e, ontem mesmo, iniciei sua leitura'.

'Hum... por isso parece estar com tal aflição?'.

'Oh, é assim visível?!'.

Jacobo Denarlz sorriu amplamente e esperou que Zózimo continuasse.

'[...] Al Gamal conta-me em seus escritos sobre a descoberta de um feixe elementar novo que revoluciona o que pensamos da matéria!

Então, compreende?!... Oh!... que Deus me acalme! [...] De certo modo, todos nós esperávamos algo assim... Estou investigando..., mas... bem, é que... se ele tiver razão, a matéria é..., bem, ela tem, melhor, ela é infinita em suas formas, em suas combinações, e quero dizer com isso que...'.

Zózimo de Türen estava nervoso, torcia as mãos e olhava, de baixo para cima, olhos semicerrados, as expressões de Jacobo Denarlz. Deixava o chá esfriar tendo bebido apenas um gole. Olhava tenazmente o rosto do rabino. Esperava não continuar, não queria e queria falar! No entanto, não conseguiria explicar o que lhe parecia tão difícil, mas estava ali pensando em fazê-lo. Tudo era muito delicado a partir daquele momento, pois era com um rabino de Toledo que explicava acontecimentos que poucos homens na Europa poderiam saber. Mas tinha que falar!!

O trabalho que desenvolviam, tanto Al Gamal quanto Ridovkov, Barone, Von Hellen e ele próprio, era, digamos, oculto à maioria, e muito mais das instituições religiosas. Havia sido uma imposição que sequer fora discutida entre os investigadores — a de não comentar nada com ninguém, de não tornar pública por um tempo qualquer descoberta, fato assentado desde o início das correspondências. Tentou tomar um segundo gole de chá, que não lhe caiu bem.

'Você está com algum problema mais sério por quê? Está prevendo algum empecilho religioso nessa área, Zózimo? É isso? É por isso sua inquietação?'.

'[...] Não exatamente... não ainda, rabi, não ainda, mas, sim, de certo modo, sim, pode haver... bem, com certeza deve haver. Se o homem descobrir que os elementos são infinitos potencialmente, em número e combinações, não vai parar de procurar todos os elementos e combinações que puder, buscará experimentá-los em misturas... oh! até criar novos aleatoriamente, como se fosse um... um Deus! Será até capaz de criar seres, ao menos logicamente podemos pensar isso! Os antigos alquimistas parecem meninos diante do que se abre em nosso século! Vai-se experimentando, mesclando... Como não se tornar uma espécie de Deus se pudermos fazer isso!?

Al Gamal apontou novos elementos e pressupõe a existência de outros, inimagináveis até agora! Avança muito nisso, apesar de não ter ainda experimentado tudo o que afirma! Também Anton Ridovkov crê no mesmo, e Barone vai no mesmo caminho. No ano passado, Von

Hellen abriu as portas para Al Gamal quando nomeou o *Rotundo Alba* e agora foram descobertos mais dois deles! O caminho está aberto!

A matéria, rabi, vai ser desmanchada até onde o homem puder fazê-lo, e o grave, o mais grave, é que ela suporta essa nossa interferência!! Compreende o que estou dizendo?! Percebe o meu espanto? Meu receio? Não é só o homem quem interfere, mas a matéria se deixa levar, os elementos reagem às mesclas de modo às vezes inexplicáveis para nós, imprevisíveis, e estamos junto deles, muito próximos, demasiadamente até, obrigando-os a se comportarem de certo modo, cobiçando-os no seu interior mais profundo! Impossível deixar de agir assim!! É um movimento que não se consegue estancar... Quanto mais manipulamos, mais a matéria se abre. Outros já tentaram, bem antes, os alquimistas antigos, mas o espírito investigativo não era esse de agora, não, não era! Acomodava-se ao modo de ser do divino cosmos, esperava-se dele as respostas, era mais paciente a investigação... quero dizer com isso que... o senhor sabe... aguardavam-se os sinais divinos, corria-se atrás de seus sinais no tempo que Deus determinasse, havia orações a fazer durante a experiência e a concepção do universo circular dava o limite aos caminhos permitidos.

O senhor bem sabe, rabi, como bem dizem os livros sagrados, as descobertas são doações de Deus para o homem compreender-se melhor, para saber sobre o divino até onde ele mesmo queira mostrar-se! Não é mesmo? Mas agora... agora... não é assim! Quando esses incríveis alquimistas encontravam substâncias novas, como não glorificar a Deus pela feliz oportunidade de imitar o divino por meio do divino que habita em nós? Deus nos doava uma cópia de seu próprio Espírito! Mas o modelo, o modelo, rabi, ah, esse não era alcançável! E nem se pretendia alcançá-lo, jamais! Nem se cogitava tamanho despudor! O que impulsionava a todos era o gosto do conhecer para chegar aonde nos é dado chegar!

Quantos sinais Deus nos dá! Quantas vidas pela frente para o desvelamento Dele!! Mas agora é diferente. Esse amor pelo saber é divino, e, no entanto..., estou confuso, estou com medo. Compreende o que está acontecendo na Europa, caro rabi Jacobo? Ou não será divina essa curiosidade humana? Não será Deus quem a permite? Por que só nesse momento o homem quer desmanchar a matéria para recriar outra e mais outra, e outra numa espécie de loucura incontrolável de criação? Sim, é isso o que acontecerá, já antevejo! O homem não quer pensar por que o faz, mas faz, faz! Não crê mais que sejam sinais divinos a causa de suas descobertas, mas que é o próprio poder humano que carrega o conhecimento do estofo universal!! É confiante demais! Quer aplicar tudo o que descobre para ter coisas novas diante dos olhos e fabricará, fabricará... será indomável essa curiosidade, esse poder... Rabi, é um poder divino, esse?!! Está certo Deus dar esse poder até contra o próprio homem, até para que o homem destrua Deus?'.

Zózimo batia com a mão cerrada na pequena mesa enquanto falava. Estava realmente transtornado, as palavras jorravam, e quanto mais explicava mais o sentimento o impelia, o encadeamento do seu pensamento ia criando laços e laços.

'[...] Não sei, rabi, não sei mais sobre o significado disso tudo! Já não basta o que a Medicina faz com nossos corpos, com nossos mortos? Sim, sei bem, aprendi, mas, como sabe, não sou adepto desse tipo de invasão tão alargada. Com as novas descobertas, o mundo elementar estará à mercê das dissecações, dissecaremos a matéria como dissecamos nossos cadáveres!! A matéria... ah! sim, a matéria está sendo tratada como se não tivesse vida! Claro! é isso! é isso que me incomoda, agora percebo melhor!'.

Zózimo explodia em paixões. Dificilmente isso lhe ocorria, mas sua atual ansiedade e compulsão que fazia parte de seu ser apresentavam-se indomáveis. O rabino o olhava, ligeiramente espantado.

'Hum... hum...'.

Só isso Zózimo ouviu depois desse discurso inflamado, dessa verdadeira confissão de angústia, desse fluxo emocional que surpreendia a si próprio. Jacobo Denarlz mantinha o olhar fixo na xícara de chá, profundamente pensativo, talvez cuidadoso com a situação, e quando ficava assim seu dedo indicador direito fazia círculos repetitivos no braço da cadeira. Zózimo não ousou interferir nesse silêncio e esperou. Também ele precisava de um tempo para se dominar e apaziguar seu ânimo.

Alguns minutos depois, Jacobo suspirou. Olhou intensamente o mago cabalista, o médico, o cientista, o teólogo e amigo à sua frente.

'Sim, caro Zózimo, você tem razão. É muito instigante tudo isso. Não posso apreender a extensão do que me diz, o peso que podem ter os novos elementares, mas se você se amedronta pelo fato de o homem vir a dissecar a matéria e combiná-la na medida em que puder e quiser, ou na desmedida, se assim Deus e a própria matéria se abrirem, isso é realmente grave para o homem, que se transformaria num demiurgo sem limites. Muito grave! Diria mesmo, assustador, uma espécie de teste para sua espécie! No entanto, algo mais me preocupa, pois se a matéria for infinita nas suas combinações... ora, o problema é também religioso por que — não sei se pensou nisso — pode haver muitos e muitos mundos como este em que vivemos, não?! Estamos voltando aos antigos pensadores? Isso é sério. Qual será exatamente nosso lugar no cosmos? Quantos seres mais podem ter sido criados em combinações insuspeitáveis da matéria e com o divino habitando-os?

Não sei o que pensar, o que dizer, caro Zózimo! Tem razão em estar aflito. Por agora vou rezar, rezar muito para que Deus me dê forças e uma compreensão melhor de todas essas coisas. Sim, é o que tenho a fazer. Qualquer outra conclusão será frívola'.

Jacobo Denarlz voltou a mexer obsessivamente o indicador direito, imobilizando o olhar em algum outro ponto que não na xícara de chá. Zózimo, se estava ansioso, realizou o quanto perturbado o pobre rabino. Não pretendia falar tanto, mas sentira necessidade de compartilhar um problema que, intuía, não era seu direito guardá-lo só para si. Não havia refletido profundamente no aspecto religioso. Presumia dificuldades, mas estava ávido para continuar a leitura dos manuscritos e entender mais as novas combinações elementares.

Após esse longo discurso afogueado, algo começava a esfriar no peito, o coração talvez batesse menos impetuosamente depois da exposição de parte da questão a Jacobo Denarlz. A questão religiosa parecia-lhe até mais grave que a arrogância humana na busca do fundamento da matéria. Assim ele refletia e ficou penalizado consigo e com o rabino, ambos perdidos quanto aos próximos passos.

'Bem, bem… — disse finalmente Jacobo com um profundo suspiro — se Deus dá, Deus tira. Vamos deixar as coisas como estão e dentro em breve veremos nossas inspirações a respeito. Peçamos luz, Zózimo, luz sobre tudo o que conversamos aqui. Deus prevê, não é mesmo? E ele sabe o que fez, faz e o que fará. Nós não sabemos sobre as coisas divinas, apenas tateamos algumas…'.

'Sim, é verdade, estimado rabi, é verdade…'.

Meditaram juntos por um tempo. Zózimo refez o caminho de volta à sua casa, e como sempre fazia passou pela catedral católica, admirou mais uma vez suas torres e portais, desceu novamente a ruela de pedras, não sem antes apreciar — e agora com um olhar triste — a luz do inverno que tingia as árvores, sombreava as casas e o rio ao redor da cidade.

Ao abrir a alta porta de sua casa, tirou o chapéu, o casaco, calçou as pantufas e, como sempre, aspirou fundo o cheiro de limão, cravo e alfazema, e por algum motivo que só Deus poderia saber, foi conversar com Dina. Encontrou-a no jardim interno cuidando do canteiro de hortaliças. O dia não estava excessivamente frio e um leve sol afastara um pouco a umidade. A governanta, com sua costumeira suavidade acentuada pela roupa cinza enfeitada por uma gola branca bordada, veio ao seu encontro.

'Deseja algo, senhor Zózimo? Foram tranquilos seus passeios?'.

Claro que Dina atinara o quão tarde dormira o médico e como estava ansioso naquela manhã ao voltar dos ofícios e saindo outra vez, mas nada comentou.

'Sim, senhora Dina, foi tudo bem. Diga-me, a senhora é católica, não? Perguntei-lhe isso alguma vez? Não se espante, para mim todos os crentes são bons crentes se amam a Deus'.

Mas Dina espantou-se com a pergunta e respondeu que sim, era católica como em geral eram os italianos. O inédito da situação deixou-a constrangida. Jamais conversavam sobre qualquer outro assunto que não as exigências da casa e ela arriscou:

'Por que essa pergunta, senhor Zózimo? Há alguma importância na religião que tenho? Gostaria que me dissesse algo, pois estou realmente surpresa!'.

Zózimo percebeu o inusitado de sua pergunta e a apreensão de Dina. Ora, ele estava um tanto destemperado, essa era a verdade!

'Não, não, não tem qualquer importância sua religião. É que estou preocupado com um assunto religioso e pensei em conversar um pouco a respeito… é bobagem minha, perdoe-me'.

'Não, não se desculpe, é que sou uma mulher pouco afeita a problemas religiosos, cumpro minhas obrigações e espero que meu anjo me ajude a viver bem, nada mais. Não creio que poderia auxiliá--lo, de qualquer modo. Com licença, senhor Zózimo. Talvez o senhor queira experimentar um bolo de laranja que fiz e me dizer se prefere algo específico para o jantar. Não lhe fará mal pensar nos problemas religiosos comendo um bom pedaço de bolo acompanhado de uma xícara de chá, não é mesmo? Depois termino de afofar esse canteiro'.

Saiu um tanto apressada e aliviada por ter conseguido desvencilhar-se dessa situação inesperada com o senhor Zózimo, por quem tinha grande apreço.

'Ah, suave Dina. Sim, comeria o bolo com prazer'.

Voltou aos pensamentos sobre o estofo da matéria e a criação divina. Continuaria a ler os escritos de Al Gamal e deixaria de lado toda essa confusão religiosa que viria a aflorar com muita força, mais cedo ou mais tarde. Jacobo Denarlz ajudaria nesse assunto. Então, lembrou-se de Simon e das discussões que costumavam ter na universidade. Seria possível conversar com ele sobre isso? Era sensível, inteligente, por que não? Entusiasmou-se só de imaginar que conversaria com mais uma pessoa sobre o que o afligia tanto.

Assim pensando, Zózimo entrou na sala de refeições. Dina já preparara a mesa para o chá. Estava um tanto pensativa, assim considerou Zózimo já arrependido de ter tocado anteriormente em assuntos não doméstico. Para sua surpresa, Dina comentou, com cuidado, ao servir o bolo de laranja:

'Tenho para mim, senhor Zózimo, se me permite, que certas coisas os homens não podem entender por mais que procurem, e sei o quanto o senhor é um grande investigador. Curou-me até da tuberculose, lembra-se? e até hoje ninguém sabe como. Mas os homens conhecem pouco as coisas que Deus envia. Os sonhos, por exemplo, senhor Zózimo, o que são os sonhos? Imagens e mais imagens aparecem em nossa alma exatamente quando mais afastados estamos do nosso dia a dia, das coisas que podemos ver, das imagens propriamente. Às vezes, os sonhos dizem coisas que estão por vir, como acontece muito comigo. Bem, o que quero dizer, e me perdoe estar falando tudo isso, é que o senhor tem razão quanto às religiões, e que suas diferenças não têm importância, pois Deus escolhe todos os caminhos para mostrar-se, não é assim?'.

Dina terminou seu discurso e respirou fundo, entre apreensiva e um tanto amedrontada pela inédita proximidade. Suas faces estavam coradas, fato inusual. Ficava quase bela. Geralmente, apresentava a tez muito esmaecida, sem vitalidade, o que lhe imputava mais idade do que tinha. Estava espantado não só com as palavras da governanta como com sua boa forma de se expressar, além desse novo rosto cheio de luminosidade.

Apesar de singela no modo de falar, seu pensamento era de grande profundidade. Imediatamente, veio-lhe à cabeça a pergunta sobre o tipo de composição elementar que teriam os sonhos, se orgânicos fossem. Sim, já adiantara a Von Hellen suas considerações sobre a possibilidade de que até os pensamentos mais abstratos — como pensar a liberdade ou o fim último dos homens — podiam ser a expressão de uma combinação determinada de matéria, ao menos a expressão, que atingiria uma reciprocidade *sui generis* com alguma combinação sólida. Isso avançaram, sem muita clareza, alguns antigos pensadores.

Claro, não se atrevia a pensar que assim fosse com relação a Deus — a expressão de uma combinação elementar que não podemos pensar, isso não! —, porém, logicamente seria viável. Como havia dito a própria Dina, o divino se apresenta aos homens por muitas vias. Sorriu e acalmou Dina:

'Muito interessante seu pensamento. Não sabia que se interessava por sonhos, senhora Dina. Se for possível perguntar, como se dão os sonhos de futuro, digamos assim, para a senhora? Claro que se fui indiscreto na pergunta, por favor, perdoe-me...'.

'Não, não, senhor Zózimo, para mim é até bom comentar um pouco disso, pois não posso fazê-lo com ninguém. Afora, é claro, com o senhor Júlio Almeida, que tem experiências semelhantes. Mas, como o senhor sabe, vejo-o poucas vezes ao ano. Bem, é que tenho sonhos e reconheço suas imagens em acontecimentos posteriores. Apresentam-se situações já sonhadas, mais dia menos dia, em minha vida, muito pouco modificadas. Desde menina, pude compreender que isso se passava comigo, mas jamais indaguei o que significava essa espécie de repetição de imagens em planos diferentes. Quando saí da Itália, já imaginava que aqui casaria, na Espanha, e enviuvaria, o que de fato acorreu. Quero dize, saber mesmo, não sabia... e sabia, é difícil dizer. Era um tipo de conhecimento confuso, impossível explicar. Deixa de ser confuso quando acontece e acabo lembrando de cenas dos sonhos. Tenho, com isso, uma certa inquietude.

Gostaria muito de entender os sonhos, senhor Zózimo, muito mesmo! O senhor, que é na verdade um mago, um grande estudioso de muitas coisas, talvez venha a auxiliar-me. Mas não quero perturbá-lo, o senhor me desculpe por tanto palavrório!'.

Dina fez menção de se retirar, tomada pela timidez.

'Senhora Dina, por favor, fique e explique-me melhor o que quer saber, mas duvido que eu possa ajudar. Nada conheço sobre sonhos, sou apenas um experimentador da natureza quando ela se dá a conhecer. De qualquer modo, esse assunto me interessa, apesar de não figurar entre minhas investigações. Sente-se e conte-me a respeito. Não se preocupe com seus afazeres'.

Zózimo estava realmente interessado, mas não atinava exatamente o que o tocara tão profundamente nas palavras de Dina. Ela, por sua vez, entre surpresa, temerosa e ansiosa aceitou sentar-se. Tremia um pouco e as faces continuavam rosadas.

'Tenho um sonho muito repetitivo, senhor Zózimo. Não sei, até hoje, o que Deus quer me dizer com ele. Começa ele em Veneza, cidade que conheço, mas não muito bem. Estou atravessando uma ponte pequena quando um homem toma minha mão. Não o conheço, mas confio nele como se fosse um pai. Veste uma roupa longa, diferente das nossas, tem certa idade e um ar muito sábio. Leva-me até uma viela e me mostra uma mulher caída no chão. Um pequeno fio de sangue escorre de sua cabeça. A princípio não sei quem é ela, mas vou chegando bem perto e passo meu dedo no filete de sangue que escorre do seu rosto. Ela acorda e fico sabendo que a conheço muito bem, mas não sei seu nome e… acordo.

Esse é o sonho, repetido desde minha adolescência em Siena Antes de vir à Espanha, fui a Veneza em busca de algum entendimento, reconhecer, talvez, uma ponte, uma praça que vejo no fundo do meu sonho. Impossível! Mas a cidade me impressionou de tal modo, que sempre quero para revê-la'.

'Realmente difícil esse problema de Dina', ponderou Zózimo, e como previa não saberia ajudá-la, mas se lembrou de um livro sobre sonhos, escrito há muito, que recebera de um professor na universidade a quem se afeiçoara. Era de um estudioso chamado Emilius Aguellus, um desconhecido investigador da alma humana que, segundo lhe havia dito o professor, estudara os pensadores antigos e arriscara-se a escrever sobre *O sono e a vigília*, sua única obra.

Viu os olhos de Dina brilharem quando, ao subirem até a biblioteca, retirou da estante o livro de Aguellus, bem encadernado e bem impresso em letras góticas. O que Zózimo não podia prever era que Emilius Aguellus — que ainda não lera até aquele dia por absoluta falta de identidade com a questão dos sonhos — fosse um veneziano! De relance, viu que a obra havia sido impressa em Veneza pela primeira vez, e em dialeto do Veneto. Aquele volume, o segundo, estava em italiano. Calou-se diante de tal coincidência e entregou o livro a Dina:

'Espero que venha a ajudá-la em algo e fique o tempo que necessitar para lê-lo'.

'Oh, senhor Zózimo, é muita bondade sua! Claro, lerei com cuidado, se é que vou conseguir compreendê-lo. Mas, se não conseguir, permita-me devolvê-lo com rapidez. Afinal, como o senhor sabe, sou uma mulher simples quanto aos estudos. Apenas, sou curiosa sobre certas coisas'.

Dina estava realmente agradecida a Zózimo. Ela preparava seu espírito para, após concluir seus afazeres, tomar contato, o primeiro e desejoso contato, com esse assunto que a perturbava todo o tempo. Como aguardava abrir o livro! Como ansiava por compreendê-lo!

*

No dia marcado, Zózimo esperou Simon na taverna de Gorondotes. Sentia-se impaciente por Dina e seus sonhos, pelos assuntos levantados por Al Gamal e queria assentá-los. Sua pele, mais escura que a de Dina, guardava as manchas afogueadas que tomavam conta de seu coração.

Simon não estava ainda na taberna. Alberico Garondotes fazia um cozido às quartas-feiras que Simon não costumava perder por nada nesse mundo! Esse homem alto, ruivo e de gestos pesados guardava uma delicadeza insuspeitada nos temperos e nas boas misturas de um cozido! O único problema em comê-lo era o fato de que nada mais se conseguia fazer no resto do dia a não ser descansar, pensar com lentidão ou, na melhor das hipóteses, caminhar preguiçosamente pelas ruelas sem sol.

Aguardou Simon bebendo um bom vinho claro, que caía bem antes do cozido. Garondotes, sempre sorridente, trouxera pepinos na conserva e pequenas porções de uma linguiça de carneiro que ele mesmo preparava. Zózimo resolveu aceitar tudo na esperança de relaxar, o que de fato ocorreu após o terceiro gole de vinho. Perto das três horas, Simon chegou. Ruidosamente, como sempre, cumprimentou Garondotes, tirou sua longa capa e chapéu e só então viu Zózimo:

'Querido amigo, já está bebendo? Afinal, saiu um pouco dos alfarrábios!'.

Olhou profundamente Zózimo e percebeu algo mais forte no negrume da íris.

'Por que a insistência em almoçarmos? Para me ver ou comer o cozido do Alberico?'.

'As duas coisas, caro Simon, também quero conversar sobre alguns assuntos...'.

Zózimo sentia-se letárgico, levemente alegre. A cozinha de Garondotes era realmente excelente. Simon sorriu ao ouvir a fala lenta do amigo, homem não acostumado ao vinho, alheio às necessidades secundárias do corpo. Gostava de vê-lo assim, menos preocupado com os livros, o corpo menos tenso, o olhar mais doce. Ajeitando-se na cadeira, pediu em voz alta uma garrafa de tinto, pois a da mesa estava praticamente no fim, e acompanhou o amigo com gosto para terminar a garrafa.

'Não demore com o cozido, Alberico. Estou faminto de três dias! E então, Zózimo, quer comer primeiro e depois conversamos?'.

Zózimo fez um esforço para se concentrar nas palavras de Simon.

'Não, não... vamos conversar agora... ao menos um pouco. Iniciemos o... bem... não sei se poderei explicar tudo hoje...'.

Simon abriu um largo sorriso e seus olhos escuros brilharam. Algo lhe dizia que Zózimo queria falar sobre coisas importantes e que gostaria muito de ouvir, mas o cozido foi servido, fumegante, em tigelas grandes, de modo o que os importantes assuntos foram esquecidos, soçobrados pelo odor acintoso da comida e o vinho tinto encorpado.

'Sabe quantos tipos de elementos devem existir neste cozido? Oh! não sabemos quase nada!... quero dizer... como é possível juntarem-se uns e não se juntarem outros? Por que tudo é ajustado? O ajuste, o ajuste Simon, é isso a natureza, um ajuste perfeito! ou quase... ao menos para nossos pobres olhos que não vão ao fundo. Que artista incrível é Deus que combinou tudo tão belamente!'.

Assim falando, sôfrego, emocionado, o rosto vinhoso e quase um poeta com a voz um tanto entorpecida, Zózimo abocanhou um belo pedaço de carne. Simon se deliciava com o vinho e escolhia porções de verduras e carnes das que mais gostava. Regava-as com oliva e comia com tal ardor [...] ora, nem atentara às palavras de Zózimo, a essas frases arrastadas cheias de ideias sem amarração! E este, ao vê-lo tão concentrado no cozido, tratou de imitá-lo e calou-se.

Simon sempre fora ardoroso em tudo, nunca escondera seu modo de ser desde que se conheceram. Usufruía a vida com muito, digamos... brilho. Lembrava-se das discussões que costumava entabular com o professor de Filosofia, Edouard Savereaux, um francês sulino que escolhera Salamanca para viver. Nessas ocasiões, enquanto ele buscava provocar Savereaux com questões retiradas da Torah — e algumas respostas empolgantes apareciam —, Simon, que parecia desinteressado até então, exaltava-se com o professor. As discussões sobre questões éticas e cósmicas deliciavam a ambos, apesar de, como aluno judeu e talvez futuro rabino — ao menos pensava seu pai à época —, ele mesmo forçava-se a uma certa distância argumentativa impondo-se o silêncio, recolhendo e os detalhes da contenda entre os dois.

Raramente Zózimo deixava-se arrebatar por tais discussões calorosas — ou assim parecia —, mas quando o assunto abordava o cosmos seu coração acelerava. Na maior parte das vezes, conseguia dominar seus ímpetos. No entanto, quando acontecia de expor-se, o amigo Simon, normalmente incontrolável na sua verve, corria em seu auxílio indiretamente, tomava a palavra e continuava a discussão dando tempo ao amigo para o arrefecimento de seu ardor. Felizmente! Além de um tanto tímido, Zózimo bem sabia de si mesmo como um temente das regras judaicas, educado rigidamente nos assuntos de fé e na disciplina. Se continuasse nas discussões, certamente se arrependeria depois.

'O que é isso, Zózimo? Será que não se pode comer sem pensar em Química ou Alquimia, nem sei bem! Ora, desfrute, caríssimo. Não quero pensar na composição que meu estômago recebe, ao menos enquanto está recebendo. E sobre o ajuste, bom... isso é um problema que conversaremos depois e que me interessa. Comamos, comamos!

Vou levá-lo até minha casa após darmos cabo dessa maravilha preparada por Alberico! Se caminharmos um pouco, isso será suficiente como um primeiro auxílio à digestão, e depois...'.

'Sim, sim, claro Simon, tem razão. Vamos fazer isso, sim...'.

Tudo estava bem, muito bem! O dia estava de um frio ameno, o sol já se escondia, a comida era perfeita, a bebida, e não percebeu que haviam terminado a segunda garrafa. O ajuste estava nisso, só nisso. Qualquer ajuste é bom, pequeno ou grande. Assim refletia Zózimo, um tanto confuso na articulação dos argumentos em geral sempre tão límpidos, e ali, diante do cozido de Garondotes, a boca e os olhos se impunham ao seu modo, saltitantes, sem rumo certo. Mas não tinha importância que assim fosse, nenhuma importância, nenhum problema... não, efetivamente... nenhum...

Deixando cair o olhar um tanto ébrio num dos cantos da taberna, demorou a tomar consciência de que via um gato que rodava em círculos procurando morder seu próprio rabo. Olhou-o atentamente, curiosamente, sem pensar em nada. Pareceu-lhe que o gato também o olhava, com ironia. Como assim, com ironia? Sim, era a maneira como o felino o olhava, um olhar quase humano, um tanto zombeteiro. Não, não, havia bebido em demasia!

O gato continuava a encará-lo, os enormes olhos amarelos transformando-se em pupilas. Viu que tinha na testa uma protuberância como se fosse um tumor, que obrigava uma das laterais de sua cara a ficar mais larga e alta do que a outra, dando-lhe um ar de incerta decisão. Repentinamente, o animal deu um salto no ar e postou-se ao lado de Simon. Avermelhou os olhos como se fossem os de um coelho. Então, tomou da própria cauda, passou-a na boca e... desapareceu.

'Zózimo, que foi? Está se sentindo mal, bebeu muito?'.

Estava alheio já há algum tempo, olhava fixamente para a direita de Simon, lugar onde havia estado o gato. Voltou a si com o rosto preocupado e o amigo perscrutando-o. Demorou 10 segundos para dar-se conta da situação e responder:

'Ah, não! estou bem, desliguei-me um pouco... estava pensando em algo. Estou bem, estou bem...'.

Suspirou longamente. Não quisera falar sobre o que vira, não saberia explicar. Olhou novamente para o canto, para a direita de Simon, e não havia mesmo sinal algum do gato. Quiçá tivesse bebido muito. Não, sabia que não. Sabia que vira o felino desaparecer após morder o próprio rabo, esse estranho gato de olhos quase humanos com uma espécie de tumor na fronte e ar de incerta decisão. Num relance, soube do que se tratava e o peito arfou.

Terminaram o lauto almoço e saíram a caminhar. O corpo satisfeito não era tocado pelo frio do final da tarde já sem sol. As faces de Simon estavam manchadas de vermelho, as de Zózimo, em geral magras e pálidas, rejuvenescidas por um leve inchaço que deixava sua aparência saudável. Os olhos brilhavam e contrastavam com os cabelos negros que começavam a embranquecer nas têmporas. Avançavam sem falar. Por uns 10 quarteirões, a digestão os obrigou ao silêncio.

A casa de Simon, de esquina, apareceu com sua alta porta de entrada, uma bela casa que a mãe lhe emprestava, muito grande para um só morador. Raramente ela aparecia por lá, de modo que Simon usava apenas uma parte dela, que dividira para ter privacidade nos seus escritos, seus poemas, suas leituras e visitas. Habitava apenas quatro cômodos: uma sala grande voltada para o alpendre servia-lhe também de biblioteca e de sala de estudos; uma sala menor, ao lado dessa, transformara em dormitório, contíguo a um banheiro de bom tamanho. Parte do amplo alpendre era envidraçada e deixava ver um amplo jardim a leste da casa. Ali fizera o ateliê, seu lugar preferido. Dispostos estavam os cavaletes, tintas, pincéis, uma grande mesa rústica onde acabava passando a maior parte do dia. A cozinha, e toda a ala que abrigava os empregados — e para ele bastava apenas um empregado, melhor, uma —, bem como os outros cômodos, sequer lembrava deles, e quando sabia que sua mãe o visitaria, tratava de limpá-los e arejá-los.

Entraram por um espaçoso e curto corredor e alcançaram a grande sala com livros, quadros, sofás e uma mesa de estudos em belo estilo francês do século anterior. As portas altas que se abriam para o alpendre deixavam ver o céu limpo. Começava a escurecer e as primeiras estrelas pontilhavam de luz, fracas ainda. O resto do azul se consumia. As árvores pareciam enormes sombras escuras, irreconhecíveis como as diurnas à falta de detalhes. A casa era mais alta que a rua, de modo que, subindo os poucos degraus da porta principal, necessariamente se descia um lance maior de escada para alcançar o jardim aos fundos, por meio do alpendre não visível da calçada.

Este fazia o encanto da casa. Ficava bem mais alto do que o jardim e a paisagem vista de lá era muito bonita, os olhos alcançavam parte de telhados, as torres da igreja e as montanhas pedregosas ao fundo. Simon vivia bem, sabia usar o dinheiro que a mãe lhe dava, mas nunca soubera ganhar o seu próprio.

Assim que se sentaram, uma jovem atendeu-os e cuidou de preparar um chá com biscoitos. Sim, iria bem um chá nessa hora, com a névoa descendo sobre as árvores e o ar mais fino já correndo na seiva. As pernas geladas pela caminhada pediam algo quente. Os sofás eram confortáveis, até em demasia, e permitiam ver todo o alpendre e parte do jardim. Esperaram o chá em silêncio, com a lareira já acesa. Simon foi o primeiro a falar:

'Viu a jovem que está comigo? Não é interessante? Gostei assim que a vi. A outra se foi, Alicia... cansou-se de mim. Vamos ver se essa me suporta'.

'Ora, Simon, basta você não as importunar! Sei o que pretende com elas, quer que o sirvam em tudo, não é? Como sempre, essa sua atração pelas mulheres, mas não para o matrimônio, ainda vai trazer--lhe problemas!'.

Zózimo falou sem muita motivação, quase como um irmão mais velho, pois sabia que Simon não mudaria a não ser quando verdadeiramente se apaixonasse. Mas, quem era ele para saber sobre paixões, ele que não tivera mais que duas experiências sexuais em sua vida! A jovem, Mariana, trouxe a bandeja com o bule e xícaras recendendo a laranja. Realmente era bonita, delicada de corpo, gestos sensuais, andar ereto. Realizava que Simon já a estava envolvendo no costumeiro olhar doce que acompanhava cada gesto da moça. Cativava as mulheres, sabia fazê-lo. Talvez esse seu jeito despretensioso, que não chegava a ser alegre, comprava-lhes a confiança. Ou seria o modo como andava, meio torto? Ou os olhos escuros e úmidos, que as obrigavam a olhá-lo mais de uma vez?

Sorveram o chá, lentamente. Zózimo tinha a alma apaziguada, mas a cada vez que se lembrava da conversa com o rabino sentia a respiração encurtar. Comentaria parte das coisas que pensava com Simon, apenas parte. Não porque desconfiasse do amigo, mas estava sem forças. Aquele gato na taberna motivara-o para outra vertente, obrigando-o a resolver o sentido daquela visão.

'Simon, você crê que o homem é feito por Deus para poder alcançar algo próximo ao poder divino de criar? Quero dizer: podemos criar coisas nas quais jamais pensamos ser capazes? Por exemplo, saber o que é realmente a alma, do que é feita, se é ou não substancialmente diferente do corpo e em quê? Porque se soubermos sobre ela, poderemos, de algum modo, tentar criá-la, não? Ou se nossas emoções são ajustes determinados de matéria elementar, sutil, misturas químicas específicas, ou se as cores são seres em si mesmos que incidem em outros seres que a elas se adaptam?... E os sons, seriam do mesmo modo? Eu gostaria de ouvi-lo sem pretensão de discutir. Apenas ouvi-lo'.

Simon dominou-se. Estava extremamente agitado com tais perguntas, quer por elas mesmas, quer por ser Zózimo a fazê-las. Se ele conseguia verbalizar parte do que estava pensando, isso significava que ia muito além das perguntas que fazia – conhecia bem como funcionava a alma de Zózimo nesse aspecto. Quantas vezes, na universidade e depois dela, ouviu seus comentários aparentemente estranhos e descabidos para constatar, após algum tempo, que alguma descoberta ou experiência inesperada ocorrera, na qual Zózimo estava envolvido! Fora assim na tuberculose de Dina.

Estavam perdidas as esperanças para a moça quando, lembrava-se bem, foi chamado às pressas pelo amigo médico. Encontrara-o sentado no chão do laboratório, com um grosso livro nas mãos, pálido e trêmulo. Soube depois que esse livro era o sagrado Sepher Yetzirah. Algumas substâncias coloridas estavam dispostas na grande mesa do centro da sala e Zózimo repetia, numa língua desconhecida, palavras desconexas, ao menos para seus ouvidos estrangeiros. Havia parado na porta sem saber o que fazer. Após um bom tempo, Zózimo ergueu os olhos do livro e lhe dirigiu umas poucas palavras. Respirava profundamente, as têmporas estavam úmidas de suor quando solicitou sua ajuda para misturar algumas substâncias — uma violeta, outra verde azulado e outra amarela — que, segundo ele, não poderiam ser tocadas pelas suas próprias mãos enquanto repetia aquelas expressões ininteligíveis do livro.

Na ocasião, Simon lembrava-se do medo de tocá-las enquanto ouvia os balbucios de Zózimo, indecifráveis e modificados na entonação a cada vez que, cuidadosamente, ele virava a página do livro. Finalmente, silenciou. Trêmulo, o cabalista se colocou em pé, com dificuldade e pediu para que lavasse muito bem as mãos e as enxugasse numa fina toalha de linho para manipular as substâncias coloridas, apontando para cada uma, e que as misturasse de modo especificamente proporcionado. Obedeceu sem pestanejar, mesclou os líquidos, com extrema delicadeza, segundo as indicações. O que eram jamais soube. Depois, dividiu a mistura em dois recipientes, novamente em diferentes proporções bem determinadas e acrescentou a uma das metades uma outra substância acinzentada. As cores finais — uma de um verde amarelado mais claro e outra mais escura — estavam prontas.

Com um gesto indicativo do amigo, haviam subido om as duas poções ao quarto de Dina, que ardia em febre, os olhos cavos. Viu-a no leito praticamente à beira da morte, respirava mal, quase inconsciente, macilenta, a boca ligeiramente aberta. Círculos embaçados ao redor das pupilas indicavam o que ele já aprendera a ler nos moribundos. A moça estava irreconhecível. Auxiliou Zózimo na lenta tarefa de fazer com que ela bebesse os preparados. O líquido do primeiro recipiente foi engolido totalmente, o do segundo foi friccionado no peito, olhos, pulsos e tornozelos da doente. Com o pouco que ainda restara, o médico-mago molhou a fronte da enferma detendo-se na altura da têmpora direita enquanto repetia, uma vez mais, ininteligíveis expressões em língua desconhecida.

Saíram do quarto depois de muito tempo e, exaustos, foram sentar-se próximos à cozinha. Em silêncio, Zózimo serviu o vinho do Porto olhando-o profundamente. Simon soube que nada mais seria comentado entre eles quanto a esse episódio.

Dois dias depois, desapareceu a febre de Dina e ela se levantou do leito para dar seus primeiros passos após tão longa doença. Um mês e já estava totalmente curada. Não seria essa a última vez que Simon confirmaria parte desse estranho mundo inacessível de Zózimo de Türen, seu mais dileto amigo, seu misterioso amigo. Agora, lá estavas ele com perguntas misteriosas na grande sala, lareira acesa, tomando chá.

'Zózimo, não são perguntas fáceis e sei que não devo arguir... você quer respostas, e nem sei como as elaborou'.

'Não, Simon, por favor, não pergunte nada... não ainda!'.

'Está bem. Eu não sei mesmo o que responder, então, pouco adiantará. Talvez sobre as cores possa dizer algo, porque tenho enorme afeição por elas! Penso que são seres à parte dos outros. Elas se deixam dominar pelas minhas mãos quando inicio uma pintura, mas aos poucos percebo que se impõem, compreende? Têm vida própria, me transcendem, digo até que, por vezes, que me dirigem! Claro, você pode achar que é minha razão que já sabe a cor que quer e que as escolho por rotina e no afã de pintar, porém isso não me bastaria. Há como, digamos, um diálogo, sim, um diálogo meu com elas, e se não for intenso, concentrado, elas não me respondem e eu titubeio sem saber exatamente o que quero. Parece que aguardam, e quando estou confuso elas se impõem a partir dos meus erros, das minhas insuspeitas mesclas aleatórias ao ficarem claras, autoritárias, com vida própria jorrando independente de mim, pobre dominado...'.

Os olhos úmidos de Simon procuraram o rosto de Zózimo como um menino que espera aprovação. Era verdade tudo isso, não exagerava em nada! Por muitas vezes, durante uma pintura dialogava com as tintas, melhor, com as cores até mais que com as texturas e pincéis.

'E digo mais ainda, Zózimo! Ocorre-me, agora, que com as palavras se dá o mesmo! Quando tento escrever uma poesia também é assim, elas se impõem, às vezes eu fico à mercê delas, às vezes, não. Nunca, entretanto, pude percebê-las totalmente à minha mercê, mesmo quando trabalho com uma ou duas e as troco por outras pensando que as tenho dominadas... ah, nem assim estão nas minhas mãos, elas simplesmente vão aparecendo, deslizam na minha alma, sem ruído... singelas, femininas... controladoras'.

'Compreendo bem, Simon, muito bem! Fico feliz que assim seja, que você tenha vivido isso tudo. Crê que Deus nos deu esse poder de trabalhar com seres tão diferentes do nosso simples cotidiano, seres tão sem solidez? Podemos falar assim de cores, sons, figuras, como falamos do sofá ou da casa? Crê que não há nessa diferenciação enorme nenhum fim específico? Estão todos ao redor de nós, esses seres estranhos, todos os dias, as palavras, as cores, os sons, os perfumes, mas... ora... não é disso que estou falando, mas do trabalho que temos com esses seres, de como eles nos moldam. Crê que o homem possa conhecer e trabalhar tudo o que a natureza lhe dá? Deus nos permite isso?'.

Simon sentiu um Zózimo muito aflito. Já devia saber parte das respostas, mas queria ouvi-las de alguém por algum motivo que não alcançava. O que se passava na interioridade desse amigo tão caro? Teria sido o esperado pergaminho de Al Gamal que o transtornara? Não, não haveria perguntas.

'Creio que sim, que Deus permite. Se assim não fosse, como ficaria seu poder? O homem faria coisas que ele, na sua perfeição, não havia previsto ou desejado'.

'Exatamente, caríssimo, esse é um dos problemas! O homem tem livre arbítrio, não é? Até onde? Por quê? Pode criar seres não existentes na natureza, por exemplo? Inventar mesclas que a natureza não inventou? Pode criar como um Deus, igualar-se a ele de algum modo? Ocorre, Simon, que o homem está adentrando no estofo do universo muito depressa e sem se perguntar por que ou para que… então, não será isso um uso indevido do livre arbítrio? Por que Deus permitiria a uma de suas criaturas que viesse a igualar-se a ele, de tal modo que o destruiria enquanto único Criador?'.

'Não, não me parece que esse raciocínio seja o único possível. O livre arbítrio é limitado pelo próprio Deus que o doou, você sabe disso, Zózimo. E se o homem usá-lo para criar seres como Deus o faria, isso não quer dizer que esses seres nunca existiram na natureza, nem que o homem é Deus! O que é a natureza? É o que vemos? O que prevemos? Poderiam estar ocultos, esperando manipulações! Ora, Zózimo, não se lembra das nossas aulas de Filosofia sobre o invisível, o que transcende os nossos sentidos e a coordenação dos nossos pensamentos? Você sabe bem melhor do que eu sobre isso!! Claro que sim! Savereaux foi um bom professor! E você tem lá seus dons… nada cotidianos! O que perguntamos, o que podemos prever, até mesmo quando pensamos nos igualar ao Criador, deve ser muito pouco diante do poder divino.

Ora, diga-me Zózimo, o que realmente o está preocupando? Por que precisa ouvir um amigo como eu, tão marginal aos assuntos religiosos, tão pouco responsável com a vida? Sim, sei que sou assim, não me desculpo…, mas essas respostas você daria melhor do que eu!'.

Simon baixara o olhar um tanto sem jeito. Zózimo olhava-o compenetrado. Tinha razão em muitos de seus argumentos. Na verdade, ele próprio realizava que o problema principal que lhe provocava angústia não estava nessas perguntas e respostas tão parciais. Acreditava na existência de muitos seres que não eram vistos nem percebidos, que não podiam ser definidos ainda — alguns só nomeados —, e na dificuldade de compreender as cores, os perfumes, nas palavras e suas ligações talvez infinitas.

A questão era se os homens perderiam ou não a noção dos próprios limites e chegariam a discutir sobre esses assuntos que eles dois, ali, no início de uma noite fria, deixavam correr. Os homens do futuro trabalhariam, trabalhariam muito, criariam seres sem saber o que fazer com eles, e já se podia prever que esses novos entes, novos para o homem, teriam vida autônoma mesmo sem previsão humana. Não sabemos exatamente o que é a natureza além de nossos próprios limites, não indagamos sobre o fundo de nós mesmos, ou indagamos pouco, e acreditamos facilmente que o horizonte que vemos e pensamos é a realidade mesma que circunscrevemos. Deixamos muitos ensinamentos antigos à margem dos que agora aparecem e as consequências, estas sim, preocupavam Zózimo. Porém, tudo o que agora ponderava, seus receios, as incríveis possibilidades humanas, não estariam previstos por Deus? Não fora por ele propiciado? Com que intenção?

Sabia que os desígnios de Deus não se apresentam claros, mas tinha o direito de questionar até onde pudesse fazê-lo. Simon não poderia saber — e ele jamais lhe contaria — sobre sua capacidade de visualizar, muitas vezes, o que viria a ser e o que havia sido. Deus lhe dera esse poder terrível de quebrar a linha do tempo e adentrar no movimento para que bem o usasse, mas nem sempre compreendia como tomar posse dele. Assim como vira uma parte do passado de Dina — razão por que pôde curá-la —, também vislumbrava partes do que viria a ser como se fossem pequenos quadros emergentes, relâmpagos curtos iluminando sua mente, indicando, inclusive, a personalidade de uma pessoa, seus moldes de identidade os mais profundos. É bem verdade que esse lado preferia não exercer, e considerava demasiado saber dos móbiles alheios e do funcionamento de partes da alma de cada um.

'Zózimo, você não quer me falar nada? Não quer se abrir um pouco? Sei dos limites que tem devido aos estudos sagrados que faz e às vezes fico preocupado. Você não me parece um homem triste, mas tende a isolar-se de tal modo que... não quero me intrometer, você é meu melhor amigo!'.

'Não se preocupe, não se preocupe... estou bem. São momentos difíceis, mas passam. Tem razão, estou me isolando muito ultimamente. Simon, querido Simon... Tenho uma ideia! Que tal irmos a Pádua? Tenho algumas coisas a fazer por lá, não são urgentes, e aproveitaria da sua companhia para rever a vizinha Veneza, de que tanto gosto! Você poderia comprar suas tintas — só na Itália encontrará as melhores, os magníficos azuis e vermelhos! Que tal?'.

Simon sorriu abertamente. Sim, claro que iria! Gostava muito de viajar com Zózimo, davam-se muito bem, deliciavam-se comentando os detalhes de tudo o que viam, perdiam-se por horas em minúcias engraçadas, o que chamavam de "achados", ou seja, pequenas percepções, inusitadas visões sobre o comportamento das pessoas, detalhes de paisagens, obras de arte, sim, claro que iria! Combinaram para dali dois meses. Um sentimento doce e ao mesmo tempo excitante tomou conta de Simon. Zózimo, num relance, percebeu:

'[...] leve suas melhores roupas... e visite o barbeiro...'.

'Por quê? O que significa essa sua nova face, Zózimo? Cuidando de mim? Já não basta minha mãe? A cada vez que vem visitar-me, ela trata de presentear-me com roupas novas, pois acha horríveis as que uso! Obriga-me a cortar os cabelos, aparar a barba!'.

Zózimo apenas sorriu, mas sabia o porquê de tal recomendação. Estava num daqueles dias extremamente pródigos para sua sensibilidade. O gato mordera o rabo ao lado de Simon, fora para lá só para avermelhar os olhos e colocar o rabo na boca. Compreendera, afinal, o sentido de sua visão logo depois, na saída da taberna de Garondotes. Simon sofreria grandes mudanças.

*

Andrei estava exausto de escrever. O Judeu de Toledo havia consumido suas últimas forças. Por que adentrava em situações inusitadas com seus personagens, situações que o deixavam esgotado e pressionado? Sentia as pernas doloridas, além dos ombros tensos indicarem o quanto deixara de cuidar de si todo esse tempo de escrita, vivendo uma espécie de reclusão monástica sem gosto para ir à rua. Às vezes ficava assim, entre indolente e ativo, apático para certas coisas e apaixonado por outras.

Saiu para o jardim. O *flamboyant* estava cheio de pequenas flores vermelhas e a relva salpicada de pétalas murchas. Esticou os braços, bocejou e deu uma volta ao redor da casa atingindo o jardim ao fundo. A árvore de jasmim estava verdejante e retorcia seus finos galhos ao redor dos rudes troncos da videira, já carregada de cachos de uvas ainda muito pequenas. O perfume se expandia no ar da primavera desnudada em todos os lados com suas cores, e um perfume doce misturava-se ao ar cálido do final do dia. Prenunciava-se o que seria o verão. O céu era de um azul mais escuro que o do inverno e a lua crescente ensaiava aparecer, sinais que o impeliam a buscar as ruas, rever a indolência, encontrar-se com alguns amigos e caminhar, simplesmente, nas calçadas de Puerto Madero.

Telefonou para Esther, uma velha amiga jornalista com quem almoçava vez ou outra. Haviam se reencontrado quando do lançamento de seu livro, e a antiga amizade voltou sem esforço e pressa. Nesses tempos de solidão, vasculhava a memória e o caderno de endereços procurando aproximar-se dos antigos amigos e Esther, ora, fora bom reencontrá-la, quanto tempo sem vê-la! Gostava dela. Sempre discreta, telefonara quando desistiu da editora, e, ao final do ano, nas Festas, uma vez mais conversaram longamente sobre os difíceis acontecimentos que ocorrem inesperadamente na vida de cada um.

Esther, por exemplo, era uma mulher disponível na sua viuvez, amarga no seu ceticismo e dona de uma grande virtude: não era invasiva. Amigos desde os tempos de universidade, afastaram-se quando a ex-mulher demonstrou, abertamente, que não fazia gosto nessa amizade. Continuaram por todos esses anos a se encontrar, raramente, o suficiente para manterem um tênue fio de afeto. Tinham personalidades semelhantes, haviam se casado quase à mesma época e ela enviuvara há 10 anos. O marido, Arturo Echemgoya, morrera em acidente de barco e ela sentira muito sua perda. Nessa época, conversaram longamente. Ele soubera, então, que seu casamento fora apenas suportável, e com muito esforço mantiveram manter um relacionamento de amizade. Era verdade que estivera, por longo tempo, abatida com sua morte, pois se habituara a receber as boas coisas que esse relacionamento tivera, mesmo poucas, e a tolerar as más, essas, muitas.

Ele era o pai de seu único filho, Gabriel, a quem adorava e acabou sendo um amigo e não um esposo, motivo pelo qual preservara o casamento. Nessa ocasião, Andrei consolara Esther no que intuía poder, mas não se via apto para tais assuntos, um homem em crise matrimonial crônica. Também ela o consolara quando de seu divórcio e da sofrida rejeição dos filhos. Uma pena que não sentissem mais que afeto amigável um pelo outro. Ela lhe parecia tão doce, tão cordata que, vez ou outra, chegava a imaginar-se como seu par, somente nas horas em que se sentia muito solitário.

Vivian veio à sua cabeça, imagem acompanhada de uma leve fisgada no estômago e um tenaz esforço para apagar sua sempre perturbadora visão. Entrou na sala e telefonou para Esther. Por sorte, ela estava disposta a passear, a sentir um pouco desse ar cálido que juntava as pessoas. Também ela trabalhava em demasia no jornal.

"[...] Em que dia estamos? Nem sei mais, andei escrevendo".

"Hoje é sexta-feira, Andrei, todos vão sair nesta noite que promete ser enluarada. Ao menos viste o céu? Poderíamos pensar em algo interessante para fazer, não?".

"Sim, vi o céu. Tive vontade de passear em Puerto Madero, algo assim... tomar um vinho, conversar... não sei".

"Tenho umas entradas para um concerto no Jazz Saloon. Esta noite vai tocar um bom trompetista. O pianista que o acompanha é conhecido como um *virtuose*. Que tal? Começa às oito horas, poderíamos, depois, passear como queres".

"Fechado! Passo por tua casa às sete e meia. Ótimo, já me sinto bem melhor!".

Andrei estava de bom humor, a preguiça foi embora e um banho demorado ajudou a diminuir suas dores musculares. No caminho para a casa de Esther, comprou um maço de pequeninas rosas amarelas. Ainda se lembrava de ser sedutor, e mesmo sendo ela apenas uma boa amiga era mulher, ainda uma bela mulher.

O tráfego estava tranquilo. Encostou o carro e tocou a campainha. Alta e esguia, com um vestido azul escuro muito simples e sandálias baixas de verniz vinho, era realmente atraente e mantivera o porte. Não se enfeitava, quase nunca. Prendera os cabelos num pequeno coque, colocara um colar de prata escura que combinava com pequenos brincos, um leve rosado nos lábios, nada mais. Não gostava de ser notada, e desde muito jovem, ainda universitária, tratava de se convencer de que não era vaidosa, absolutamente.

Andrei lembrava-se de que ela passara incólume ao seu olhar masculino com sua camiseta branca e calças *jeans*, os cabelos castanhos amarrados de qualquer forma atrás das orelhas, e os olhos, apenas os olhos, chamavam muito a atenção porque brilhantes, de um verde amarelado peculiar. Escondia-os atrás dos óculos e da cabeça baixa. Mesmo assim, havia algo nela que todos a olhavam, mas não da primeira vez. Bastava conversar um pouco e seus olhos chamavam o do interlocutor, sua voz baixa, meio rouca, envolvia o outro na conversa. Só então sabia estar diante de uma mulher atraente. Isso tudo já realizara Andrei, e à época em que esteve desesperado após a morte de Vivian, havia pensado em se aproximar de Esther, que continuava só desde a morte de Arturo. Não sentia qualquer atração especial por ela, mas lhe inspirava uma doce confiança, tão difícil de encontrar. A ela seria capaz de contar parte de seus sentimentos de perda.

"Olá, Andrei! Então, vamos? Estás com boa aparência! Apesar da reclusão seus olhos estão brilhando. Imaginei que estarias com olheiras, alquebrado! Creio que estou pior...".

"Hum, que pernas, mulher! Dá uma volta! brincou Andrei. Teus cabelos cresceram... ora, que exemplar feminino esse que me acompanha! Estás muito bem, certamente!!".

"Tonto... Tomei um pouco de sol, só isso".

Um leve rubor surgiu no seu rosto e Andrei apreciou isso. Foram ao Jazz Saloon e não se arrependeram. A boa música animou-os, bebericaram algo e levemente alegres sentiram aumentar a vontade de passear, conversar sem qualquer horário. Dirigiram-se a Puerto Madero, naquela hora ruidosamente jovial, com pessoas descontraídas e risonhas caminhando pelas calçadas e lotando os cafés e restaurantes. Entraram num pequeno bistrô, encontraram lugar numa ala aconchegante, com mesas mal cobertas por um toldo, de onde podiam sentir a brisa vinda do Prata. O descanso e prazer daquela noite penetrou em suas peles: a tepidez, o luar, o ruído dos grupos, o fino odor dos calamares dominando as narinas. Logo a fome veio e entre uma garfada e outra de um delicioso linguado e Andrei perguntou:

"Esther, por que não te casaste outra vez?".

"Hum, será uma noitada de confidências, pelo jeito! É que não encontrei alguém para me apaixonar. Como meu casamento não foi muito bom, bem sabes, fiquei com medo de repetir a dose. Preciso me apaixonar, Andrei, do contrário é melhor nem tentar. Consigo viver bem sozinha".

"Mas não sentes falta de ter alguém, de uma companhia? Estamos nos 50... aliás, devo dizer que tu não aparentas, absolutamente. Estás muito bonita e se eu pudesse... hum, te seduziria, minha querida! És muito jovem para a idade que tens!".

Esther olhou-o profundamente. Demorou seu olhar na boca de Andrei como se a perscrutasse. Piscou diversas vezes, ajeitou os cabelos e tomou um gole de vinho.

"Tu estás muito bem, Andrei, também não aparentas. Deve ser marca de nossa geração, cheia de transformações. Não repetimos nossos pais, quero dizer, ao menos muitos de nós. As mulheres envelheciam muito depressa, talvez porque nada esperassem de si mesmas além de aguardar os filhos crescerem. É pouco para um ser humano, é muito pouco".

Andrei lembrou-se de sua ex-mulher. Apesar de ter uma profissão, ser esposa e mãe, no seu íntimo Mabel jamais havia desfrutado da situação de mulher independente, assim ele entendia. De personalidade irritadiça, foi envelhecendo mal, severa consigo e com os outros, sem humor e com excessiva insegurança afetiva, que acabava vazando como ciúmes, em controle exagerado, o que destruía a si mesma e a quem estivesse por perto. Havia demorado muito para dar-se conta da tristeza habitual que latejava todas as manhãs em suas costas, sem dúvida a causa de ter-se acostumado a arquear os ombros. Por longos anos, leu a vida já pronta, sem direitos, porém sem maiores deveres além dos já decorados. Na verdade, desistira das surpresas nesse modo de viver, como se a velhice estivesse chegando antes do tempo. Mas não havia ainda chegado, não a ele, e havia sido Vivian quem lhe mostrara isso. Que destino é esse que escolhe a uns para tardios desenvolvimentos e a outros deixa abandonados no caminho? Ele seguira, não fora fácil.

Havia baixado os olhos e o seu silêncio — e provavelmente a expressão de tristeza que se colara em seu rosto — acabou por encurtar a pouca distância entre os dois, os pratos, os copos e ele. Com firmeza, quebrou essa espécie de ausência de tempo e bebeu um bom gole de vinho, enfrentou o olhar agudo de Esther e retomou a conversa como se nada tivesse acontecido:

"Então, Andrei, o ser humano precisa desenvolver-se, não é? Para isso, não pode parar, tem que enfrentar desafios. Talvez nossa geração, ou parte dela, seja jovem por ter vivido isso. Não achas? Quanto a me seduzires, querido, se não tentaste nos tempos de universidade por que tentarias agora? Muito menos provável!".

O tom da fala, entre brincalhão e cínico, espantou Andrei, e o olhar de veludo que recebeu não se recordava de conhecê-lo.

"Tu sabias de minha paixão por Mabel, retrucou sem ênfase. Era totalmente apaixonado por ela, não via mais ninguém. E tu eras arredia, exigente! Ademais, nunca nos relacionamos como... digamos, homem e mulher. Diziam até que tu não te casarias, que eras demasiado feminista, o que não caía bem para nós, homens! Acho que muitos se interessaram por ti, mas tiveram receio, imagino eu. Não sei, bom, fomos grandes amigos... e continuamos sendo. Ora, Esther, que conversa! Nunca pensei que isso te passasse pela cabeça, a possibilidade de termos alguma aproximação naqueles tempos!".

"Os homens são muito lentos, querido. Naquela época eu o amava muito, ou achava que amava. Não, não fiques espantado, faz tanto tempo! Sim, eu sabia que tua paixão era por Mabel, que eu não teria chance, mas isso acontece tanto! As amizades mais fortes entre homens e mulheres sempre têm uma historinha de amor encoberta, quase sempre uma historinha infeliz como essas que acontecem na adolescência entre primos. Todos tivemos um primo ou uma prima e nos apaixonamos!".

"Sim, é verdade, mas nunca imaginei...".

"Isso não é importante, cortou Esther. É uma confissão fora de época. Não estás desfrutando do linguado".

Andrei procurou o garçom com os olhos, queria pedir mais vinho. Percebeu que não voltariam a esse assunto, mas a confissão o perturbou. E se ela não se tivesse casado com Arturo? E se ele não tivesse conhecido Mabel, Vivian? Desencontros... ou não seriam desencontros? Estava ali, admirando os verdes olhos amarelados da amiga dos tempos de universidade e parecia vê-la nas aulas, de jeans e camiseta atrás dos óculos. Ali, com o vestido escuro discretíssimo, sem óculos, levemente ruborizada, Andrei recolheu com novo olhar o contorno do pescoço, a curva dos seios, as mãos grandes e bem-feitas que deslizavam para cima e para baixo na taça úmida. Esther estava nervosa. Andrei sentiu chegar um velho e conhecido, quase desaparecido, ardor no fundo das entranhas.

O jantar foi agradável, conversaram sobre amenidades, sobre o modo de educar os filhos, sobre as agruras do trabalho de cada um. Ele contou pouco, muito pouco, sobre seu novo escrito. Não sabia como se desvencilharia de Zózimo e de suas impertinentes questões. Ela continuava trabalhando para o jornal no qual já estava há vinte e poucos anos. Não podia se queixar de dinheiro nem do filho, que fazia um estudo sobre mutações genéticas em Chicago. Gabriel, contava ela com meio sorriso, havia acertado na profissão, adorava o que fazia. Médico como o pai, em vez de assumir a herança paterna — o consultório de clínica geral —, preferiu as pesquisas celulares. Assim, concluía, sua vida não estava de todo má apesar de faltarem algumas coisas importantes.

Os dois sabiam bem o que lhes faltava de importante. Saíram do bistrô já tarde da noite. Esther estava ligeiramente embriagada e Andrei continuava com o ardor no fundo das entranhas. Sabia o que queria. Espantosamente, naquela noite tépida e enluarada, não imaginava como tal ímpeto aflorou, indiscutível. No entanto, gostava muito dessa amizade para quebrar seus doces laços e talvez devesse preservá-la como estava. Era necessário se recompor e deixar o desejo para outra ocasião.

Chegaram até o automóvel e Andrei tomou a avenida para levá-la de volta à casa. No trajeto, ela permaneceu silenciosa, extremamente silenciosa. Era melhor manter o silêncio. Seria cansaço? Embriaguez? Talvez. Repentinamente, Esther disse com voz firme e pausada:

"[...] Andrei, gostaria de conhecer tua casa. Não reparaste que foste grosseiro comigo até hoje? Nunca me convidaste para conhecê-la! E já nos vimos tantas vezes depois que mudaste, depois do divórcio!".

"[...] Claro, claro, lógico, que absurdo! Que indelicadeza a minha! Não só vais conhecê-la como vou preparar um café, moído na hora e feito segundo regras muito específicas, aliás, regras brasileiras para fazer um bom café! Jamais esquecerás esse café!".

Uma situação interessante, com certeza. Não sabia muito bem como era a mulher Esther, nem sabia se fora a sua antiga amiga quem havia pedido para ir à sua casa, ou... quem sabe fosse uma outra pessoa, uma mulher desconhecida. Ou seria ingenuidade sua? Afinal, como disse um dia Freud, por vezes um charuto é simplesmente um charuto. Ora, Esther era sua amiga e iria tomar um café em casa! Sentia-se flutuar entre um doce contentamento e uma preocupante incerteza, mas estava disposto a tudo naquela noite, como se o pedido tivesse despertado sua coragem masculina um tanto em desuso. O ardor nas entranhas subira ao peito.

Chegaram ao bairro de Palermo. Extremamente gentil, Andrei deixou-a à vontade enquanto preparava o café. Apontou-lhe a videira, alguns livros de que gostava e alguns discos para que escolhesse. Ela recebia tudo com olhos brilhantes, deslizando as mãos nas beiradas das estantes, caminhando vagarosa no jardim perfumado pelo jasmim. Ele acompanhava parte desse percurso enquanto a água fervia. Não demorou a que o cheiro penetrante do café entrasse nas papilas desejosas do líquido escuro. Saborearam prazerosamente uma xícara, enquanto Esther olhava fixamente, ora para Andrei, ora para a mesa cheia de papéis, ora para a videira.

"Aqui está o novo romance?".

Dizendo isso, levantou-se do sofá e olhou os escritos sobre a mesa.

"Zózimo é teu personagem principal? Quem é ele? Não me falaste sobre ele, ainda. Escreveste primeiro sobre personagens antigos, romanos, e agora? Por que esse nome, Zózimo de Türen? Falamos muito pouco sobre sua produção".

Esther estava de costas para Andrei enquanto falava, a voz um pouco rouca, os ombros ligeiramente curvados examinando os papéis. Andrei se aproximou e tocou-os com firmeza. Sentiu um ligeiro tremor dela e de seus próprios dedos. Ela se virou e com dificuldade olhou-o nos olhos.

"Esther...".

Impossível evitar os passos que se seguiram tão espontaneamente vieram, tão contidos e desejados. O primeiro constrangimento desapareceu com uma rapidez inusitada. Parecia que todos aqueles anos, e todo o sofrimento que a vida impingiu a cada um deles, tivessem burilado o afeto às escondidas e arredondado suas formas. O ardor novo, imperioso, não encontrou paredes. Não havia perdas, só ganhos, não havia cobranças, só dádivas, não havia posse, só a generosidade que entre eles se fazia primária e necessária. Nenhum dos dois pretendia nada mais que viver o que deveria ser vivido. Nada mais que essa noite. Amanhã... amanhã o sol iluminaria o que às sombras não cabe desvelar.

Como era de se esperar, iniciou o namoro com Esther. Isso lhe deu um pouco de sal ao cotidiano. Ela não lhe cobrava nada, estava sempre bem-disposta e cada vez mais atraente, de modo que Andrei atravessava um bom período. Nenhuma grande paixão, na verdade. Porém, acostumava-se com a ternura e os cuidados dessa antiga colega de faculdade e tinha gosto em descobrir do que ela gostava, fazer-lhe mimos. Imprevisível a vida das emoções. Mas não conseguia escrever no ritmo de sempre, tratava de inventar coisas para fazer na casa, chamar os filhos para um jantar, seus amigos, a filha Florência (é verdade que nem sempre aceitavam). Esta, novamente o surpreendia com sua maturidade. Vivia com o namorado, Ciro, o que provocava uma discussão eterna com Mabel.

A LONGA HISTÓRIA DOS QUATRO PONTOS DO ORIENTE

Para Andrei, o quanto já experimentava do imprevisível fizera-o mais tolerante. Gostava muito de Florência e cada vez mais se aproximavam. Ela recebera bem a Esther como ele recebera bem a Ciro.

Zózimo esperaria sua hora, não havia outro jeito, e Andrei começava a inquietar-se com medo de não conseguir escrever. Não gostava de deixar os personagens na gaveta escura. Dina o preocupava, sim, pensava muito nela ultimamente e nem tanto em Simon e na viagem dos amigos a Pádua. Afinal, descrevê-los passeando por Veneza lhe dava tremores. E a visita a Barone, o grande alquímico, traria a Zózimo muitas outras ideias que ele não saberia dispor na escrita. Com certeza, o judeu de Toledo teria o que contar em novas páginas da novela, de modo que Dina, naquele momento, parecia chamar mais a sua atenção. Sabia, no entanto, que Veneza era um ponto central a enfrentar, mais cedo ou mais tarde. Pressentia-o, mas estava alarmado. Por quê? Eram seus personagens que lá estariam! Tantas vezes fora a Veneza e preservava dela tão boas lembranças! É verdade que também guardava a pior delas, a que de fato não vira, a morte de Vivian. Mesmo assim, Simon e Zózimo eram Simon e Zózimo, não ele, Andrei! Ora!

Não, não era bem assim. Sentia-se parte de todos eles, era todos eles e não era nenhum. Numa noite quente, depois de um jantar regado a vinho em companhia da tontura benfazeja que invadia a ele e Esther, foram dormir num aconchego que raras vezes sentira nos últimos anos. Sentia-se uma criança, lépido, másculo, jovial. Esther lhe passava um sentimento misto de frágil menina e formidável mulher, um ótimo sentimento! No meio da madrugada, subitamente, acordou. Esther dormia ao seu lado e experimentou nas mãos a beleza que via e, delicadamente, acariciou os seios que se mostravam parcialmente entre os lençóis. Ela não acordou. Levantou-se em silêncio, fechou a porta do quarto e sentou-se no computador. Dina Maria Salvina era sua dona atual.

Ajeitou-se para escrever quando, como um vento rápido, algo passou por sua mente, uma imagem, um saber... perdeu-o. Tentou concentrar-se, revisou seus últimos passos e pensamentos, olhou as últimas páginas escritas [...] a imagem voltou a aparecer... fugiu como sombra. Afinal, ela se fixou e tomou-o completamente! De um só golpe, soube o que já estava claríssimo há muito tempo, desde que iniciara sua novela sobre Zózimo de Türen. Sua cegueira não vira: estava tecendo uma rede entre Dina e Vivian! Mais ainda, e de algum modo que ainda não podia compreender, construíra uma ponte entre Diomedes, Cornelius, ele mesmo, Dina e Vivian!! Então, estaria escrevendo coisas sobre si mesmo?! Não eram seus personagens? Não era uma novela, era biografia? Que terríveis laços haviam-se formado? Por que não previra isso tudo?

Lembrou-se, com o coração batendo forte, das agulhadas, comichões, calafrios em suas costas, pescoço, enfim, todas as sensações físicas que o acompanhavam quando escrevia certas partes da novela anterior e da atual. Sim! Era isso! Agora começava a crer que o controle sobre os textos realmente não podia o ter, que as cores, sons, perfumes, figuras que provocavam as dúvidas e conclusões possíveis de Simon Cruz Lopez e Zózimo de Türen diziam respeito, muito provavelmente, à sua própria vida, talvez às partes incógnitas de si mesmo! E os anteriores personagens do primeiro romance? Particularmente Cleona, em Crotona? Não se reconhecia neles, permaneciam misteriosos. Eram um tecido emaranhado em seus fios.

Andrei se desesperava ao mesmo tempo em que se alegrava. Não havia relacionado imediatamente nenhum dos personagens consigo mesmo, e por mais que procurasse em sua memória, nunca se interessara pelas cores, sons, perfumes ou pela Química, Alquimia, elementos, quaisquer dessas coisas! Nem sobre sacerdotisas de Crotona iniciadas nos mistérios, e muito menos sobre Retórica ou sobre a cidade de Herculano!! Mesmo assim... algo sabia deles e de si mesmo, não tudo.

Suas mãos tremiam e sentiu-se febril, a pele estava fria e achou por bem fazer um café para acalmar-se. Olhou em volta, viu a videira no jardim, a videira de Dioniso! Sim, lembrava-se bem dessa ligação feita quando escrevia sobre Crotona, mas nada o impulsionara além da constatação dessa coincidência feliz entre a grande videira do templo e sua pequena videira envolvida pelos finos galhos do jasmim. Coincidências? Teria estado apenas inconsciente quanto às coincidências? Precisava sentir-se seguro e fez o café com aprumo, seguindo os rituais como gostava... como o ritual do chá com Vivian. Fumegante, quase bruto, o café foi sorvido com cobiça. Não sabia resolver nada mais além do que agora saltava em sua alma, em seus pulsos, em sua garganta e sem qualquer clareza, aos pedaços.

Imobilizou-se diante do teclado.

Voltou para a cama, os olhos estatelados visando lugar algum, até que os primeiros clarões da manhã o lembraram de onde estava. Seus pensamentos, se é que assim chamaria essa revoada de imagens, continuavam tumultuados, sem fio condutor. Às sete horas, Esther despertou.

*

"Um mês depois e já em Pádua, encontraram Giovnni Barone, que os hospedou na própria casa, próxima à universidade, uma construção forte do século XVI herdada da família de ricos comerciantes. Alegre, excelente bebedor de vinho, Barone nem parecia um estudioso. Tinha a aparência de um homem voltado ao grande comércio e *habitué* das rodas sociais e não de um homem de ciência. O que seria parecer um cientista? Algo como ter um rosto sério, compenetrado, de poucos risos, enxergando mal? Ou um corpo magro, pálido, de quem se esquecia de comer? Barone não era nada disso! Gordo, comilão, beberrão, era dono de certa luxúria que emanada dos olhos e das mãos gorduchas. Seus dedos tinham um modo de deslizar no ar, de fazer círculos e curvas que, pode-se dizer, indicavam gulas sinuosas.

Assim que se acomodaram em Pádua, Zózimo e Giovanni se afundaram em conversas sem horário. Fecharam-se no laboratório que ficava no sótão, um lugar tão amplo quanto toda a horizontalidade da casa. Logo Simon percebeu que deveria cuidar de si mesmo. Os dois químicos (ou alquímicos?) conversavam noite adentro sobre os rumos das mesclas, reliam pergaminhos antigos de Paracelsus sobre a Tábua de Esmeralda, reestudavam as novas descobertas de Al Gamal. Zózimo estava fulgurante. Seus olhos, dia a dia, adquiriam o brilho da inteligência que Simon não se lembrava de ter visto desde a época da universidade... e daquele dia do cozido de Garondotes.

Todos comiam juntos ao menos uma das refeições, em geral a ceia, quando a mulher de Barone, Tereza Lingarff Barone, fazia seu papel de anfitriã generosa. As demais não tinham um horário fixo, mesmo porque Simon, aproveitando-se dos estudos dos dois, conhecia Pádua e arredores em companhia de Tereza. Ela era uma mulher de meia-idade, um pouco triste, mas muito gentil e sempre disposta a acompanhá-lo. Pareceu-lhe um tanto sem vida, talvez porque não tivesse a companhia do marido com a constância que gostaria. Com a disposição apresentada por Tereza, veio a conhecer Firenze, suas cores outonais, seu ar ao mesmo tempo embaçado e luminoso. Queria muito pintar essa cidade, mas acabou por criar um poema em que tentava mostrar seu amor a tanta beleza! O homem soubera, quase com toque divino, harmonizar as construções, o rio Arno, as torres, as praças...

Via-se leve e curioso com tudo. Cortara um pouco os cabelos e a barba, como lhe recomendara Zózimo, trouxera roupas novas com as quais se sentia bem — uma percepção que não assentava em sua alma quando se arrumava em Toledo. Quanto a Veneza, esperaria mais uns dias para ir com Zózimo. Aguardava conhecê-la com ansiedade, pois durante toda a viagem até Pádua o amigo lhe falara sobre as maravilhas dessa cidade que, imaginava, não mais o surpreenderia, tamanha a riqueza de pormenores passados nessas conversas. Enganava-se, porém.

*

O dia fora cheio com o senhor Zózimo aprontando-se para a viagem. Dina Maria Salvina aproveitara para uma limpeza mais vagarosa da casa, afofara a terra do jardim, ampliara o canteiro de manjerona. Sentia-se bem após o banho relaxante misturado ao chá de malva. Seu quarto lhe pareceu acolhedor quando, à noite, segurou o livro dos sonhos experimentando uma curiosidade feliz e uma alegria de fundo, antes expostas na tensão firme da mão ao vestir-se, no modo de aconchegar-se nos lençóis e, finalmente, ao abri-lo com decisão. Saboreava a expectativa de um prazer maior. O dinheiro não necessariamente poderia comprar essas pequenas alegrias — pensava —, pois dependia de cada um abrir-se a elas, criá-las a partir de si mesmo na tranquilidade receptora das ínfimas dádivas que, a bem dizer, não são ínfimas. Leu devagar a primeira página:

DO SONO E DA VIGÍLIA

Emilius Aguellus

Livro I – O livro dos sonhos

'É preciso que fique claro aos que me lerem: tudo o que eu disser nestas folhas diz respeito não à verdade da razão, mas à verdade do coração, aquela que sabemos, desde os antigos, que faz tremer as membranas internas. Afirmo que a razão deve acompanhar, sempre que possível, o coração, e quando isso não for possível, que guarde consigo os informes recebidos sem entendimento para posterior investigação.

Os sonhos não seguem o mesmo tempo das coisas que aprendemos quando despertos, mas têm eles o tempo e o espaço que lhes são próprios. Qual são eles, não saberia dizê-lo, mas afirmo por bem diferenciar os dois. Dos conhecimentos que recolhi dos sonhos me proponho afirmar que são circulares, mas que tipo de desenhos, curvas e floreios faz, ou quando se encontram em linhas tangentes ou não, ou se afastam em demasia de um possível centro, sobre isso tudo nada sei. Não é dado ao homem a perfeição no engenho e arte.

Os sonhos são modos de as divindades se fazerem presentes. Não traz o Divino diretamente, não se adequam totalmente às nossas categorias do pensar em falar, mas devemos a Ele e aos seus mensageiros essa espécie de visita indireta, o sonho, e agradecemos. Por que nos presenteiam os mensageiros dos sonhos que se mesclam às nossas categorias e nos confundem? Para que possamos ter algum alívio nesta vida difícil de males, ao apontarem para outros horizontes que não supomos existir, bem além dos nossos sentidos mais imediatos.

Nosso despudor diante do saber que temos e pensamos ser largo, talvez com os sonhos alguma humildade emerja para nossa parcela de felicidade.

Desafortunadamente, mesmo que os sábios antigos tenham alertado sobre o poder dos sonhos, nós não atentamos a eles pela dificuldade de entendimento a eles inerentes, ou por não crermos na sabedoria dos antigos.

Quanto mais investigamos o nosso céu que a vista alcança, mais nos afastamos do próprio céu que é o imenso e que nos envolve. Ele é, também, a nossa alma. Tentarei, portanto, neste breve escrito, pedir o auxílio dos divinos mensageiros para transformar em palavras o que é difícil. E aqueles que vierem a lê-lo, que possam adentrar em nova trilha ao lado daquelas já existentes em sua vida.

E assim faço com a humildade dos que sabem pouco saber.

Deo Gratias,

Emilio Agüellus

Venezia, XV sec.christianus. ✝

Livro II – A visita da senhora

Em todos os sonhos deve-se atentar para o fato de que eles podem surgir em longos ou curtos entrelaçamentos. Quero dizer que, muitas vezes, assuntos semelhantes entre si nascem por um período e reincidem em sequências noturnas inesperadas. Quando isto ocorre, podemos dizer com certeza, que se trata da visita da senhora, ou da Dama Sábia que irá frequentar nosso coração e nossa razão, nesta ordem.

Devo contar que me procurou uma distinta signora de nome Alda de Craffonta devido às fortes dores de cabeça. Sentia-as há tempos, e por insistência do marido, sabedor de meus estudos em medicina antiga, atendi-a. Após algumas conversas indagativas à signora sobre as suas dores de cabeça, perguntei sobre seus sonhos. A signora de Craffonta, admirada, contou-me com grande prazer que, por repetidas vezes, sonhava com uma velha feia e sem dentes sentada ao pé da lareira de sua casa. Que a velha, com um sorriso constante na face enrugada, ficava a mexer nas cinzas e brasas. Quando a ela se dirigia para perguntar seu nome não respondia, apenas sorria e continuava os movimentos.

Esse sonho repetiu-se por longo período entremeado de outro, em que empreendia uma longa caminhada sobre pedras lisas no seu jardim, o que ocorria com os pés descalços e tinha receio de escorregar. Ultimamente, contou-me, a velha não mais aparecera nos sonhos, mas uma fonte no jardim de seu novo sonho surgira, fonte que antes nunca vira e no fundo da qual descansava uma pedra redonda e escura com veios amarelos. Deveria alcançá-la no sonho, porém sempre acordava sem tê-la apanhado.

Estava muito alegre por poder contar esses sonhos, pois pressentia algo neles dada a insistência com que apareciam, e não tinha certeza se deveria comentar tal assunto com conhecidos.

Pedi alguns dias para analisar suas imagens oníricas — as quais me descreveu com cuidado e riqueza de detalhes, que ora não reproduzo. Teve algum alívio nas dores de cabeça durante o período de conversas, talvez devido ao medicamento especial que eu mesmo lhe preparei. O esposo estava encantado com essa melhora. Após um tempo sem vê-la, solicitei que voltasse. As dores não haviam passado totalmente, apesar de bem mais leves. Expliquei-lhe que se iniciara um ciclo importante em sua vida, de modo que deveria anotar todos os sonhos que tivesse dali para frente, e que por hora nada mais eu poderia fazer a não ser ouvi-la quanto aos próximos sonhos, e o que mais quisesse compartilhar. A signora Alda de Craffonta assim fez e por diversas vezes veio a mim.

Devo confessar que eu mesmo sonhei com a velha na lareira. Fiquei sabendo, então, que a signora Craffonta perderia o marido — assim me dizia a velha da lareira —, e devidamente amparada pela riqueza proveniente do casamento, a que tinha direito, mudaria de Veneza para Roma, onde viria a ensinar o que sempre quisera desde a adolescência: o canto.

Aguardei o oportuno para confirmar a Fortuna, o que de fato veio a acontecer ano e pouco depois. A Dama Sábia, ou a anciã, é a primeira visita clara que indica sinais de grandes mudanças em nossas vidas. Permito-me afirmar que após ouvir vários de seus sonhos, e analisar os meus próprios durante o período de conversas com a signora, pude inferir o que disse acima. Muitos outros sonhos ouvi de outras gentes, desse mesmo feitio, tanto de homens como de mulheres — e os meus próprios — indicativos de grandes mudanças, em geral para melhor se houver boa disposição de alma do sonhador. Não me parecem excessivas tais conclusões, que ora deixo para os que vierem a ler este escrito, decidirem, em nome da Sapiência.

Credo in lux

(E.A.)†

Livro III – O livro azul

Sonhar com livros é bom augúrio, pois são modos de ensinamentos que nos chegam pela divindade. O mais difícil sonho com livros que ouvi foi o de um rico senhor comerciante de Firenze, que não me permite citar seu nome devido aos seus negócios, e por várias vezes sonhou com um livro que, ao abrir, de lá saíam aromas de ervas. Essas ervas pareciam estar desenhadas, porém moviam-se nas folhas de papel como se fossem vegetais vivos, cresciam em suas páginas pairando no ar.

O sonho exigia que ele fizesse um livro de aromas, o livro que colhesse o mais possível as essências, segundo lhe dizia uma voz que não sabia de onde provinha. Acordava e nada entendia, mas era tomado de alegria por imagens tão belas. Unindo os sonhos desse negociante a outros que ouvi de outras gentes, e aos que eu mesmo tive sobre livros, posso inferir que altas sabedorias nos são ditas por meio deles, mas dificilmente percebemos sobre elas ao acordarmos.

Entretanto, logo depois dessas imagens oníricas algum acontecimento novo ocorre em nossa vida e, de algum modo, já o pressentíamos, mas esquecemos: seja um negócio inesperado, um novo relacionamento amoroso ou uma viagem que não julgáramos fazer, e muita coisa com isso aprendemos e empreendemos. Por vezes, esse algo novo muda a trajetória de nossa vida ou acrescenta-nos algum poder que dormitava em nossa alma. E são boas as coisas que passamos a construir, quer para todos os homens, quer para nós mesmos.

O negociante em questão, após muito tempo, procurou-me para dizer que, realmente, houvera novidades em sua vida, pois resolvera negociar na Sicília e comprara terras, plantara ervas aromáticas para unguentos, perfumes, infusões, impelido pelas imagens do livro e auxiliado pelas facilidades que o destino desdobrou à sua frente. Fora-lhe tudo muito fácil nessa nova empreitada e não só ganhara muito dinheiro ao decidir mudar sua vida, mas estava muito feliz e realizado na nova labuta.

Todavia, um só sonho me deixou aturdido nas inferências: o de uma jovem muito bela nos seus 17 anos e que, por algum motivo insondável, não se casara. Sonhara insistentemente com um livro azul, pleno de signos indecifráveis que preenchiam suas folhas e nelas se movimentavam, ao modo do comerciante. Inferi, a princípio, o mesmo que os outros sonhos com livros indicavam, porém a jovem nunca se casou, que era o que mais desejava, e abrigou-se melancolicamente num convento, como teve a delicadeza de informar-me sua mãe. Passados três anos nesse convento, foi expulsa por dedicar-se à bruxaria. Nada sei dizer quanto a esse sonho do livro azul. Esse caso me foi difícil e tormentoso.

Credo in lux

(E.A.)†'

Dina parou de ler. Espantava-se pela sua falta de surpresa com a leitura de Aguellus. Gostou do que leu, mas nada lhe soava desconhecido. Ela mesma já atentara aos seus sonhos, alguns dos quais escrevera, mas não ousara pensar muito sobre eles. Claro estava que Emilius Aguellus tinha razão, e com o coração batendo forte tentou acalmar-se para dormir. Continuaria a leitura, com muito cuidado, na noite seguinte. Sim, sem dúvida teria muito que aprender sobre sonhos. Muitas coisas começavam a fazer sentido em sua vida. Adormeceu em meio às lembranças embaralhadas de antigas imagens."

*

A madrugada avançava e o escuro cedia. Andrei despertara uma vez mais no meio da noite, mas desta feita conseguira levantar-se para escrever. Há horas estava entretido com Dina e Emilius. A cabeça latejava. Lembrava-se de uma antiga carta que recebera de Vivian na qual ela lhe contava um sonho muito peculiar, exatamente sobre divindades e suas visitas noturnas. Não ouviu ruído algum no quarto onde estava Esther, porém seria melhor verificar esse assunto da carta depois..., mas era impossível não buscar a carta imediatamente. Procurou uma pasta que guardava no fundo de uma gaveta. Havia muito tempo que não a abria. Vasculhou-a com descuido esgueirando o olhar em todas as cartas que ali se amontoavam. Parou numa delas.

"Meu querido Andrei,

Temos que nos afastar, ah, como temos! Porém, como fazê-lo? Como suportar? Sinto-me débil, mas tu és cúmplice de minha debilidade. Sinto-me forte, mas tu és cúmplice de minha força. No horizonte, há sempre tua imagem, assim é, mas por quanto tempo? À noite sonhei contigo. Estavas vestido de azul, um azul anil, camisa branca, sem gravata, tinhas um rosto sereno, um meio sorriso esquecido que iluminava seus olhos. Estavas segurando um pedaço de pele, uma pele humana transparente dessas que saem de nós quando tomamos muito sol, porém ela era ampla e tu a colocavas na minha frente abrindo ligeiramente os braços, segurando-a com as pontas dos dedos. Parecias dizer: ah!, agora não estamos mais colados pela mesma pele, tu a arrancaste! Acordei. Renovamos nossa pele morta, a pele da alma? Tenho que procurar um assistente divino para explicar esse sonho.

Há um papiro em Berlim que nos ensina a evocar novos sonhos. Diz que por meio deles podemos combater inimigos, curar doenças, dormir com quem amamos. A magia dos sonhos não a conheço, mas diz o papiro, de autor desconhecido, que é preciso saber o verdadeiro nome daquele que se quer tocar pelo sonho. Tu és teu nome? Todos temos um verdadeiro nome, secreto... minha imaginação voa mais do que seria adequado e são tuas as asas que me transportam.

Beijo da tua Vivian".

Fechou a pasta violentamente tomado de forte emoção. Viu que o sol começava a aparecer clareando toda a sala onde havia trabalhado toda a noite. As pernas doíam, inchadas. Levantou-se com dificuldade e foi preparar o café. Sentia uma vontade enorme de comer ovos com torradas, manteiga, geleia. Por que essa fome? Consumira muita energia e, ao mesmo tempo, sentia-se cheio dela. Enquanto arrumava a mesa, os pequenos ruídos da manhã acordaram Esther que, com ar interrogativo, apareceu na porta da cozinha, o rosto sonolento.

"Andrei, o que houve? Acordaste cedo...".

"Não, querida, estou acordado de há muito, a noite toda a bem dizer. Tive que escrever. Vou tomar um banho, preciso tomar um banho. Termina o café para mim, está bem? Poderias estalar uns ovos, gemas um pouco moles? Estou faminto! Meu corpo está falando alto!".

Abraçou-a, afagou seus cabelos afetuosamente e encaminhou-se ao chuveiro. A água jorrou abundante e ele lá ficou, deixando-a escorrer pelos cabelos, nuca, até que se sentiu revigorado. Novamente aquela antiga sensação quando escrevia muito: o corpo sofria e a alma se alegrava. Estava feliz, muito feliz. Só a sombra de Vivian pairava do seu lado direito. Voltou à Dina Maria Salvina.

*

"A ansiedade fez com que Dina fosse para a cama mais cedo. Durante todo o dia, pensara na leitura de Emilius Aguellus. Dedicara-se a terminar os cuidados com o jardim, fora até o mercado, à igreja, mas as horas passavam lentamente. Ao anoitecer, aconchegada entre os lençóis, retomou a leitura da véspera.

'Livro IV – As mulheres orientais

Muitos costumam dizer que para cada objeto que sonhamos há um significado, que sonhar com templo, com degraus, certas flores, certos legumes são indicativos de batalhas ganhas ou perdidas, amores desfeitos, morte de parentes ou dinheiro. Isso recolhem vários livros de nossos dias baseados em antigos textos sobre os sonhos, principalmente o de Artemidoro. Os imperadores, sabemos, consultavam-se com muitos homens e mulheres decifradores de sonhos para saber sobre os sinais que recebiam durante o sono, mormente antes de grandes batalhas, ou quando queriam decifrar certas uniões políticas. Pode ser que haja alguma razão nesse modo de decifrar, mas não creio que as coisas se passem tão simplesmente. Volto a afirmar que algum divino ser nos visita quando o corpo está desatento das coisas que nos cercam, ou quando dorme, e algumas vezes até quando despertos ao atentarmos para certas imagens fugidias dentro de nós, ou ainda quanto ao modo como nos tocam certas coisas. Há a dádiva oracular, não poderia ser de outra maneira.

Como dizia o sábio Aristóteles, quantas coisas há dentro de nós que são e não sabemos que são! E mesmo Hipócrates, a quem devo o respeito mais profundo, também afirmava sobre o toque da divindade que recebemos quando, no sono, nossa alma é potencializada para alcançar o que, despertos, não somos capazes! Não serei eu a afastar-me da sabedoria antiga. O melhor é dar graças ao que ganhamos em ciência, mesmo que não nos venha do modo claro como queremos. Ademais, é preciso atenção ao que diariamente nos escapa, aos pequenos detalhes que prendem a atenção, às simples coincidências mesmo quando singelas, às imagens que se formam em nossa alma, ao balbucio quase inexistente de certas vozes que ressoam na cabeça.

Passarei, agora, a narrar um outro acontecimento, quando um homem de grande valore cuja firmeza de propósitos, brilho de inteligência e caráter inquestionável me fizeram gosto durante o tempo em que comigo esteve. Por que me procuraria um homem com tão belas qualidades? A bem da evidência, tudo lhe corria perfeito, o trabalho, a família, não fora uma incessante enxaqueca que o enlouquecia. Para buscar a cura dessa tortuosa doença, recorri, além de Hipócrates, aos antigos alfarrábios dos grandes sábios árabes, uma vez que as dores de cabeça, apesar de constantes, pareciam incidir mais fortes em certas horas do dia e em certas estações do ano mais que em outras.

Analisando os ventos, as águas e a temperatura, bem como o plantio feito a cada época do ano na região em que estávamos, obtive bons sinais e experimentos quanto ao assunto. Estranhamente, a imagem desse homem dormindo me perseguia enquanto eu investigava os alfarrábios. O que poderia aproximar sua enxaqueca dessas minhas imagens? Via-o deitado num grande leito, os olhos cerrados, a boca levemente aberta e a mão direita sempre tensa ao contrário da esquerda. Minha imaginação criava fatos insolúveis para mim. Jamais havia visto esse homem dormindo, mas levei em conta a obstinação de minha alma e certo dia me aventurei a perguntar-lhe se costumava dormir muito. Respondeu-me, espantado, que sim, e até mais do que pretenderia. Se sonhava, evidentemente, foi a indagação seguinte, e sua resposta deixou minha vontade teórica aguçada. "Não! não sonho! Jamais sonho!" respondera-me com veemência.

Essa confissão mostrava que eu deveria investigar sua doença exatamente a partir dessa trilha, e foi o que tentei. Prescrevendo algumas ervas que ajudam no equilíbrio do movimento onírico, e outras que apaziguam a dor de cabeça apesar de não a curar de vez, aguardei por nove dias que ele reaparecesse após ministrar as gotas e infusões. Realmente, ele voltou no dia previsto. Contou-me, com grande emoção, que após ter falado comigo sobre ao fato de não sonhar, surpreendera-se com um sonho longo e claro, por cinco noites seguidas. Sonhara que estava no telhado de um alto casarão e de lá via um pátio interno, quadrado. Repentinamente, seus pés deslizaram e ele caiu no pátio, e apesar da altura nada lhe ocorreu. Pôde ver duas mulheres com leves roupas orientais, talvez da Pérsia, não soube precisar. Elas dançavam e se aproximavam dele, e ele, sem saber o que fazer as olhava em estado de grande confusão e fascínio. Quando as duas chegaram mais perto, percebeu que seus gestos não eram os de uma dança, mas de um chamamento, ou seja, elas o queriam. Dirigiu-se a elas e acordou.

Após esse relato devidamente anotado por mim, perguntei-lhe sobre os detalhes das roupas, do telhado da casa, o aspecto do dia, enfim, tudo o que pude recolher. As mulheres, disse-me o homem, estavam totalmente tatuadas, um detalhe digno de notar-se, pois é algo pertinente aos marinheiros e aos povos à margem da nossa civilização europeia, povos tribais conforme relatos de navegantes e dos livros de alguns pesquisadores. Satisfeito com minhas anotações, pedi que voltasse dentro de dois dias e prosseguimos por um tempo em que ele passou a sonhar com frequência. Estudamos seus sonhos nesse período e suas enxaquecas já quase haviam desaparecido.

Afinal, pude ver parte do que era dito a ele pelas divindades: juntando minhas anotações, imagens e ideias com outros sonhos e com as enxaquecas desse brilhante senhor, pude prever que seu problema estava no rim direito, o órgão que filtra a tristeza dos afetos e aderida aos pulmões. Um inesperado amargor bilioso começava a espalhar-se do fígado à uretra. O rim tudo recebe e deve filtrar nossos líquidos mesclados aos afetos, com firmeza retirando o impuro. Adivinhei que a postura desse homem na vida, por incrível que possa parecer e por mais que eu apreciasse sua dignidade, não lhe fazia bem, suas emoções eram rígidas demais para serem filtradas. Com o tempo de tratamento e a confiança que passou a depositar em mim, pude me inteirar de suas dificuldades na vida familiar.

As duas mulheres de seu sonho, ambas orientais e tatuadas, indicavam, segundo meus estudos sobre o sentido dos pontos cardeais transportados às nossas imagens oníricas — do norte, do sul, do leste e do oeste —, transporte que emerge refletido pois não existem de fato, podem apontar sentimentos fundos daquele que sonha. O inusitado dessas figuras femininas e sua duplicidade prostravam-no. Colocou-as no Oriente, era preciso desvendar tal mistério. À medida que avançamos nos estudos, o senhor foi tomando uma atitude muito infantil comigo, usava expressões de crianças como se brincasse — papá, dá prá mim —, o que me era incompreensível. Até sua voz, por vezes, afinava. Seriam suas fantasias que se permitia saírem? Sentimentos tribais que possamos ter, os mais antigos e memorizados em leituras na tenra idade? Pareceu-me difícil tal hipótese. Alguma mulher desconhecida — e que ele acreditou ser misteriosa — teria apanhado sua alma, ainda menino, e reaparecia? Ou ele mesmo buscava sair de sua rigidez?

Sua confiança permitiu que eu dissesse coisas aos ouvidos de sua alma. Depois de esclarecido ao menos boa parte de seu problema, não mais quis voltar à minha casa, apesar de despedir-se de mim com muito afeto. Adivinhei que não se dispusera a transformar-se, não no que o amedrontava. Muitos anos depois, soube que havia morrido com graves problemas no fígado. Senti muito por não poder ajudá-lo. Este caso não me trouxe, entretanto, desvios teóricos, muito ao contrário, confirmou minhas investigações.

Credo in lux

(E.A.)†'

Por muito tempo, Dina experimentou o gosto de ler todos os sonhos e estudá-los. Aprendeu o que não sabia, reconheceu o que já sabia e passou a lembrar dos próprios sonhos, principalmente aquele que se repetia sempre em Veneza. Quem seria a moça que via caída no chão, com o filete de sangue a escorrer pelo rosto? Outros sonhos pareciam mais fáceis para compreender com a leitura do livro, não esse. Por mais incrível que fosse, não tivera dificuldades em seguir as colocações de Aguellus.

Noite após noite, devorava o livro com vagar, não querendo que terminasse. Deu-se conta de que passou a sonhar muito nesse período, e anotou-os todos. O de Veneza não se repetiu. Dina havia puxado o fio da meada. Compreendia essas visões semidivinas e fazia as relações entre elas com rapidez. Verificava que algumas mostravam seus próprios desejos, outras retomavam antigos acontecimentos, e outras... outras pareciam prever o que aconteceria. Nestas se deteve, não sem receio, e aventurou-se a espiar, com reverência, a biblioteca de Zózimo de Türen. Um livro grosso e envelhecido, com belas figuras desenhadas em cores variadas e brilhantes, ensinou-lhe o que faltava: eram textos de Cícero, do "De Divinatione" e interessou-se imediatamente.

Sua leitura deixou-a à vontade para prosseguir nos novos estudos. Anotara que para o grande orador, as almas humanas — quando não as governam nem a razão nem o saber aprendido — são excitadas espontaneamente de dois modos: nos acessos de loucura e nos sonhos. Mais ainda, que a loucura podia ser a inspiração para tocar a divindade, e a Sibila transportava mais a mulher que o homem a esse estado nomeado pelo orador romano de furor. Então, se assim era, que temores surgiam para sua própria fé católica? Tratava-se de algo divino e próprio do feminino! Sentia-se sem amarras ao iniciar esses estudos, e, quem sabe, o senhor Zózimo poderia ajudá-la. Deveria saber muitas coisas, apesar de ter afirmado não ser afeito ao assunto. Esperava sua volta e tentava manter a calma. Não foi preciso esperar Zózimo de Türen.

*

Em Pádua, Simon desfrutava das novas paisagens. A alquimia de Zózimo e Barone seguia em silêncio no laboratório, e Tereza Lingarff Barone parecia mais alegre depois desses dias de passeios como guia de Simon. Estava ligeiramente corada, aprimorava o penteado dos longos cabelos negros, adornava o colo com um belo colar e brincos ao estilo das florentino. Parecia mais jovem. O que antes se lia como tristeza nos seus olhos não mais estava ali. Agora, um brilho intenso ressaltava a escuridão das pupilas rodeadas do claro azul da íris.

Deixariam Pádua para voltar a Toledo em três dias. Haviam combinado de passar por Veneza, mas Zózimo afirmou que não iria, que não haveria tempo e fosse que Simon fosse com a senhora Tereza. O astuto amigo notou que Tereza gostava desses passeios e que a atitude discretamente sedutora de Simon para com a mulher de Barone só lhe fazia bem. Devia ser difícil a vida com Giovanni Barone, afeito aos prazeres dos estudos e desatento das necessidades femininas, apesar da luxúria de seus dedos e gestos para a comida, de modo que, naquela noite ao cearem, em meio ao vinho do Veneto e ao cabrito assado com ervas e legumes, Zózimo ponderou:

'Simon, não poderei ir a Veneza como antes combinamos. Barone, o que acha de dona Tereza acompanhar Simon? Gostaria que ele conhecesse a cidade para comentarmos depois, em Toledo. Não creio que devo parar nossos estudos neste momento'.

Entre um grande naco de cabrito e um enorme gole de vinho, Barone, com sua voz forte e pausada, balançou a cabeça afirmativamente:

'Sem dúvida alguma, sem dúvida alguma… Devem visitar o museu e também as ilhas. Tereza, não deixe de apontar-lhe os detalhes da San Marco! Belíssima catedral! Ah, e veja se há algum concerto do nosso Vivaldi. Sim, sim, devem ir… uma pérola, uma joia do Adriático, Veneza!'.

Barone falava baixo, dividindo-se entre o entusiasmo por demonstrar as riquezas de sua região e a atenção à comida e à bebida que degustava cuidadosamente. Seus olhos paravam mais no cabrito do que nos seus ouvintes. Tereza alegrou-se. Um sorriso doce dirigido a Simon correu pelas linhas de seu rosto, que o recebeu afoito como uma carícia, o que Zózimo percebeu. Ou seria mera impressão? Quem já estava há dias voltado às fórmulas e mesclas líquidas não poderia estar tão atento a tais detalhes. Apesar de Zózimo não estar voltado às coisas do coração, não costumava errar no diagnóstico. O afeto que Tereza começava a sentir por Simon fora inesperado, e todos os sentidos se aguçavam nessa emoção. Simon, sem pressentir a força do que estava vivendo, só podia afirmar a si mesmo que esperava as manhãs com ansiedade e dormia na expectativa de rever essa mulher, seus gestos delicados, quase frágeis, seu jeito dócil, quase submisso, seus olhares de viés, quase tímidos. Esperava os passeios como um menino.

Não soube desse desejo imediatamente, mas com a possibilidade de irem a Veneza por dois dias, o peito arfou. Nunca sentira tanta gratidão por Zózimo de Türen ter propiciado essa viagem com Tereza! Nunca poderia explicar-lhe o que sentia naquele momento ao saber que, de fato, o amigo não iria. Aprontaram-se para, na manhã seguinte, visitarem Veneza. Ficariam hospedados em casa de Donnata Barone, tia de Giovanni, e voltariam no dia seguinte à noitinha.

Assim fizeram e depressa chegaram às águas venezianas. Não foi surpresa alguma quando Simon, não mais contendo os ímpetos que o dominavam, e quase sem vislumbrar a cidade onde estava, aproximou-se de Tereza numa das estreitas vielas por onde passeavam e beijou seus lábios com força, como que para conter a torrente de desejos que o levava para além de um beijo. Foi surpreendente a resposta fogosa dessa mulher moderada nos gestos. Viveram um amor intenso e rápido, inesquecível, ao menos para Simon que já se via perdidamente apaixonado por uma mulher casada com o amigo de seu melhor amigo. No entanto, sabia-se pouco convencional e sempre imaginara que a força amorosa não tem convenções, o que de fato é verdade. Tereza Lingarff Barone, no entanto, não partilhava do mesmo pensamento, educada nos limites das normas que, agora, quebrava com tanta facilidade e gosto. Que seria desse amor quando não mais estivessem juntos?

Quando a distância entre Toledo e Pádua pesasse em seus corações? Quando o cotidiano de mulher casada obrigasse seu olhar a uma só perspectiva? Não queria pensar em nada, a não ser naquele intenso presente suspenso numa espécie de éter.

O valor da escuridão é duplo. No amor, ela aconchega as almas, e essa mesma escuridão previa o futuro separado que, naqueles instantes de carícias, escondia os valores ao redor do casal. Ambos não reconheciam como próprio na profunda troca, o peso das inconveniências. O cheiro, o gosto, o tato da escuridão amorosa… sim, havia isso tudo, e era a primeira vez que Simon amava a escuridão e podia vê-la como benfazeja. Como poeta e pintor, buscava imagens, contornos, formas, luz! Com Tereza, a escuridão preenchia todos os seus sentidos, todos os tons e luminosidades.

'A escuridão tem muitos rostos e um deles é o do amor' — pensou Simon. 'A escuridão é estética'.

A LONGA HISTÓRIA DOS QUATRO PONTOS DO ORIENTE

Já previa que esse amor tão jovem seria bem longo."

*

Andrei Taukis ficou sabendo de muita coisa, principalmente quanto à alma de Dina Maria Salvina. Ela se tornara o personagem mais difícil desse novo romance, mesmo que não estivesse dando a ela o lugar de destaque que merecia. Na verdade, Dina não era propriamente seu personagem, mas um pedaço do mistério a resolver, um mistério entranhado em seus escritos desde o primeiro livro, no fio emaranhado da sua própria vida. Afinal, ela era um ponto de convergência, de alguma importante convergência: o porquê de ter começado a escrever após o sono no avião rumo a Paris, naquele mês em que encontrara Diomedes, Crísias, um sono que o levara a Herculano, a Roma, embalado (assim pensava) pelas frases de Sêneca antes lidas em Veneza.

Escrever! Um belo modo de resolver parte do mistério que estava sendo sua vida nesses últimos tempos! Editar um livro, ter razoável sucesso com ele, experimentar a felicidade de criar, a liberdade — pode-se dizer — de ser ele mesmo. Tempos belos, tempos difíceis! O debate com os personagens, a angústia pela morte de Vivian, misturavam-se sem clareza na figura da doce Dina Maria Salvina, e tudo isso se armava à sua frente. Dina, quase marginal diante da forte presença de Zózimo de Türen, seu verdadeiro núcleo de criação nesse segundo escrito, o que seria ela? Ah, mas era ele quem queria algo dela!

Dina Maria Salvina ajudava-o a vislumbrar parte da meada. Vivian era Dina Maria Salvina? Vivian era Crísias ou Cleona, ele mesmo talvez fosse Diomedes? Disso não tinha certeza. Tudo estaria claro se se tratasse de um jogo, de uma espécie de xadrez, mas o invisível e inimaginável fluxo da vida ultrapassa, de muito, um jogo, pois que todo jogo tem regras e ele havia colocado, sem se dar conta, as que uniam seus personagens, ao menos alguns deles. Compreendia muito bem que havia mais que isso, mas ficaria no que pudesse esclarecer. E quanto aos outros personagens, desses nada sabia e não sentia aptidão para perguntar.

Não haveria teorias psicológicas ou literárias, sequer novos jogos ou quebra-cabeças, que pudessem explicar a criação, essa cascata de palavras que tantas vezes se derramava sobre ele quando iam surgindo do nada, umas grudadas às outras, palavras atrás de palavras como irmãs siamesas e independentes de sua vontade. Formavam sentenças e mais sentenças, os dedos correndo mais rápidos no teclado do que o seu pensamento podia acompanhar ou estruturar de antemão. Donas absolutas, tantas vezes, tantas, que do espanto primeiro já as esperava como se fosse uma obrigação que tivessem consigo, uma divertida — e misteriosa — inversão. Em quantos outros momentos debruçara-se sobre as próprias ideias ao buscar palavras que, sinuosas, matreiras e voluntariosas como mulheres mimadas, mostravam-se lentas e preguiçosas! Por caminhos, laços, relações, participações, misturas insondáveis, Dina sonhara o futuro, o futuro de Vivian, assim como ele, por meio de Crísias e Diomedes — seres que, sem dúvida, têm vida própria —, previu parte do que aconteceria. Parte, apenas. Entendia mais claramente certos meandros, mas não com profundidade. Ele criou Dina e sua intuição sibilina, criou a iniciada de Herculano, mas...

Se nada sabia sobre Herculano, Crotona e, agora, sobre Alquimia e elementares, conseguia realizar que a busca de Cornelius havia terminado. Diomedes encontrara a procurada Veneza. Ele, Andrei, encontrara a procurada Veneza de Cornelius não pela via de Dina Maria Salvina, nem por Simon e Tereza, mas por ele mesmo, Andrei Taukis. Quase tudo era ele mesmo... e não era.

Sobre essa verdade, nada sabia escrever. O olhar perdido na videira do jardim, de uma única coisa tinha certeza: iniciava uma nova etapa em sua vida, talvez a última. Teria que a viver bem, muito bem. Havia Zózimo de Türen para cuidar.

Ouviu Esther chegar. Saiu do devaneio (devaneio? nunca se sentira tão pertencente à realidade apesar da falta de contornos, tão extensa ela era!). Haviam combinado um jantar em casa de amigos. Era aniversário dessa querida companheira que, lentamente, agora tomava parte de seu coração. Outras partes são cicatrizes, apenas cicatrizes e intocáveis. Zózimo de Türen esperaria, esse sábio judeu de Toledo deveria aguardá-lo. Também o esperaria Berger, seu editor. Sairiam, em breve, Esther e ele, para umas férias, um longo, merecido e esperançoso descanso.

*

"Um ano inteiro, Dina internou-se nos sonhos, nos próprios e nos dos livros que pôde encontrar. Com o auxílio de Zózimo de Türen, ficou

A LONGA HISTÓRIA DOS QUATRO PONTOS DO ORIENTE

30 dias em Salamanca, desdobrou-se naks leituras, fez anotações e abriu clareiras e mais clareiras em sua alma. Sim, Cícero tivera razão! Há algo na alma humana que só à divindade cabe tocar, quando achar por bem fazê-lo. E ela aproveitava o momento vorazmente, pois sabia que outro como esse demoraria a voltar. Contra todas as suas crenças, leu os textos pagãos, avançou até as teorias sobre a temporalidade e seus diversos modos de apresentar-se, a eterna, a cotidiana, a dos astros, a do espírito, a dos sonhos. Aos poucos compreendeu, que nada do que aprendia lhe era estranho, nem mesmo quando afrontavam os dogmas de sua religiosidade.

A tudo recebia com entusiasmo e nenhuma disputa teórica se travava em seu coração. Parecia aberto, escancarado, nada se lhe impunha como contraditório ou paradoxal, e mesmo as mais difíceis afirmações e negações eram presentes coloridos como de crianças. Finalmente, Dina Maria Salvina deu por terminada sua investigação e partiu de Salamanca para Toledo. Na chegada, sua expressão era outra, transformada, brilhante, quase fogosa, de tal modo que a costumeira palidez já estava esquecida diante do ardor do olhar.

Continuava com gestos delicados e tímidos, as roupas acinzentadas, as golas brancas, mas era outra mulher. Desvendava pontes, círculos, triângulos de sua vida; tocava imagens profundas, extemporâneas, que passeavam dispersas em algumas trilhas dos seus sonhos; imagens de locais e pessoas que não lhe diziam respeito num primeiro momento, acabavam guardadas na esperança de que viessem a falar. E falaram.

Foi assim que soube sobre a mulher que morria em Veneza, a dos seus repetidos sonhos. Fora uma mulher apaixonada e pronta para descobrir o fundo de si mesma, mas veio a descobri-lo só na morte. Reconhecia que essa mulher estaria nessa viela veneziana, em futuro distante, e ela, Dina Maria Salvina, que conseguia desenhar o elo ligando a mulher de Veneza a ela própria, ali em Toledo, vislumbrava uma imensa cadeia no universo atemporal. Aprendera com a alegria de quem lê algo que também poderia ter escrito, que há uma unidade cósmica, uma cadeia universal de acontecimentos além do nosso viver marcadamente temporal e estreito entre as causas e os efeitos. Mas o que via e experimentava agora estava fora do tempo e do espaço. A esfera permitia a ausência da cronologia.

Fora espantosa a rapidez com que despertou para tais assuntos, a facilidade de sua razão apanhar conhecimentos tão complexos. Sua falsa simplicidade caía como máscara. Talvez pela educação recebida, excessivamente rígida, essa máscara acobertara uma curiosidade quase doentia, uma obstinação para o saber mais oculto, que sequer o corpo sofrido pelo excesso de leitura podia impedir. A obstinação de Dina já aparecia na maneira como cuidava da casa de Zózimo de Türen, sua curiosidade sobre o movimento das coisas que ocultam à vista se expressava nos experimentos de novas receitas de tortas e bolos que fazia. Não gostava de repetir-se, apenas fisicamente forçava-se à repetição como se quisesse velar o ardor de sua alma, a volúpia intelectual que saía aos borbotões. Se podia saber sobre a mulher de Veneza, tão futura, por que não podia saber sobre si mesma e antes de si mesma?".

*

"Afinal, Zózimo voltou a Toledo e logo entendeu que Dina Maria Salvina não era mais sua governanta, mas uma nova mulher. Seus olhos sagazes adivinharam a explosão que a afetava e sua natural bondade expandiu-se, enquanto seu egoísmo pedia aquela Dina que mantinha a casa limpa e cheirosa, os bolos e tortas esmerados, o silêncio competente, a mulher Dina estagnada, sempre a mesma. Egoísmo!".

'Dona Dina, como foram seus estudos em Salamanca? Pela expressão de seu rosto parece-me que bem, não?'.

'Sim, senhor Zózimo, melhor do que eu esperava e só posso agradecer-lhe. Não fosse o senhor... não sei o que foi dito a eles, da universidade, mas com certeza não seriam tão gentis em se tratando de uma governanta!'.

'Hum... achei melhor dizer que a senhora era uma estudiosa aos meus cuidados, o que é verdade'.

'Bondade sua, senhor Zózimo. Sou-lhe muito grata'.

Dina retirou-se levando consigo sua timidez. Zózimo a tudo acompanhava, o olhar curioso. Voltaram à vida normal, ao menos aparentemente normal. Muita coisa havia mudado. O amigo Simon emagrecera, passava as tardes pintando ou jogado numa poltrona com os olhos perdidos pensando em Tereza. Zózimo queria ajudá-lo, mas há momentos na vida que são muito próprios, singulares, e também

A LONGA HISTÓRIA DOS QUATRO PONTOS DO ORIENTE

ele mesmo estava num deles. Não mais procurou o rabino Jacobo Denarlz, mas as questões se avolumavam em sua cabeça, os temores e ardores para conhecer tinham a mesma intensidade. Acreditava que Dina Maria Salvina passava por esse mesmo ardor, pois seus olhos instáveis assim sinalizavam.

Após a experiência de Pádua com Barone, continuava os estudos e aumentava sua capacidade de compreensão dos elementares. Era preciso acalmar-se, entretanto. Dina avançava nos textos e escrevia muito. Mostrou parte a Zózimo, que a incentivou com mais livros e perguntas cruciais. Assim, nesse ritmo, alguns anos se passaram. Ele alcançava a inquietude sem origem aparente desde o manuscrito de Al Gamal. Aparecia na dificuldade em dormir, no tremor das mãos e nas dores do peito antecipadas por forte emoção. Quando tentava resgatar as imagens que estavam em sua cabeça, chorava e não mais as achava. Pressentia que algo estava para ocorrer. A figura do gato na taverna de Garondotes lhe voltou à mente.

Continuava seus passeios de todos os dias. Passou a visitar Jacobo Denarlz outra vez — não com muita frequência, porém —, e apreciava, como sempre, as mudanças das estações vistas do ponto alto de Toledo, a cor do céu, dos montes pedregosos, do rio, das árvores. Naquela manhã quase primaveril, algumas folhas se soltavam das árvores e circulavam ao vento sobre seus pés. Foi então que uma delas prendeu-se em sua roupa, uma folha grande, amarelada, com veios quase negros. Apanhou-a, olhou-a com curiosidade enquanto continuava seus passos absorto, e não viu uma mulher que vinha pelo lado contrário. Parece que também ela estava absorta, pois se chocaram violentamente apesar do grande espaço da praça onde estavam. A folha caiu de sua mão e os papéis que a mulher carregava voaram alguns metros. Ela mesma se equilibrou para não cair e Zózimo a amparou.

'Oh, perdão, senhora!' e correu a apanhar os papéis que voavam. Eram partituras musicais, assim lhe pareceu.

'Os papéis, os papéis!!'.

Ela estava preocupada com as partituras e sequer respondeu ao pedido de desculpas.

'Veja, aqui estão todas! Perdão, não se preocupe… estão aqui…'.

'Sim, sim, grata, senhor'.

Acalmando-se com os papéis já nas mãos, a mulher olhou-o pela primeira vez.

'O senhor é o médico judeu, não?'.

'Sim, sou seu mesmo'.

'Ouvi falar do senhor, dizem que é um bom médico. Já o vi passar várias vezes por aqui'.

Abriu um ligeiro sorriso e Zózimo notou que se sentiu bem com o reconhecimento. Mas esse sentimento foi passageiro, porque outra coisa chamava a sua atenção nas partituras: certas notas musicais e sua sequência. Precisava, com urgência, voltar para casa e pensar. Despediram-se. Zózimo praticamente correu para chegar logo, e já com as velhas pantufas nos pés dirigiu-se ao laboratório. Olhou com cuidado o processo de separação de uma substância branca, que há seis meses era negra e já passara pelo cinza e agora começava a apresentar pequenos veios amarelados. A Obra caminhava bem, pensou. Retirou da estante um grosso livro que, vez ou outra, abria e procurou uma página adiante do marcador de veludo azul. Leu:

'[...] A cifra acroamática é a mais sutil das cifras, na parábola ou alegoria é a mais suscetível a interpretações. Os estudantes da Bíblia, por séculos se confrontaram com essa dificuldade. Acabavam se satisfazendo com a mensagem moral das parábolas e esqueciam que cada parábola e alegoria guardavam sete interpretações, e que a sétima — a mais perfeita — era a completa e a todas incluía. A cifra musical de Trithemius e Selenus tratava de substituir notas por letras do alfabeto criando sistemas de tal modo complexos, que musicistas podiam conversar por meio dos sons cifrados...'.

Era isso o que vira nas partituras! Havia ocasiões em que, de um só golpe, compreendia o que estava oculto em certos textos, certos acontecimentos, e viu algo assim nessas partituras. As partituras com notas negras que dançavam em sua cabeça pareciam letras. Quem as escrevera? Não conseguira ver o nome da música nem do autor, no entanto, uma mensagem estava ali presente e dela pudera ler uma pequena parte. Tratou de rememorar as notas-letras que dançavam ainda sob os olhos de sua alma e escreveu-as. Não tinham sentido num primeiro momento, apresentavam-se soltas como notas sem claves. Zózimo levou horas nesse trabalho de ourives. Juntou algumas letras-notas com facilidade, outras não. Ao final do dia, sem ao menos

A LONGA HISTÓRIA DOS QUATRO PONTOS DO ORIENTE

parar para o almoço, tinha o seguinte pensamento desenvolvido em consonância com Trithemius e Selenus e podia ler as notas como se fossem frases:

'Há um só modelo do qual todos os outros nascem...no Sétimo Céu. Assim diz a Sepher ha Zohar. E o Geburah pratica o que [...] guerra e a luz mais bela, a vitória... os elementos lunares pesam no seu tempo..., porém, tudo é igual a tudo em diferentes céus de diferentes modos... Uno porque o princípio e um só modelo'.

Não era tão difícil a Zózimo saber como se ligavam notas e letras. O que lhe faltava, já havia tomado forma: tratava-se da Árvore da Vida. Era um assunto que um alquimista judeu como ele tinha que saber. No entanto, a surpresa estava bem mais na coincidência do esbarrão com a mulher na praça da igreja, do que na mensagem criptografada pelo musicista. Quem seria esse brincalhão que fazia da própria música um símbolo da Sephiroth, a grande forma da vida? Havia notado, também, a extrema inteligência desse músico, desse mágico, dessa espécie de jogador [...] Ou não seria ele um brincalhão? Haveria em Toledo um alquimista escondido que cifrava suas mensagens para outro? Não acreditava nisso. Os alquimistas eram cada vez mais raros, ao contrário daqueles que já aderiam às fórmulas novas da Química.

Assim pensando, e feliz com a descoberta, surpreendia-se por memorizar parte das partituras. Quando fatos desse tipo aconteciam, logo vinham outros para explicar o primeiro, e vieram. Assim é o lado enigmático da vida. Os fatos se tornavam circulares, soltos ou comprimidos, e como os elementos sempre se juntavam, dispersavam-se, transformavam-se em outros e apontavam para a Obra daquele que sabia como as coisas se moviam. Depois desse episódio, Zózimo entrou num calmo período, e dia após dia a vida parecia acariciar seus gestos, adoçar seu olhar, suavizar seu pensamento. As ideias vinham com facilidade, o passeio diário pela cidade lhe dava mais prazer, Dina estava mais cuidadosa do que normalmente era, o pobre e enamorado Simon o encantava com suas pinturas e poemas, e até Jacobo Denarlz, que respondia tão pouco aos seus anseios, parecia certo em seu costumeiro silêncio diante das poucas perguntas que ousava fazer.

Zózimo estava bem ajustado, tão ajustado quanto as substâncias com que trabalhava. Elas reagiam conforme o esperado, novas composições e decomposições aglutinavam-se de modo esplêndido e seus escritos sobre os elementares avolumavam-se. A correspondência com os amigos estrangeiros era rica e criativa e Dina Maria Salvina tornou-se, de mera discípula, uma excelente questionadora a aguçar seus conhecimentos e ativar assuntos que, em função do trabalho alquímico, acabava por deixar de lado mesmo que os apreciasse. Os sonhos, por exemplo, ou outros recantos incógnitos das coisas e das almas, como se deliciava nas conversas de final da tarde diante da chávena de chá e biscoitos! Além, claro, do sempre presente vinho do Porto.

Os sonhos interessavam Dina em tal grau que ela mesma tratava de escrever seu próprio compêndio. Zózimo alegrava-se e a seguia de perto com as respostas que lhe vinham — o que nem sempre acontecia —, ou com perguntas sugestivas. Dina estava em caminho próprio. O acontecimento que ainda viria após aquele encontro na praça da igreja — e para que tivesse pleno significado — acabou chegando numa noite de inverno, quando o céu muito estrelado cobria a ele e Simon nas ruas escuras da cidade, após um excelente jantar no Garondotes. Como sempre acontecia quando ali iam comer, haviam bebido um pouco além da conta. Caminhavam radiantes, quase sem sentir o frio de novembro. Simon olhou o céu:

'Zózimo, é muito belo isso tudo, não? A vida, digo! Só que temos que olhar para cima… por que para cima? Por que não para baixo, embaixo do nosso nariz?'.

'Ora, Simon' — disse Zózimo sorrindo — 'é claro que embaixo do nariz também! Veja o que comemos e bebemos agora mesmo! Que beleza! Que gosto, que perfume, que doação da terra, da água, do ar, do sol!! E não há abaixo, acima, lados… no rigor dos termos'.

'É, isso é! Foi uma satisfação, uma bela satisfação esse jantar, mas o céu, ora, não é o sentimento de satisfação que nos move, Zózimo, é outra coisa! É uma verdadeira emoção que temos, uma espécie de reverência, de presente dado a crianças pequenas no aniversário. E convenhamos, nós vasculhamos o céu à cata de conhecimento desde sempre. Hoje, ele é algo objetivo para conhecer por instrumentos, temo a Ciência. Para mim é poético simplesmente, é a Beleza. Nós usamos o céu, e nesse uso cotidiano ele não se dá com essa majestade de agora!!'.

'Hum… a bebida faz você filosofar, caro Simon. Mas tem razão. Não posso dizer simplesmente que é a existência de Deus que ele sinaliza, apesar de sê-lo, ao menos não para você que acharia insuficiente. Que posso dizer? Vejamos…'.

A LONGA HISTÓRIA DOS QUATRO PONTOS DO ORIENTE

Iam caminhando, rostos enrubescidos, felizes no corpo e na amizade. As ruas estavam desertas naquela hora e naquele frio. A luminosidade bruxuleante dos raros lampiões deixava o céu estrelado e sem lua atordoar pesadamente suas cabeças.

'Vamos ver se consigo dizer algo... minha cabeça está um tanto lenta...'.

'Vamos, vamos, Zózimo, diga, diga! Estou todo ouvidos, atentíssimo!'.

'É difícil explicar, mas imagine que o universo seja um ser, como nós somos, uma unidade que tem seu corpo, sua alma, um organismo vivo. Mas são muitas as almas que o compõem e muitos os corpos, muitos organismos num só. Sendo um só corpo e uma só alma e múltiplo nessa unidade, guarda o composto em união. Precisamos voltar aos aprendizados das aulas de Filosofia que tivemos, lembra-se?'.

'Perfeitamente, Zózimo. Nessa parte, se bem me recordo, eu ia bem'.

'Sim, você era bom aluno em Filosofia. Continuando, todos os braços do universo, digamos assim, estão atados ao seu corpo e vivem, ou seja, movem-se em composições e decomposições, são bilhões e bilhões de arranjos e desarranjos possíveis, em transformação contínua, porém não caótica. Nada se move sem uma previsão, como se cada partícula soubesse o que fazer. Quero dizer que cada partícula irá compor-se ou não, irá junto a outras, ou não, antes mesmo que venha a composição, compreende? É uma espécie de determinação *a priori*. E disso elas mesmas sabem, em si mesmas. Claro que estou usando a palavra saber num sentido que não é exatamente o nosso saber como seres humanos compostos de partículas etc., mas é a linguagem que tenho.

Por isso, eu posso dizer que o Divino assim fez e não mais se preocupou, uma vez que tudo seguiria o caminho previsto. O sentido é exatamente esse: não mais se preocupou, e cada coisa soube, sabe e saberá sempre da própria trajetória'.

'Tem lógica... tem lógica...'.

'Então, Simon, quando queremos conhecer o estofo do universo, e como você tem acompanhado minha vida, sabe o quanto isso tudo me interessa e temos que seguir essas leis das pequeníssimas coisas. Até aqui, não estou dizendo muita novidade. Ora, o problema começa quando pensamos que as ações, as nossas ações, por exemplo, também obedecem ao modo do universo e das pequenas coisas...'.

'Como assim, nossas ações?'.

'Sim, pois você não negaria que uma ação é alguma coisa, não? Se a alma é alguma coisa, por que uma ação não seria alguma coisa? Dizemos que a ação de um corpo é um movimento que ele faz e entrelaça muitas coisas. Isso é exatamente o que dizemos das ações das partículas mínimas, dos seus arranjos e desarranjos, do seu, digamos, destino! Penso que se aceitamos que as partículas seguem certas estruturas determinadas, temos que concordar que nossas ações, sendo movimento em meio a partículas, também se entrelaçam e seguem o que tem que seguir!'.

'Ora, Zózimo, aí você salta rápido demais da Física para a Ética e complica tudo...'.

'É essa a minha teoria, Simon. Sobre ela não posso falar muito, pois nem tenho palavras adequadas, ou, o que se requer hoje, provas a dar. Sei, no entanto, que é assim porque... bem, é que muitas ações eu posso prever, compreende? Não só as minhas — aliás, as minhas eu prevejo pouco —, mas as das pessoas. Sou bom observador, você diria, mas não se trata de prever algo do tipo 'que se está nevando fulano sairá de agasalho!' Não! Posso prever o que acontecerá, não sempre, mas posso. Por que posso? Porque nossas ações são acontecimentos semelhantes aos acontecimentos das mínimas partículas cósmicas, e essas... eu as tenho estudado continuamente'.

'Eu já havia percebido que você pensa assim, e que em algumas ocasiões algo do futuro está em seu poder'.

'Então me perguntei seriamente por que podia prever. Afinal, não sou adivinho, nunca pretendi compreender o futuro como certas pessoas que estudam as artes adivinhatórias. Simon, meu caro, creio que sei prever algumas coisas porque acredito que todo o universo é número e proporção. E não digo isso como diria nas aulas de Filosofia, pois vi acontecer na minha vida e no laboratório esse princípio! E sabendo o segredo de alguns números, de quatro números para ser exato, você acaba por puxar um fio maior do que se possa imaginar! Veja bem, as coisas não são exatamente coisas, mas arranjos numéricos previsíveis até certo ponto, e obedecem a quatro tempos, quatro acordes cósmicos, não mais que quatro'.

'Zózimo, até posso aceitar isso tudo mesmo sem compreender muito bem a questão dos números, e do número quatro especifica-

A LONGA HISTÓRIA DOS QUATRO PONTOS DO ORIENTE

mente. Como saber o segredo dos números? Nem os pitagóricos sabiam! Tateavam, é verdade. Sei que você é um alquimista, um médico alquimista e também um químico, um cabalista, nem sei quantas coisas mais. Aqueles livros sagrados que você consulta devem conter algo nessa via, não? Afora certos dons que você tem'.

'Sim e não. Há alguns passos neles a seguir. No entanto, a questão do tempo não é exposta'.

'Como assim, questão do tempo?'.

A conversa estava ficando complicada. O frio visitava os rostos e o efeito do vinho de Garondotes estava no fim. Simon imaginou que não seguiria a explicação que viria. Sentia um pouco de sono enquanto caminhavam em direção às suas casas. Zózimo, ao contrário, quanto mais falava, mais queria continuar, o que não lhe era comum.

'[...] Temos orações cabalísticas que modificam a saúde de uma pessoa, Simon. Por quê? Mexemos com partículas físicas quando oramos? Parece que sim. Sei que é difícil esse assunto, mas nosso movimento, o movimento de nosso corpo vivo, de nossas intenções, de nossos sentimentos, tudo isso é passível de ser numérico, Simon! Esse é o grande mistério!'.

'Meu caro, aí já não posso alcançar! É assunto para outro dia... São duas horas da manhã e estou exausto, mal consigo abrir as pálpebras'.

'Compreendo — e Zózimo pareceu triste por se ver obrigado a terminar a exposição —, mas podemos continuar outro dia. Estamos chegando'.

Pararam em frente à casa de Zózimo. Mais um pouco e Simon chegaria à sua. Claro que o médico alquimista não conseguiu dormir naquela noite. Da lentidão mental após o jantar, entrara numa excitação incontida. Refez na sua cabeça toda a conversa e tentou, sozinho, continuar seus argumentos. A questão do tempo... amanhecia quando adormeceu. Não voltaria a falar com Simon sobre isso. O assunto era difícil e quase inefável. O certo é que criara experiências para confirmar o que pensava. As mais fáceis de provar apareciam quando curava as pessoas. Fazia os medicamentos a partir do que passou a nomear "Números Substanciais", e meditava enquanto os preparava e ao ministrar as doses para os doentes. Tinha cada vez mais certeza de sua teoria, mesmo porque, as antigas visões que sempre o acompanhavam se tornavam, agora, mais frequentes quando orava ou manipulava os números.

E o tempo? Quem sabe o tempo fosse uma miragem, uma ilusão, só existisse dado que vemos coisas singulares em movimento, e o que existe não depende só do que vemos. Talvez fosse uma espécie de roda plena de intervalos pontuados, imensa, que não parava nunca, mas passava muitas vezes pelos seres, coisas, partículas, fosse lá o que fosse nesses intervalos pontuados. E essa roda não precisaria ser pensada como fixa nela mesma! Também ela rodaria em si mesma e além de si mesma! Apesar de circular — sim, devia ser circular, do contrário ele não poderia prever nada —, ela poderia "passear" de modo não circular, manter vários tipos de movimento também para as coisas e seus intervalos pontuados. Nada impede de assim se pensar. E vamos inventando nomes, números, elementos…

A cada dia que passava, mais certeza tinha de que futuro e passado não existiam como se pensava, eram nomes para imagens e movimentos de coisas que nós mesmos aglutinamos na memória. A referência para falar do tempo era o nosso pensamento, o que é pouco em se pensando o universo. Quem era ele, Zózimo? E Dina? E Simon? Momentos de arranjos numéricos, pontos previstos no todo, pensados no todo, destinados a ser o que deviam ser eventualmente repetidos. Como conversar sobre isso com Jacobo Denarlz? Liberdade de agir só podia ser algo muito tópico, muito estreito dentro de uma dimensão tão amplo. Não havia como evitar o paradoxo de pensar em coisas que estão além do próprio pensamento.

'Somos um horizonte ali, bem perto. Zózimo poderia ser, ter sido, a ser tantos outros Zózimos, outros nomes… Quantas vezes a Roda voltou a passar, avançou em sentido horário, em sentido contrário, em tantos pontos…'.

A correspondência com Barone incentivou-se nos últimos tempos, apesar da falta que sentia de Dina e Simon. Este havia contraído uma pneumonia forte e a saúde se restabelecera em parte, apenas. Quase não aparecia, sempre viajando e vendendo seus quadros já fora de Toledo.

Avançaram, Barone e ele, na descoberta de novos elementos, principalmente nas combinações secundárias. Na medida em que Zózimo aprofundava nas investigações, a inquietação religiosa aumentava, e por várias vezes voltou a conversar com Jacobo Denarlz, com cuidado, até chegarem a algumas conclusões satisfatórias, porém limitadas. Mesmo Simon, sempre com o coração e a cabeça ocupados pela Senhora

Barone, deu-lhe a oportunidade de recolher algumas ideias desse poeta e amante, que fizeram as suas se moverem. O amigo sempre fora bom leitor de textos filosóficos desde a universidade, de modo que suas terríveis preocupações com o estofo do mundo e a criação divina já eram assunto que chegavam sem a apreensão do início.

A natureza deixava-se desvendar nas mãos de Zózimo, em parte. Durante o inverno, estudava os falásifa, o que lhe abriu muitas portas. Talvez pelo amor que tinha ao estudo, recusara a indicação para o Conselho de Rabis, em Sevilha. A Alquimia, a Química e as descobertas cosmológicas, bem como os textos árabes que encontrara, calavam fundo em sua alma."

*

"Estavam no ano de 1858, quando Conrad Otto passou por Toledo e visitou Zózimo. Também ele era um alquimista, porém preocupava-se bem mais com a composição do cérebro humano e seus móbiles. Dina e ele, aproximados por Zózimo, entenderam-se perfeitamente. Por dois anos mais, ela continuou em companhia de Zózimo de Türen antes de uma visita de Otto a Toledo, quando se conheceram. Ocorreu que Otto aparecia cada vez com mais frequência em Toledo, e Zózimo já adivinhava o casamento dele com Dina, no que fazia gosto. Conrad Otto tinha boa fortuna de família e a ex-governanta usufruiu dela para entrar, com facilidade, nas bibliotecas europeias as mais diversas. Viajavam muito e passavam todo o outono em casa da tia de Conrad, em Viena. Ali, Dina sentia-se bem para escrever e produzir. Como Conrad amava a fogueira dos olhos curiosos de Dina, e ela sabia-se absolutamente próxima da doçura de alma e da sagaz inteligência do marido, foi um casamento feliz, uma boa junção elementar, diria Zózimo.

Apesar de já ter uma vasta obra escrita, Dina não a trazia a público. O século XIX não foi pródigo com as mulheres e jamais viu publicado um estudo seu, nunca os discutiu em grupo, fato que a deixou indecisa quanto à própria competência. Entretanto, não duvidava das conclusões a que chegara. Mantinha fraterna correspondência com Zózimo de Türen e nele confiava. Soubera que o dileto amigo fora indicado, com insistência, não só para o Conselho de Rabis em Sevilha, mas para ser o Rabi da cidade de Ávila, e não aceitara. Preferiu continuar seus estudos em Toledo, a seu modo, o que não espantou Dina Maria Salvina.

Restava a Zózimo a estreita amizade com Simon. Este encontrara uma maneira incômoda, mas única possível para encontrar-se com Tereza Barone: durante o inverno, nos Alpes. No verão, com o propósito de cuidar da saúde, encontravam-se no sul da Espanha. Nesses períodos, viviam um tórrido romance, e Simon passou a pintar soberbamente. Foi logo convidado a expor suas obras, e as vendia muito bem, de modo que criou seu próprio pecúlio. Ademais, sua mãe já havia morrido e sua fortuna com a pintura era um acréscimo a dela.

Em 1882, o grande amigo faleceu. Recebeu as honras fúnebres da cidade de Toledo por sua obra artística que, aliás, ajudara a levar o nome da cidade para além das fronteiras de Espanha. Amizade para todas as horas, Zózimo de Türen acompanhou sua enfermidade de perto, até a morte, e ressentiu-se muito com a perda.

Em 1883, recebeu de Dina uma correspondência longa e interessante. Ela havia visitado Paris pela primeira vez, em companhia de Conrad, e conhecera o famoso médico Charcot, no Hospital de Salpetrière. Espantara-se — assim contava — com o que vira e ouvira. Fora apresentada aos colegas de Otto, estudiosos do cérebro humano como ele. Veio a conhecer um jovem austríaco, um tanto silencioso e de olhos profundos que lembravam os de Zózimo de Türen. Chamava-se Sigmund Freud, um neurologista. Na ocasião, trocaram algumas poucas cartas nas quais o jovem preferia ouvir sobre as experiências de Conrad Otto e, com certa condescendência — como interpretou Dina —, leu alguns dos seus estudos sobre os sonhos.

Zózimo sabia da importância dos estudos de Dina Maria Salvina, mas conhecia muito bem o círculo de estudiosos europeus e seu rechaço às mulheres. Isso não faria diferença para a tenacidade de Dina. Eles seriam considerados fundamentais após sua morte, assim previa Zózimo. Em 1886, uma segunda pneumonia derrubou a querida amiga. Zózimo foi visitá-la em Berna, mas sabia que, dessa vez, Dina Maria Salvina não sobreviveria muito tempo.

Naquela manhã, e após o costumeiro passeio matinal, Zózimo estava no início de algumas mesclas que deixara em descanso na noite anterior, quando recebeu uma carta de Otto com a notícia da seriedade do estado de Dina Maria Salvina. Previu sua morte para dali a 10 dias, como se estivesse vendo os números compostos e decompostos de seu pulmão. Preparou-se para a viagem de despedida. Estava muito triste, porém conformado. Já se acostumara com a vida e a morte como um só fio, ele que combinava e recombinava elementos, construía e desconstruía, compunha e decompunha, ele que se prendia à teia universal e pontilhava lentamente em parte de seus fios como notas musicais numa partitura."

*

Andrei Taukis depositou a última folha do romance na pequena pilha arrumada ao seu lado. Tratava-se de fazer outra vez o mesmo ritual com seu corpo e sua alma e levar os originais ao senhor Berger. Banhou-se, preparou um lauto café da manhã, vestiu seu melhor terno. Esther dormia quando saiu. Sentia-se leve, quase feliz e com pena — ou seria egoísmo — de deixar seus personagens partilharem seus sentimentos, pensamentos e ações com outras almas desconhecidas, os leitores.

Sabia que muitos caminhos abertos não podem ser compreendidos. Não previu uma Dina sibilina no seu novo romance, e Simon... o que queria Simon, afinal? Se o cosmo é o princípio de tudo, também é meio e fim. É bastante saber e viver essa afirmação.

Lembrou-se de uma inscrição nas ruinas de Pompéia que, segundo especialistas, foi feita por algum estoico. Tem os dizeres colocados do seguinte modo:

R O T A S
O P E R A
T E N E T
A R E P O
S A T O R

"O que semeia com seu carro mantem a obra sobre as rodas". Talvez o estoico pensasse na correção dos caminhos que se tem e que se escolhe seguir bem. Ou falava dos caminhos cósmicos sempre perfeitos, por que o semeador é a própria ordem divina e sua beleza? O mistério não foi revelado para o que desejava saber Andrei Taukis. Quatro são os princípios do terroso; quatro são os princípios do aquoso; quatro são os princípios do aéreo, quatro são os princípios do ígneo.

No caminho para a editora, os olhos de Andrei procuraram o Leste.

FIM